시간의
기억

황용희
소 설

시간의 기억

중학교 3-1 국어교과서에 15년간 수록된
《섬마을 소년들》 저자가 들려주는 충격적인 죄와 벌 이야기.

바른북스

머리말

가끔 악몽을 꿀 때가 있다. 벌써 쉰 지 오랜데 아직 거기 다니는 꿈 꾸며 밤새 시달리다 깨곤 한다. 퇴직날짜 지났는데 그것 모르고 일하다 뒤늦게 알고서 옷가지 벗어 던진 후 벌거숭이 되어 허겁지겁 짐 싸며 왜 날짜 까먹었는지, 신체 가릴 옷이나 천 쪼가리 어디 놨는지 허둥대는 가운데 주로 자신 질책하는 내용이다. 프로이트는 꿈의 해석에서 꿈을 현재몽과 잠재몽으로 나누고 꿈은 억눌린 내면의 발현이라 정의했다. 그러니까 꿈이란 잠재된 의식이 이성이라는 제동장치 풀린 무의식 상태에서 본능적으로 활동한다는 것이다. 어느 직종에 종사하건 사람은 반드시 일하게 되어 있고 일하며 비로소 자아를 실현하게 된다. 내 몸 어딘가 깊이 박혀 있는 고통의 잔뿌리 걷어내기 전까진 밥벌이의 고단함 벗어났을 때 느끼는 해방감마저 과거의 아픈 기억에서 멀리 달아나지 못한 모양이다. 이리 험한 꿈 꾸어대니 말이다.

 오랫동안 머릿속에 맴돌던 이야기를 10여 년 묵히다 하필 염제(炎帝) 기승부리는 삼복 80여 일 용맹정진이라도 하려는 듯 비 오듯 땀 흘리며 붙들고 있었다. 그리하여 받아든 초라한 결과물이 죄와 벌 이야기다. 카인과 아벨 이후 죄와 벌은 인간이 맞아야 할 숙명으로 결정된 일이다. 누구든 거기서 예외일 수 없고 우린 수없이 목격하는 죄 가운데 벌의 가혹함 되새기며 떨고 있잖은가. 문명의 진보와 풍요 비웃듯 활개 치는 범죄를 사회가 안전하게 막아내지 못하는 게 오늘을 사는 사람들의 고통이며 공포다. 범죄는 잔혹하고 거기엔 치유하기 어려운 아픔과 사회적 비용 소비되고 있다. 어떻게 해야 이토록 참담한 상황 개선할 수 있을까. 자본이 발달할수록 사회는 가진 자와 못 가진 자로 나뉘고 못 가진 자들의 좌절과 가지려는 욕망 점점 더 강해지며 폭력적 결과로 이어지고 있다. 우리 사회가, 문명이 맞닥뜨린 도전이라 아니할 수 없다. 사회는 어떡하든 이 문제 풀어야 한다. 국가의 역할이 시민의 안전과 행복 위해 존재하지 않던가.

난 곧잘 강가로 가곤 한다. 유장한 강물 바라보며 마음의 안정 얻기 때문이다. 그렇게 강가 앉아 있노라면 시인도 아닌 것이 시인인 것처럼 이런저런 시상 떠오르고 때론 몇 마디 주절대기도 한다. 이곳 한강에서 죽 내려가면 행주산성 부근으로 임진강 물 쏟아지며 한강과 합수하여 조강(祖江) 시작되고 거기서 서해로 빠지는 강물이 마지막으로 예성강과 합쳐져 해불양수, 바다로 가는 것이다. 예성강은 대동강과 많이 떨어져 있지 않으니 한강과 대동강, 지리적으로 그리 멀지 않은 거리에 있다. 갈 수 없는 이념의 벽에 가로막혔을 뿐. 대동강이라 하니 문득 오래된 소객(騷客) 한 사람 생각난다.

900여 년 전 어느 고운 봄날, 강가 앉아 노래한 〈송인(送人)〉 떠오른다. 당대 최고 절창으로 평가받는 메타포·아포리즘의 진수, 함께 느끼고 싶다.

雨歇長堤草色多
送君南浦動悲歌
大同江水何時盡
別淚年年添綠波

비 개인 긴 둑에 풀빛이 가득한데
남포에서 임 보내고 슬픈 노래 부르네
대동강 물은 그 언제 마를 것인가
해마다 이별의 눈물 푸른 물결에 더해지니

고려 다녀간 중국 사신 탄복해 마지않았다는 칠언절구 가운데 1구(起) 장식한 문체 예사롭지 않은바, 봄비 보슬보슬 속살거리다 그친 것을 우헐(雨歇)이라는 간결한 용어로 표현했다. 하지만 이 작품 절창은 단연 사상의 압축 돋보인 4구(結) 첨록파(添綠波) 아니겠는가. 添綠波! ―대동강 물 마르지 않은 까닭이―"헤어진 연인 해마다 흘린 이별의 눈물" 때문이라는 과장법과 수사(修辭), 도치법(倒置法), 그리고 부드럽게 형용사 서식하는 빼어난 묘사로 우리 문학사 길이 남을 걸작이라 생각한다. 강에 눈물 한 방울 보탠들 표날까만 시인의 섬세한 의식과 메타포가 빚은 뛰어난 조탁(彫琢), 거기에 한시 아니고선 도저히 담을 수 없는 언어의 연금술 아닐까 싶다.

옛날 옛적 고려, 그때도 이별은 아팠나 보다. 진실한 사랑이건 부질없는 시절인연(時節因緣)이건 애틋한 정 떠나보낸 마음 쓰리지 않을 손가. 을밀대 아래 유장한 강물 바라보며 저린 가슴 움켜쥔 순정파 사내 그려진다. 윤동주 시인은 "시가 잘 쓰여진 것은 부끄러운 일"이라 했다. 문학인·비문학인 가릴 것 없이 새겨들을 말이다. 불초 이 사람 역시 애오라지 글쓰기 조심스럽고 두려워하는데 무슨 바람 불어선지 자주 끄적이게 된다. 이제 물러나 먼발치 떨어져 있기를…. 허전한 맘 달래러 천변 나와 서성이는데 샛강 바닥 썩은 물에 달이 뜨누나.

  유례없이 퍼부은 폭우로 잠기고 무너지고 했으나 여름이 위대한 건 알곡 단단하게 여물 햇빛과 과일의 단맛 결정지을 직사광선 쪼여주기 때문이며 추운 겨울 이겨낼 힘 길러주기 때문이다. 가을 한복판에서 여름날 흘린 땀방울 기억하며 보람 있는 시간이었다 생각한다. 목수가 사람 살 집 짓듯 글쓴이는 사람 클 집 짓는다. 이렇듯 목수의 집과 작가의 집은 본질에서 크게 다르지 않다고 본다. 둘 다 우릴 안온하게 함은 물론 삶을 올바른 방향으로 인도하기 때문이다. 들녘에서 곡식 풍성하게 수확하여 곳간 가득 쟁여놓은 후 마음 넉넉해지는 절기다. 이제 밀린 잠도 자고 맘껏 돌아다니며 한 움큼 쥐어짜면 붉은 물 뚝뚝 떨어질 듯한 피아골 단풍과 가는 세월 아쉬워 연신 하얀 손 흔들어 대는 신불산 억새, 낙엽 수북이 쌓여 있는 월정사 오솔길을 발목 시큰하도록 걷고 싶다. 끝으로 부족한 원고 보듬어 정성껏 책으로 엮어낸 바른북스 가족에게 감사 말씀드린다. 아름다운 계절, 모두의 건강을 빈다.

2025 가을, 김포 반도에서 염하(鹽河) 바라보며, 황용희

목차

머리말

은녀 I	· 13
두칠 I	· 43
아리	· 59
두칠 II	· 103
은녀 II	· 219
소장	· 243
재회	· 281
사랑	· 303

은녀 I

북태평양에서 발달한 고기압과 정체전선 한반도 전역에 영향 끼쳐 후끈 달아오른 날씨 오전 내내 꾸무럭대더니 점심 무렵부터 요란한 천둥 번개와 함께 억수같이 비를 뿌렸다. 하늘에 구멍이라도 뚫린 양 맹렬하게 쏟아져 보안과 앞 연병장 시멘트 바닥에 사정없이 내리꽂혔다. 달궈진 공기가 습한 수증기 머금자 후텁지근한 입자 여기저기 엉겨 붙어 끈적이며 불쾌지수를 높였다. 은녀는 직원식당에서 점심 먹은 후 청사에서 조금 쉰 뒤 민원실에 도착한 우편 행랑 정리하고 보안과 정문 2층에 마련된 영치품 창고로 올라가 오후 업무를 시작했다. 전국 각지에서 수용자(당시에는 재소자라 불렀음)들에게 온 물품 개봉하여 반입금지 물건 찾아내고 이상 없으면 바구니 담아 수용자에게 전달하는데 물품 전달은 남자직원 김필규가 담당한다. 필규는 은녀보다 5년 선배인데 보안과 서무로 근무하다 총무과 발령받아 여기로 온 뒤 영치품 담당 오래 하여 능숙하게 일 처리하고 성격 모난 데 없이 두루뭉술하여 은녀가 오빠처럼 따르는 선배다.

보안과 정문은 출입제한구역으로 2층이 무기고다. 여긴 육중한 철문 안에 소총과 실탄 수만 발 보관되어 보안 승인받지 않은 직원 들어갈 수 없는 출입금지구역으로 지정된 곳이다. 영치품 창고는 보안과 정문 2층을 절반으로 나눠 무기고와 두꺼운 격벽으로 막아 독립된 공간으로 쓰는 총무과 소관이다. 영치품 창고에는 은녀와 필규 두 사람과 지도(脂導: 교도소·구치소 등 교정시설에서 강력범 제외한 우량수 선발하여 수용자 질서유지와 직원보조로 잔심부름 돕던 자치조직. 1980년대 후반 폐지됐음)와 여호와의 증인 1명 도합 4명 근무하고 있었다. 지도는 직원 지시 아래 물건 수레에 실어 수용자에게 전달하는 일을 도왔다.

대위는 군에서 불명예 제대한 사람인데 사관학교 졸업 후 전방사단에서 중대장으로 근무하다 민간인 2명 사망하고 2명 중상 입힌 음주운전 교통사고 내어 군사법원에서 징역 3년 선고받고 모란교정마을에 복역 중이다. 사람 죽고 다친 큰 사고였으나 초범에다 파렴치범 아니라 지도로 선발되어 영치품 창고에서 직원업무 돕고 있다. 훤칠한 키에 잘생긴 대위는 눈썰미 좋아 외부에서 반입된 조직폭력배와 마약사범 등 문제 수용자 물품 꼼꼼히 살폈고 지난달에는 운동화 밑창에 10만 원권 수표 숨겨진 걸 찾아내기도 했다. 밖에서 신발 밑창 뜯어내고 수표 넣은 뒤 고무풀로 붙여 감쪽같이 속였는데 수상하게 여긴 대위가 신발 속에 손 넣고, 냄새 맡고 하여 찾아낸 것이다. 다른 한 명은 종교적 신념으로 논산훈련소에서 집총 거부하여 남한산성(육군교도소) 거쳐 여기로 왔는데 대학 재학 중인 학생이라 착해 빠져 고분고분 시키는 일 잘하고 있다. 대학생 봉기는 징역 1년 6월 받아 올겨울 만기다. 하지만 모범수로 가석방 받을 가능성 높아 가을께 출소할 것 같다.

필규는 봉기 데리고 작업 나가는데 여직원과 수용자 둘만 남기고 자리 뜨면 절대 안 된다. 오늘 같은 날엔 특별히 시킬 일 없어도 대위 데리고 가야 하는 것이다. 필규도 그런 사실 알지만 처리할 업무 너무 많은 데다 대위 착하고 일하는 거 나무랄 데 없어 신임하는 터라 믿고 나가는데 심각한 보안규정 위반이다. 필규는 타성에 젖어 설마 별일 있을까 하며 대위 믿는데 열 길 물속 알아도 한 길 사람 속 알 수 없단 말처럼 인간 내면 속속들이 어찌 알겠는가. 모범 수형자라 지도에 선발됐고 그간 일 시켜보니 잘하더라는 필규 개인의 사적인 감정이고 어떠한 추가 보안 조치나 믿음의 근거는 없는 것이다. 여태 잘해왔으니 앞으로도 아무 일 없을 것이라는 자기 확신뿐. 여기 들어온 모든 사람, 교통사고 사범이든 살인범이든 죄짓고 구속되어 법원의 확정판결 받은 형사범이다. 믿을 때 믿더라도 항상 감시의 눈초리 소홀히 해선 안 된다는 뜻이다. 필규가 은녀와 대위 놓고 자리 비운 것은 여대까지 쭉 그렇게 해온 습관 때문이다. 가는 길에 수용자 한 명 더 데려간다고 일에 지장 있는 것도 아니고 영치품 창고 일 많기는 하지만 공장 돌고 와서 네 사람 같이 하면 충분히 처리할 수 있는 양이다. 결과론적인 말이지만 혹시라도 무슨 일 생기면 모든 책임 필규가 져야 한다. 징계 먹어도 경징계 아니라 해임·파면 등 중징계받을 수 있는데 근무태도 너무 태평한 것 같다. 아무튼 필규 그렇게 배달 나가고 은녀는 영치품 창고에서 우편 행랑에 들어 있는 물건 꺼내 분류하고 있다. 은녀가 검색 마친 우편물 던지면 대위가 잽싸게 받아 수용자 번호 색인하여 공장, 사동별로 나눈 뒤 지정된 선반 위에 올려놓는다. 잠깐 소강상태 보이던 빗줄기 다시 쏟아진다. 손바닥 크기만 한 트랜지스터라디오에서 아바 노래 흘러나온다.

"Take it easy with me, please
Touch me gently like a summer evening breeze
Take your time, make it slow
Andante, Andante

Just let the feeling grow

어렵게 생각 말고 천천히 해줘요
여름날 저녁에 부는 산들바람처럼 날 부드럽게 어루만져 줘요
서두르지 말고 천천히
느리게, 천천히 느낌이 커지도록 해주세요

Make your fingers soft and light
Let your body be the velvet of the night
Touch my soul, you know how
Andante, Andante
Go slowly with me now

당신의 손끝으로 부드럽고 가볍게
어두운 밤의 벨벳처럼 부드럽게 몸을 느끼게 해주세요
나의 영혼을 어루만져 주세요
어떻게 하는지 알고 있잖아요
천천히, 느리게
이제 나와 함께 천천히

I'm your music (I am your music and I am your song)

I'm your song (I'm your music and I am your song)

Play me time and time again and make me strong

(Play me again 'cause you're making me strong)

Make me sing, make me sound

(You make me sing and you make me)

나는 당신의 음악

나는 당신의 노래

날 계속 희롱해 줘요

내가 노래하고 소리 지르게 해주세요

Andante, Andante

Tread lightly on my ground

Andante, Andante

Oh please, don't let me down

천천히, 서서히

나의 세상을 조심스럽게 걸어보세요

느리게, 천천히

오 제발 날 실망시키지 말아줘요

There's a shimmer in your eyes
Like the feelin' of a thousand butterflies
Please don't talk, go on, play
Andante, Andante
And let me float away

마치 수천 마리 오리가 있는 느낌처럼
당신 눈 속에 가물거리는 빛이 있네요
제발 아무 말도 하지 말고 계속해 주세요
느리게, 천천히 날 기분 좋게 해줘요"

***

그녀는 오늘 기분 좋게 출근했다. 엊저녁 귀한 물건 손에 넣었기 때문이다. 그야말로 횡재한 느낌이랄까. 재미없는 날 이어지는 요즘 같은 불경기에 땡잡았지 뭔가. 모두 외환위기 때보다 힘들다며 울상인데 무슨 행운이야. 러시아문학 전문출판사 '열린책들'에서 《도스토옙스키 탄생 200주년 기념판》 8권(1질)과 《알라딘 컬렉션》 11권(1질), 이렇게 2종류를 작가 탄생 200주년 생일 맞춰 2021년 11월 11일 한정판 2천 질 출간했다. 은녀, 서지(書誌) 정보 꽤 밝은 편이라 좀처럼 놓치는 일 없는데 뭣 때문인지 며칠 늦게 주문하니 이미 품절, 꼭 갖고 싶었는데 아쉬웠다. 중고라도 살 요량으로 여기저기 알아봤지만 씨 말라 구할 방법 없었다. 바보 아닌 이상 누가 귀한 한정판 내다 팔겠는가. 오랫동안 찾아 헤맸는데 지성이면 감천이라더니 며칠 전, 드디어 소식 들렸다. 중고지만 도서 상태 최상급이라 한다. 소장자와 연결되어 통화하니 자신이 전권 완독했고 교양인 독서법 준수하여 책장 접거나 밑줄긋기 같은 도서 손상행위 하지 않아 신상품과 다름없이 깨끗하단다. 출간 당시 새 책 판매가(알라딘 컬렉션) 11만 원인데 2년 가까이 된 중고를 23만 원 달라네. 그래도 예상보다 저렴한 편. 초판 1쇄 딱 2천 권 찍고 절판이라 희소성과 우수한 번역진, 고급 양장본까지…. 더 불러도 기꺼이 부담할 판이다. 그래도 조금 깎아주면 좋으련만 전화기 송화구 너머 들리는 차도남(차가운 도시 남자)의 건조한 목소리 냉천골 바람처럼 서늘해 포기하고 말았다. 아무튼 도서 효용 가치 계산한 사내의 절제된 욕망과 책 구하고 싶어 안달 난 은녀 열정 더해져 거래 성사된 거 같다.

작품 구성《카라마조프 씨네 형제들》3권,《죄와 벌》2권,《백치》2권,《악령》3권,《가난한 사람들》1권, 이렇게 꾸며져 있다. 옛 선현이 적서승금(積書勝金)이라 했다. 책 꽂아두는 게 금 쌓아두는 것보다 낫다는 말씀 아닐까. 어찌 보면 가난한 책상물림의 열등의식이거나 지적 수준 높은데 살림살이 팍팍한 딸깍발이의 자기합리화라 할 수 있지만 은녀는 언제나 적서승금 쪽이다. 서책 두툼하게 쌓아둔 것에 그치지 않고 정신 집중하여 정독하면 살이 되고 피가 되는 삶의 나침반으로 되지 않을까. 우리 역사상 도서 구입 때문에 가세 기운 유일한 사람이 조선 후기 실학자 혜강 최한기라 한다. 실로 엄청난 서적 쌓아놓고 읽었는데 공리공론 배격하고 실사구시 정신 받들어 백성 이롭게 한 지식인이다. 근래엔 한겨레신문, 중앙일보 논설위원으로 활약했으며 서울대 재직 중 김수행과 함께 학계에 정통 마르크스주의 경제학 소개한 진보 경제학자 고 정운영이 혜강의 장서 계보 잇는 듯하다. 좁아터진 그 집 써금써금한 마룻바닥 책 무게 못 이겨 내려앉았다니 말해 뭐 하랴.

    사실 도스토옙스키 책 학창 시절 다 읽은 것이다. 지금도 《백치》외 우리 집 서재에 가지런히 꽂혀 있다. 이번 '탄생 200주년 기념판'은 기존 원전(原典)의 오류 바로잡고 외래어표기법 따라 된소리(쌍뜨뻬쩨르부르끄 → 상트페테르부르크) 고치는 등 러시아어-한국어 전달과정을 매끄럽게 다듬었으며 무엇보다 한정판으로 소장가치 있어 나중 누구에게 남겨도 손색없는 귀한 판본이라 생각한다. 먼 훗날 서거 200주년(2081년 2월 9일) 기념판 나올지 모르지만 그러려면 57년 기다려야 하는데 그땐 나이 든 독자 대부분 요단강 건너 강둑에서 냉이 캐고 있겠지.

러시아에서, 세계에서 푸시킨, 톨스토이와 함께 위대한 문호, 사상가로 추앙받는 도스토옙스키. 젊은 시절 오랫동안 간질 발작 시달렸고 심한 도박중독으로 번번이 원고 마감 시간 넘겨 보다 못한 출판사 직원이 도박장 들이닥쳐 불운하고 비범한 천재 끌어내 집필실 가둘 만큼 정신 피폐해 있었으며, 한때 반체제 정치범으로 몰려 유형 처해졌는데 영하 40도 내려가는 시베리아 옴스크 감옥의 혹독한 추위와 굶주림 속에서 4년간 견디며《죽음의 집의 기록》을 완성했다. 육신 옭아맨 끔찍하고 참혹한 유형지에서 후세 길이 남을 불멸의 꽃 피워낸 것이다.

"문학사 전체를 통해 이보다 더 훌륭한 작품은 없다고 본다. 서사도 좋지만, 나는 이게 교육적인 책이라 생각한다. 도스토옙스키에게 사랑한다고 전해달라." 톨스토이가《죽음의 집의 기록》읽고 남긴 말이다. 도스토옙스키는 톨스토이보다 일곱 살 많지만, 세상 머문 기간은 도스토 59세, 톨스토 82세로 명줄 긴 톨스토이가 23년 더 살았다. 같은 러시아인에 동시대 살다 간 대문호인데 둘은 평생 한 번도 만난 적 없고 서로 데면데면한 탓에 감정 썩 우호적이지 않았다. 어찌 보면 라이벌 관계라 할 수 있는 사람 책 읽고 얼마나 감동했으면 이토록 극찬하겠는가. 도스토옙스키는 글 수정이나 퇴고(推敲)하지 않기로 유명하지만, 그의 대표작이라 할《죄와 벌》은 예외다. 그가 작품에서 내용 고치지 않은 건 돈 때문이었다 한다. 도스토옙스키는 가난과 도박 때문에 늘 돈이 궁했는데 거기에 딸린 식솔 많아 그들 부양하느라 재무구조 바닥이었다. 그런 이유로 출판사에서 미리 돈 받고 출판권 넘긴 뒤 작품 집필하는 식의 불리한 계약 맺어 항상 시간 쪼들렸다. 도스토옙스키 소설이 대체로 긴 것도 당시 러시아에서는 글자 수마다 고료 계산했기 때문이다. 반면《죄와 벌》은 다른 작품 선계약하여 돈 받아 퇴고할 수 있었다. 작가에게 퇴고란 암석 갈아 벼루 만들고 통나무 깎아 연필 만드는 것처럼 고된 작업이다. 헤밍웨이도《노인과 바다》쓰며 100번 이상 고쳤다지 않던가. 그렇게 보면 원고 손보지 않고 천의무봉, 일필휘지 써 내려가 문학성 높은 작품 탄생시킨 도스토옙스키는 하늘이 내린 글재주 갖고 있으나 도박중독이라는 천형 받은 두 얼굴의 잔인한 천재다. 그가 도박 비용 마련하기 위해 반강제적으로 부랴부랴 27일 만에 완성한 작품이《노름꾼》이다. 절절한 자기 고백인데 문장 출중하다 보니 선금 받아 도박자금으로 쓸 수 있었다. 출판사에서 심하게 다그쳐 얼마나 기한에 쫓겼으면 속기사까지 채용했겠는가. 자기보다 25살 어린 안나라는 여성 속기사와 결국 결혼하여 자식까지 두게 되는데 안나가 출판 계약 전담하고 '또순이' 살림하여 가까스로 도박과 궁핍에서 벗어난 뒤 안락한 집 장만하여 가정 꾸리게 된다. 그래서 여자 말 들으면 자다가 떡 생긴다 하지 않는가. 도스토옙스키는 독실한 기독교(동방정교) 신자였는데 마지막 숨 거둘 때 안나에게 성경책 가져오라 해《마태복음》3장 14~15절 들으며 눈감았다 한다.

 문학이 인간을 구원한다는 믿음 심어준 거인 떠나고 남은 건 그의 발자국뿐. 눈 내리는 북국의 차갑고 청정한 우수 깃들인 러시아에서 태어나 차르가 저지른 무자비한 학정과 인간 이하의 비참한 처지 내몰린 농노 목도하며 사람의 존엄성 유린하는 압제 사슬 문학의 칼로 끊어내려 했던 표도르 미하일로비치 도스토옙스키. 암울한 시대 살다 간 선각자 영혼 만나는 것, 거장의 생생한 숨결 느끼는 것, 천만금과 바꿀 수 없는 소중한 경험이라 생각한다. 이토록 값진 인류문화유산을 어찌 작은 이익과 서푼짜리 금전으로 취할 수 있겠는가.

 은녀는 여고 때 딱히 문학소녀라 할 수 없었으나 친구들 대부분 옆구리에 책 끼고 다니며 데미안, 싱클레어, 골드문트, 나르치스…. 해대는 바람에 학교도서관에서 몇 권 빌렸는데 사춘기 소녀 감성에 맞기도 하지만 헤르만 헤세 문체 어찌나 아름다운지 그만 매료되고 말았다. 그 후 공부 뒷전이고 도서관 들락거리며 문학책 읽느라 영어, 수학 점수 안 좋게 나와 한동안 고생했다. 나이 들어서도 햇병아리처럼 순수하고 진달래꽃같이 곱던 소녀의 추억 조금 남아 있어 늦깎이 문학도 되어가는 중이다. 그러던 차

오래된 잡지에 도스토옙스키 한정판 출간 기사 읽고 수소문하여 어렵게 구해 복권 하나 맞은 것처럼 기쁘다.

"I'm your music(I am your music and I am your song)
I'm your song(I'm your music and I am your song)
Play me time and time again and make me strong
(Play me again 'cause you're making me strong)
Make me sing, make me sound
(You make me sing and you make me)

나는 당신의 음악
나는 당신의 노래
날 계속 희롱해 줘요
내가 노래하고 소리 지르게 해주세요"

***

세찬 폭우 뚫고 프리다와 아그네사 감미로운 목소리 울려 퍼진다. 은녀는 안단테 장단 맞춰 흥얼거리며 가볍게 따라 하고 있다. 그때였다. 계단 아래서 일하고 있던 대위 언제 올라왔는지 뒤쪽에서 갑자기 은녀 덮치더니 넘어뜨린 후 입술 빨기 시작한다. 순식간에 여자 제압한 대위가 수건으로 은녀 입 틀어막고 셔츠 올려 브래지어 끈 사정없이 잡아당겼다. 우두둑! 소리 내며 끈 떨어지자 젖가슴 움켜쥔 대위, 여자 팬티 거칠게 벗겼다. 은녀는 대위의 우람한 몸에 깔린 상태에서 심하게 저항하며 몸부림쳐 녀석 팔뚝을 물어뜯었다. 악! 하고 소리 지른 대위 야수처럼 날뛰며 은녀 목 조르기 시작한다. 어찌나 심하게 누르는지 금방이라도 숨넘어갈 것처럼 깔딱거리다 정신 혼미해지더니 그만 탈진해 버렸다. 가느다란 의식 속에서 결사적으로 사내 가슴팍 밀어내며 거부해도 커다란 바윗덩이 누르듯 밀어붙이는 건장한 육척장신 당할 수 없다. 대위 바지 내리는가 싶더니 튼실한 하초에서 탱글탱글 터질 듯 부풀어 오른 커다란 양물(陽物) 꺼내 여자 속살 깊이 밀어 넣었다. 오랫동안 굶주린 데다 순치되지 않은 야성 간직한 수컷의 장작개비같이 짱짱하게 고개 쳐들고 있는 거북 대가리, 간절한 성 집착 의지, 지칠 줄 모르는 체력 모두 완벽한 데다 정신력 또한 과감하고 맹렬했다. 2년 넘게 철창 가둬둔 욕망의 둑 무너지듯 여자 몸 탐닉하며 뼈 마디마디 신체 교감신경 모두 들고 일어나 춤추고 기뻐하며 열락(悅樂)하는 가운데 절구 내리찍듯 수직으로 상하 운동 반복했다. 정말 무지막지한 폭력 정사, 전율할 교접(交接)이었다. 교정시설에서 직원 관리 감독 아래 있는 수형자가 여성 공무원 겁탈한 엄청난 사고 저질렀는데 세차게 쏟아진 폭우 아무도 들을 수 없도록 귀 막게 하고 야만적인 음행 저질러진 마룻바닥 삐걱대는 소리마저 완벽하게 감추고 있다. 빗소리 더욱 거세지고 〈안단테〉 부드럽게 속삭인다.

"Make your fingers soft and light
Let your body be the velvet of the night

당신의 손끝으로 부드럽고 가볍게
어두운 밤의 벨벳처럼 부드럽게 몸을 느끼게 해주세요

Touch my soul, you know how
Andante, Andante
Go slowly with me now

어떻게 하는지 알고 있잖아요
천천히, 느리게
나와 함께 천천히"

폭주하는 기관차처럼 거침없이 달려 정점 다다른 짐승 허공 향해 울부짖더니 은녀 몸에 아프로디테의 거품, 철철 넘치게 싸지른 후 그대로 여자 가슴팍 엎어졌다. 땀 범벅된 여자가 사내 밀어내고 재빨리 옷을 입었다. 놈이 얼마나 격하고 함부로 휘저었는지 가랑이 사이 통증 심하게 몰려와 가까스로 옷 입을 수 있었다. 대위도 주섬주섬 옷가지 챙겼다. 흐트러진 머리 대충 만진 여자가 대위를 노려봤다. 그리고 있는 힘 다해 놈의 싸대기를 올려붙였다. 다섯 번, 일곱 번…. 사내 뺨 벌겋게 물들고 죄인 마룻바닥에 무릎 꿇는다.

"담당님! 죄송합니다."
"뭐 죄송? 이 새끼야, 죄송하다면 다야. 이제 어쩔 건데?"
"제가 책임지겠습니다. 한 번만 용서해 주십시오."
"개자식! 그러니까 승냥이 같은 짐승 새끼가 그동안 우리한테 신임 얻으며 음흉하게 날 노리고 있었구만. 착한 척, 순한 척 있는 내숭 없는 내숭 다 떨며 시커먼 발톱 감춘 채 날 겨누고 있었다 이거지. 내가 어물쩍 넘어갈 것 같아? 꿈 깨, 이 자식아! 지금 당장 상부에 보고하고 너 고소할 거야. 이 새끼 강간에 특수공무집행방해로 죽을 때까지 콩밥 먹여줄 테니까 기다려. 너 오늘 큰 실수한 거야. 두고 봐, 벌레 같은 놈 인생 아주 종 치게 만들 테니까!"

밖에서 문소리 나더니 일 나갔던 필규와 봉기 들어온다. 더 일찍 올 수 있었는데 소장 순시 때문에 늦어졌다며 바깥 청사 나가서 좀 쉬란다. 1층으로 내려간 필규가 대위를 부른다. 더운데 고생했으니 냉커피 한 잔 마시라고. 사실 교도소에서 수용자는 커피 마실 수 없는데 영치품과 교무과 일처럼 사무직 업무 보조하는 지도와 소제부(掃除夫: 잡일 돕는 수용자)는 직원들이 자기들 마실 때 한 잔씩 건네곤 했다. 대위 1층으로 내려가자 은녀는 멍하니 앉아 있었다.

  그날은 그렇게 마치고 퇴근을 했다. 집에 돌아온 은녀는 욕실에 들어가 몸을 씻었다. 몸뚱이에 비누 구름처럼 바른 후 물로 씻어냈다. 그러길 수십 번. 씻고 또 씻고, 피부 벌겋게 되고 나중엔 살갗 벗겨지도록 문질렀다. 그러나 아무리 씻고 문질러도 마음의 상처와 충격 씻겨지지 않았다. 저녁 거른 채 책상 앞에 앉은 은녀는 오늘 일 곰곰이 되새겨 봤다. 첫째 대위 강간죄로 고소하는 것. 둘째 소문과 낙인 두려워 가슴에 묻는 것. 셋째 범인을 멀리 지방교도소로 이송 보내는 것. 날 하얗게 밝히며 밤새도록 고민했으나 답 나오지 않았다. 이 사건 지름길은 두말할 나위 없이 고소다. 상부에 보고하고 수사기관 고소하면 깔끔하게 정리된다. 근데 문제는 그다음이다. 직장에 소문 퍼지고 사람들 입방아 오를 텐데 그거 이겨내고 직장생활 계속할 수 있을까. 마음 같아선 당장 고소하고 싶은데 처녀 몸으로 갈기갈기 찢길 명예와 사회적 망신살 어떻게 이겨낸단 말인가. 그럼 가장 현명한 방법은 무엇일까. 머리 쥐어뜯어도 명쾌한 답 나오지 않는다. 은녀는 병가 일주일 내고 회사 나가지 않았다. 부모님과 오빠, 회사 동료, 여고 단짝….

누구와도 의논할 수 없었다. 그녀는 하늘 무너지고 땅 꺼지며 낭떠러지 떨어져 나뒹굴다 숨 끊어지는 사고를 오롯이 혼자 감당해야 했다. 돌이켜 보면 은녀는 그날 일생일대 치명적인 실수를 했다. 달리 생각할 거 없이 무조건 상부에 알리고 법대로 처리하면 될 일이다. 여자로서 수치스러운 일이겠으나 그녀는 명백히 범죄 피해자다. 애초에 피해자는 잘못 없고 모든 게 범죄 저지른 가해자 책임 아니던가. 처음 일 당했을 때 지체 없이 신고하며 단호히 대처했다면 간단히 처리됐을 텐데 우유부단, 이 생각 저 생각 길어지며 미적대다 실기(失期)하여 이젠 이러지도 저러지도 못한 상황에 빠지고 말았다. 대위 자식 따귀 갈길 일 아니라 고소가 먼저였다. 그렇다고 기회 영 사라진 건 아니다. 이제라도 놈을 법의 심판대 세우면 되는데 그녀는 사건 당일 처리하지 않고 여러 날 지체한 게 본인의 잘못인 양 자책하며 땅을 치고 후회만 하고 있었다. 어쩌면 은녀는 자기가 관리하던 범죄자에게 당했다는 직장 내 낙인과 뒤통수 대고 수군거릴 여직원들의 차가운 시선, 자신이 겪은 피해보다 더 두려웠는지 모른다. 선뜻 동의하기 어렵겠으나 당시 사회 분위기 법은 법이고 인습은 인습이라 아무리 생각해도 수치심과 벌떼같이 물어뜯을 동료 입방아 당해낼 자신 없었다.

사건 전모 밝혀지면 범인은 물론 필규 역시 엄한 처벌 받을 거

뻔하다. 절차대로 한다면 맨 먼저 필규에게 알려야 하지만 상부 보고 후 법적 조치 취할 때 필규는 징계 피하지 못할 것이다. 징계 아니라 조사결과에 따라 수사받을 가능성 배제할 수 없고 지방 전출 등 신변에 엄청난 불이익 감수해야 한다. 물론 은녀 입장에 서는 지금 필규 걱정할 때 아니라 자기 앞길 생각해야 하니 적어 도 현재 상황에서 필규 문제는 우선순위 아니다. 당장 급한 불이 대위를 어떻게 처리하는 게 가장 현명하고 합당한 조처인지 고 민해야 한다. 그런데 은녀가 결론 내리지 못해 상황이 멈춰 있는 것 아닌가. 충격의 시간 지났으나 혼란스러운 마음 정리하지 못 한 채 마음 흔들리고 있고 그사이 중요한 시간 흘러가 버린다. 은 녀는 오늘 아침까지 마음 정하지 못한 상태에서 출근하여 영치품 창고 2층 올라가는데 대위 혼자 우편 행랑 쌓으며 땀 뻘뻘 흘리고 있다. 은녀 보자 멈칫하더니 앞으로 와 두 손 공손히 모으고 고개 숙인다.

"저리 꺼져 인마! 꼴도 보기 싫은 자식아. 넌 곧 죽을 목숨이니 까. 각오 단단히 하고 있어."
"예. 어떤 처벌도 달게 받겠습니다. 용서란 말 꺼내면 안 될 것 같고 죽이든 살리든 담당님 처분만 기다리겠습니다. 거듭 죄송합 니다."

1년 전, 은녀는 소장부속실에 근무했다. 나중에 알았지만 교정계에서 바람둥이로 소문 자자한 L 소장 부임하여 근무하던 여직원 총무과 문서담당으로 보내고 보안과 여사(女舍) 담당하던 은녀를 부속실에 발령 냈다. 속 시커먼 소장 직원 인사기록부 보고 어린 데다 얼굴 반반한 은녀를 먹잇감으로 찍은 것이다. 발령 3일 후부터 여기저기 더듬기 시작한 소장은 일주일 되는 날 은녀 알몸 위에 올라타고 말았다. 자기는 뭐 '7일장' 해야 직성 풀린다며…. 소장은 퇴근 시간이면 어김없이 은녀 불렀고 둘은 여관에서 사랑 나눴는데 그건 사랑 아니라 강간이자 한 인간에 대해 저지른 범죄, 인권 유린, 신체에 대한 능멸이었다. 그렇게 하여 소장 애인 노릇 하게 됐는데 어느 날 소장실에서 부둥켜안고 있는 걸 결재하러 들어온 직원에게 들켜 소장이 남자직원 1계급 승진시키며 입막음하고 은녀를 여기로 보낸 것이다. 부서 달라졌으나 소장 마수에서 벗어날 길 없어 지금도 그녀는 일주일에 한 번꼴로 불려 나가 소장 단골 여관에서 우월적 지위 남용한 호색한의 성 노리개 역할 하고 있다. 그런데 꿈에도 생각 못 할 돌발변수 생겨 망치로 머리 두들겨 맞은 기분이다. 은녀는 고심에 고심 거듭하여 결론을 냈다. 대위 사건 묻자고…. 그 일 알려지면 도저히 뒷감당할 수 없을 것 같다. 그리고 무엇보다 능욕당한 소장한테 낙동강 오리알 신세 될 거 뻔하다. 속 쓰라려도 어쩔 수 없다. 은녀는 이 앙다물고 영치품 창고에서 소포 분류와 검색작업 정신 쏟으며 일에 매달렸다. 그런데 세상사 그리 간단하지 않았다. 한 번만 살려달라 애원하던 대위 눈빛 달라졌다. 2년간 우리에 갇혀있던 맹수 고기 맛보더니 돌변한 것과 다름없다. 형벌에 의하여 긴 시간 금욕 강제당한 수컷이 여자 냄새 맡자 뜨거운 혈류 온몸 휘감아 돌며 잠자던 생체 마그마 활동 시작한 것이다. 눈치 살살 보며 구석에 박혀 있던 대위가 은녀 다시 덮친 건 장마 끝나고 땡볕 내리쬐는 어느 날이었다. 놈은 익숙한 솜씨로 여자 제압하고 아랫도리에 뭉툭한 거 집어넣더니 죽자 살자 맹렬하게 피스톤질 시작한다. 다음부터는 일사천리, 자연법칙에 따라 운우지정(雲雨之情) 이루어졌다. 대사 마치고 후다닥 바지 입는 대위를 은녀가 빤히 쳐다본다. 이제 화낼 힘도 없고 의욕도 없다. 오히려 은녀가 조금씩 사내 몸 받아들이고 있었는데 절정 다다를 땐 자신도 모르는 사이 양손 깍지로 남자 허리 잡아당기며 신음 뱉어냈다. 가끔 시간 쫓겨 허겁지겁 끝내려는 남자를 한참 내려주지 않고 붙들기도 했다. 그럴 때면 방긋이 벌어진 은녀 입술에 격렬한 키스 퍼부었고 이제 여자도 남자 구강 깊숙이 쳐들어가 꿀물 줄줄 흐르는 밀원(蜜源) 탐닉하며 뜨겁게 호응했다. 방금 있는 대로 소진하여 식은 것 같던 남자 다시 불타는데 어디서 그런 기운 솟아나는지 상상할 수 없는 힘으로 여자를 자지러지게 만들었다. 이제 그녀 역시 남자 살냄새 맡아버린 것이다. 라일락처럼 진하게 다가오는 사내의 향기 같은 거. 머릿속 정리되지 않아 아직 단정적으로 말할 수 없으나 막 돋아나 파릇한 봄의 이파리 같은 싱그러운 남자의 체취 느끼며 사랑이라는 미묘한 감정 싹트기 시작한 것이다. 알다가도 모를 일이 남녀 사이고 겉 정, 속 정 다 들면 헤어나기 어렵다는데 금지된 사랑의 늪에 스스로 빠져들어 길 잃게 생겼다. 은녀는 자신의 이런 행동 부끄러워 소스라치게 놀라 몸을 떨었다. 시작 정당했건 부당했건, 이유 무엇이건 상관없이 건강한 청춘남녀의 뜨거운 사랑 불탄 자리엔 널브러져 나뒹군 애욕과 허망하게 엎질러진 옥수(玉水)가 질펀했다.

3~4주 지났을까. 은녀는 몸에 이상을 느꼈다. 속 더부룩하고 가슴 답답하더니 영 입맛이 없다. 그러던 어느 날 직원식당에서 점심 메뉴로 생선구이 나왔는데 젓가락 대는 순간 역한 비린내 올라오더니 속 매스꺼웠다. 은녀는 급히 식판 반납하고 화장실로 갔는데 거기서 구역질을 했다. 아뿔싸, 아무래도 일 생긴 모양이다. 퇴근길 약국 들러 임신 테스트기 구입하여 화장실에서 해보니 두 줄 선명하다. 은녀는 그 자리에 털썩 주저앉고 말았다. 이 일을 어쩐다. 일 중에 큰일 생기고 만 것이다. 여자의 본능적 직감과 배란일, 생리 주기 따져보니 범인은 소장이었다. 다음 날 출근하자마자 소장실로 올라갔다. 소장은 포마드 발라 잘 빗어넘긴 곱슬머리 아래 이마 유난히 번들거렸는데 수북이 쌓인 결재서류에 도장 찍느라 바빴다. 자초지종 얘기 듣던 소장이 처음엔 놀란

표정 지었으나 의외로 부드럽게 나왔다. 지금 상황이 당장 본처와 이혼하는 건 어렵고 회사 그만두고 쉬고 있으면 다른 자리 알아볼 것이며 당분간 은녀 생활비 보내주겠다는 것. 그리고 본처와 이혼 즉시 은녀와 합칠 테니 걱정 붙들어 매라고 달랜다. 처음엔 낙태 강력하게 주장하던 소장이 한발 물러선 건 은녀가 낙태할 마음 없음을 단호하게 얘기하고 아이 양육문제까지 꺼내며 물러서지 않자 내년에 부이사관 승진인데 삐끗하여 사달이라도 생기면 승진은커녕 직 유지도 어렵다 판단한 모양이다. 문서 작성해 공증받은 것도 아니고 구두 약속이라 소장이 관계 부정하며 오리발 내밀면 그만이지만 은녀 신체에 새겨진 여러 흔적 남아 있어 아무리 소장이라 한들 자기 의도대로 하긴 쉽지 않을 터였다. 아무튼 소장한테 단단히 약조 받고 사표를 썼다. 점점 배 불러와 더는 지체할 수 없었다. 여고 졸업하고 공무원 시험 합격하여 얻은 첫 직장인데 5년 만에 그만두게 된 것이다. 금계동 모란교정마을은 은녀에게 사회 첫발 내디딘 새내기 청년의 희망이었고, 다시 떠올리기 끔찍한 악마의 목구멍, 무간지옥과 다름없었다.

열 달 후, 은녀는 출산을 했다. 건강한 사내아이 낳은 것이다. 갓난아기 이름을 두칠(斗七)이라 했다. 소장이 작명소에서 지었다며 그렇게 부르란다. 은녀는 아이 키우며 안면 무시, 얼굴 철판 깔고 대위 면회 다녔다. 은녀와 소장 관계 모르는 직원들 수용자 눈 맞아 교정시설 안에서 범죄자와 부적절한 관계 맺고 임신한 후 사직하고 이제 도둑놈(수용자를 얕잡아 부르는 말) 면회까지 다닌다며 세계 교정사 유래없는 추문이라 거품 물고 떠들어 댔다. 관공서 좁은 바닥이다 보니 무슨 일 생기면 곱게 지나지 않는다. 대개 이해하는 쪽보다 헐뜯는 분위기 강한데 일 없어 서러운 참새 입방아, 이런 호재 가만두겠는가. 말이 말을 전하며 부풀리고 왜곡되어 직장 안에서 한동안 은녀 사건이 국가안보보다 중하게 다뤄질 정도였다. 가히 말의 성찬, 상대 사납게 물어뜯고 피투성이 만들어 만신창이 되는 꼴 보고서야 직성 풀리는 언어의 폭력이었다. 하지만 이 또한 지나갈 일, 나 살기 힘든 세상에서 아무리 꿀단지라 한들 그것 붙들고 영원히 빨아댈 순 없지 않을까. 선·후배, 동료 가릴 것 없이 마치 외계인 쳐다보듯 야릇한 표정으로 빈정대는 눈치와 오가며 스칠 때마다 비릿한 웃음 짓는 여직원 눈총 뒤통수 사나웠지만 애써 무시하기로 했다. 누가 죄 많은 이 여인에게 돌을 던질 것인가. 입장 바꿔 당신이 그런 상황에 빠졌다 한들 빠져나오기 쉽지 않았을 것이다. 생각 없이 남의 말 지껄이긴 좋아도 막상 당하면 그녀와 별반 다르지 않으리라 본다. 정녕 여인에게 돌 던질 사람 몇이나 있을까 싶다. 이왕지사 이렇게 된 것 어쩌겠는가. 그들도 언젠가 세월 흐르면 자기 일 바빠 잊어먹겠지. 얼굴에 10cm짜리 두꺼운 철판 대고 면회실에 나타난 은녀를 대위는 미안한 마음 드는지 무릎 꿇고 맞았다. 그는 두칠이 제자식인 줄 안다. 면회실에서 아기 보여주면 그리 좋아할 수 없다. 자기 곧 나가니까 조금만 참으면 편하게 해주겠다며 여자 안심시키기 위해 애를 쓴다. 다행히 대위는 가석방받아 예상보다 빨리 출소했다. 둘은 금계동 떠나 변두리 난곡에 방 얻고 신접살림을 차렸다. 소장은 은녀가 대위 면회 다닌 것 알고 난 후 약속한 모든 지원 끊음은 물론 은녀에게 온갖 비난 퍼붓고 다닌다는 말을 누구에게 얼핏 들었는데 거기 덧붙여 새로 발령받은 여직원 꼬드겨 눈꼴사나운 추문 일으킨다는 소식까지 들어야 했다. 둘은 난곡에서 알콩달콩 신혼의 단꿈 속에 아이 키우며 잘 살고 있었다. 한 가지 걱정이라면 대위 취직 문제 좀처럼 해결되지 않아 살림살이 갈수록 팍팍해졌다. 애까지 딸려 세 식군데 벌이 시원찮아 동네 가게에 외상 달기 일쑤고 아는 사람한테 자주 손 벌리게 되어 체면 말이 아니다. 친정 부모와 큰오빠가 잘사는 편이라 도움 요청하고 싶은데 아버지가 딸자식 호적에서 파버리겠다며 노발대발하여 친정하곤 연 끊고 산다. 어느 부모가 공무원 여식이 죄짓고 교도소 들어온 수형자 만나 부부 관계 맺은 것 용서하겠는가. 그건 누구라도 쉽지 않을 것 같다.

세월 흘러 두칠이 중학생 되었다. 초등학교 때는 공부 괜찮게 하여 반에서 중위권 정도였는데 중학교에선 어떨지 모르겠다. 대위는 오만 군데 이력서 제출하며 취업하기 위해 노력해도 별무소득, 지금은 고등학교 후배가 운영하는 중고차 판매 일 도우며 용돈 몇 푼 가져온다. 은녀는 한식집 찬모로 취직하여 종일 반찬 만들고 설거지하느라 허리 펼 시간도 없다. 팔다리 쑤시고 여기저기 결려 몸뚱이를 파스로 도배했다. 허리 복대도 차고. 팍팍하기 그지없는 나날이다. 그러던 중 대위가 덜컥 구속돼 버린 것이다. 중고차 업체 사장이 침수차 속여 팔았는데 그게 한두 대 아니라 수백 대 이르고 일부 차량 금융기관 할부담보금까지 손댄 모양이다. 대위도 범죄 깊이 간여되어 구속 피하지 못했다. 청천벽력, 하늘 무너지는 순간이다. 생각지도 않은 가시밭길 걷게 된 은녀는 중학생 아들 부양해야 하고 기약 없는 남편 옥바라지 생각하니 앞이 깜깜해졌다. 그런대로 착실하게 1학년 마친 두칠이 말썽 일으킨 건 중2 때부터다. 빨랫감 찾으러 아이 방 들어갔는데 체육복 주머니에 담배꽁초 들어 있다. 두칠 하교 후 앞에 앉혀 이런 말 저런 말 하며 달래보지만 대답 건성으로 하는 게 엄마 말, 귀에 안 들어오는 것 같다, 담배는 양반이었다. 중3 되자 종종 술 마시고 들어오는데 아이 옷에서 담배 냄새와 핏자국 자주 보였다. 담임선생 만나 학부모 상담도 몇 번 해봤는데 요지부동, 본인이 학습의욕과 태도 개선 의지 없으면 주위에서 별말 별소리한들 효과 있겠는가. 돌부처처럼 옴짝달싹 않고 같은 부류 친구들과 어울리며 경찰서 들락거렸다. 갈수록 태산이라더니 고등학교 들어간 그해 두칠이는 끝내 소년교도소 신세 지고 말았다. 엄마는 경상도 신천까지 면회 다니느라 허리가 휠 정도다. 소년범이라 해도 죄 가벼우면 갈선동에 있는 미추소년교도소 가는데 중형이면 아랫녘 신천소년교도소로 보내 기차 타고 거길 다녀와야 했다. 애비는 아직 나오지 않고. 부자구속이라니 웬일인가. 가정에 한 사람만 구속돼도 그 집 휘청이는데 아버지와 아들 동시 구금되어 가녀린 여자 몸으로 감당하기 어려운 시련이었다. 요즘 은녀는 폭삭 늙은 느낌 들 때가 많다. 찬모 일도 그렇거니와 남편과 아들 교도소에 있으니 정신·육체적으로 무너지고 있다. 하늘이 어찌 나에게 이토록 모진 시련 준단 말인가. 그렇게 죽지 못해 사는 날도 봄 오고 가을 가 두칠이 집으로 왔다. 형옥에 갇힌 자식 돌아왔으니 얼마나 기쁘겠는가. 엄마는 지극정성 두칠이 보살피며 어떡하든 바른길로 인도하기 위해 혼신의 노력 기울였다. 그러거나 말거나 두칠인 자기 길 걷기로 작정한 사람처럼 행동했다. 학교 퇴학당하여 검정고시라도 봐야 한다고 은녀가 눈물로 호소해도 듣는 둥 마는 둥 귓등으로 흘려보내고 폭력조직 가담하여 싸움질만 하고 다녔다. 고1 때 기소유예 처분부터 수사기관 경력 화려하고 지금 저러고 다니니 앞으로 어떻게 될 건지 엄마 눈에서 눈물 마를 날 없다. 동네 건달로 패싸움하고 다니던 두칠이 전국단위 조직에 들어간 건 올봄, 이제 본격적으로 어둠의 세계에 발 들인 것이다. 지금부터 두칠이 운명 엄마 손 떠나 죽든 살든 본인 책임 아래 놓이게 됐다. 갓 스무 살 앳된 청년이 위험천만한 어둠의 세계

들어가 한 치 앞 알 수 없는 불확실한 미래에 몸 맡기는 믿기 힘든 결정 하고 만 것이다. 톨스토이 소설《안나 카레니나》서문에 이렇게 쓰여 있다. "행복한 가정은 모두 비슷한 이유로 행복하지만, 불행한 가정은 저마다의 이유로 불행하다."

두칠 I

그로부터 4년 후, 두칠이는 살인죄로 사형을 선고받았다. 경찰 검거부터 검찰송치와 재판 이르기까지 긴 과정 끝에 드디어 결심공판. 검사의 추상같은 논고 시작됐는데 형법 제250조 1항과 각 조 저촉행위 조목조목 읽어가며 타인의 생명 앗아간 범죄인을 사회에서 영원히 추방해야 한다 역설한다. 2시간에 걸쳐 장황하게 죄인의 범죄일람표 읽어 내려가며 입에 담기 무서운 잔혹한 범죄행위 나열하던 젊은 검사 논고 마지막 단계에서 피고에게 사형을 구형했다. 두칠이는 카랑카랑한 목소리로 칼날처럼 내리치는 검사의 논고 내용 담담히 듣고 있었다. 검사 논고 피눈물 흘릴 정도로 인정사정없이 가혹했으나 특별히 틀린 내용 없는 사실의 나열이었다. 6주 후 선고 공판 열렸다. 판사 역시 준엄하게 피고를 꾸짖었다. 그러면서 극악무도한 범인을 사회와 영원히 격리하는 것이야말로 범죄로부터 선량한 시민 보호하며 나아가 사회공동체 유지와 인간의 존엄성 지키는 유일한 길이라 선언했다. 80분간 추상같은 어조로 피고 만행 낱낱이 꾸짖던 재판장은 범행수법 극도로 잔인하고 반사회적이며 피해자 쪽에서 엄벌에 처해줄 것을 탄원하는 등 모든 사정 고려하여 사법 정의의 이름으로 피고에게 사형을 선고한다 못 박았다. 판사 입에서 사형이란 말 떨어지자 망치로 뒤통수 한 대 얻어맞은 것처럼 충격받은 두칠이 몸 휘청이며 넘어질 듯 앞으로 수그리자 포승과 수갑으로 꽁꽁 묶은 채 두칠 바로 옆에서 근접 계호 하던 교도관 두 사람이 재빠르게 두칠의 팔짱 끼워 중심 잡아주었다. 이런 결과 어느 정도 각오하고 있었으나 막상 극형 선고받고 교정마을로 돌아온 두칠이는 아직도 충격에서 헤어나지 못하고 독방에 들어가 차가운 벽에 등짝 붙인 채 멍하니 넋이 빠져 있다. 용서받지 못할 살인 피고인이라 해도 검사에게 사형 구형받은 것과 재판장 사형선고는 하늘과 땅 차이다. 우선 명찰 색깔부터 달라진다. 교정시설 명찰은 흰색 일반 범죄자와 미결수 착용하고, 노란색은 5대 강력범[살인·강도·성범죄(강간 및 강제추행)·절도·폭행] 명찰이다. 파란색이 마약사범, 마지막으로 붉은색은 사형수, 이른바 최고수(형량 가운데 최고형 받았다는 뜻) 전용이다. 번호표만 달라지는 게 아니다. 지금은 사라졌는지 모르겠으나 과거엔 법정에서 사형선고 받고 들어오면 즉시 포승줄로 묶고 가죽 수갑, 일명 혁수갑 채웠다. 근데 가죽 수갑이 양손 사용할 수 없는 일반 톱니바퀴 금속 수갑과 달리 특수 제작된 두껍고 견고한 가죽으로 손목은 물론 허리 한 바퀴 돌아 뒤에서 잠그게 되어 있어 직원이 풀어주기 전에는 옴짝달싹할 수 없는 중급 계구다. 하루 세 번 밥 먹을 때 빼고 잠잘 땐 그대로 차고 잔다. 무겁고 딱딱한 가죽 수갑과 포승줄 꽁꽁 묶여 잠들 수 있겠는가. 나중엔 어느 정도 적응되어 참을 만하다지만 처음엔 죽을 맛일 거다. 그다음 전담교도관 배치되고 운동, 목욕, 접견 등 움직일 때마다, 기상에서 취침까지 일거수일투족 감시한다. 법적으로 사형수는 집행 전까지 미결수용자 처우해 주게 돼 있는데 아직 대법원에서 사형 확정판결 받은 건 아니지만 사형수 좌절하여 생의 의욕 상실하고 자살하거나 자포자기 심정으로 다른 수용자 해코지할까 봐 관에서 눈 부릅뜨고 살핀다. 무엇보다 사형수라는 중압감 심한데 아무리 흉악 범죄 저지른 죄인이라 해도 사람이다 보니 죽음의 공포와 생에 대한 애린 없다 할 수 있겠는가. 문호 빅토르 위고의 인권보고서라 할 《사형수 최후의 날》보면 죽음 앞에 인간이 얼마나 나약하고 의지박약한지 뼈저리게 묘사하고 있는데 살고자 하는 욕망과 생에 대한 애착 절절하게 그려져 있다. 평소 말로는 죽네 사네 해도 죽음 가까이 다가올 때, 그리고 죽음의 현실화 임박할 때 인간 심리에 엄청난 동요와 갈등 표출된다. 직접 사형 집행해 본 사람 얘기 들으면 사형

확정판결 받아 집행 기다리는 이에게 교도관이 교무과장 면담(사형집행이라 하면 동요 있을까 봐 교무과장 면담이란 구실로 집행장 데려가는 수단) 통지한 후 삼거리 길모퉁이에서 방향 틀어 사형장으로 모시는데 심지 굳건한 이는 순순히 따라오지만 절대 죽을 수 없는, 죽기보다 더 죽기 싫은 사람은 벌써 이상한 낌새 알아차리고 방에서 나가기 거부하며 식기 내던지고 물뿌리며 난동 피우다 급기야 똥물까지 끼얹는단다. 졸지에 똥바가지 뒤집어쓴 직원들 진압복 착용 후 방패 앞세우고 들어가 강제로 끌어내는데, 정복에 똥 칠갑하고서도 누구 하나 화내는 사람 없다. 아무리 적법한 공무집행이라 해도 자기 생명 끊으러 들어온 저승사자인데 나 잡아 잡쉬! 하고 웃으며 데려가라 하겠는가. 처참한 몸부림 이 세상 살아서 가는 마지막 길인데 어쩌겠는가…. 톰 행크스 주연 미국 영화 〈그린 마일〉에 사형수가 집행받기 위해 걸어가는 마지막 길 나오는데 원래 뜻은 라스트 마일(Last Mile)이다. 영화에선 주인공(톰 행크스) 근무한 교도소 E 구역이 빛바랜 옥색 리놀륨 바닥이라 그린 마일이라 불렀다 한다. 라스트 마일의 사전적 의미는 아까 말한 '사형수가 자신의 방에서 사형집행장까지 걸어가는 거리'다. 생 마지막으로 향한다는 무거운 의미라 할 수 있다. 데드맨 워킹(Dead Man Walking)이라는 말도 있는데, 집행 직감한 사형수가 형장으로 이동하는 그 순간의 걸음걸이와 시간 뜻하는 단어다. 직역하면 '죽은 자의 걸음', 확정적으로 곧 죽을 운명이라는 것을 이미 죽은 자라 은유한 것이다. 미국의 저명한 여성 저널리스트로 한국 독립운동 열렬히 지지하고 중국 깊은 산골에서 유일하게 영어 소통 가능한 김산(장지락. 1937년 님 웨일즈가 중국 연안에서 3개월 동안 인터뷰한 조선의 '체 게바라' 항일운동가. 훗날《아리랑》공저로 표기된 사람. 1938년 10월 19일 중국에서 일본 간첩이라는 누명 쓰고 향년 33세로 처형당함)과 나눈 대담 바탕으로 기록한 님 웨일즈(헬렌 포스터 스노우) 소설《아리랑》에도 항일무장투쟁 하다 체포되어 처형 앞둔 게릴라 대원이 처형대 향해 천천히 걷다 모자 벗겨지자 그것 줍는 데 한참 시간 걸리는 장면 묘사된다. 죽음으로 향하는 젊은이에게 1m, 2m, 1초, 2초…. 얼마나 살 떨리고 참담한 순간이겠는가. 라스트 마일이나 데드맨 워킹, 살아 숨 쉬는 인간 사형수가 곧 죽어 없어질 사형으로 생 마감하기 전, 절멸의 그 숨 막히고 엄혹한 시간에 자신 성찰하며 생각할 수 있는 마지막 시간 아닐까.

새파란 젊은 나이에 사형, 그러니까 생명 박탈당하는 형벌 받고 돌아온 두칠이는 변호인과 의논하여 고등법원 항소하고 진솔한 반성문 여러 장 써내며 피해 유족과 접촉하여 속죄의 마음 전했다. 거기다 경제적인 부분 최대한 노력하여 어느 정도 합의에 이르자 고등법원 형사항소부에서 무기징역으로 감형했다. 죄짓고 실형 선고받은 피고인 가운데 상당수가 무작정 대법원 상고하는데 원심과 항소심에서 억울한 부분 있으면 당연히 상고하여 대법

판단 받아보는 게 좋겠지만 본인이 무슨 짓 했는지는 누구보다 스스로 잘 알아 쓸데없이 상고해 봐야 기각될 거 뻔해 두칠인 상고 포기하려는데 무기징역은 상고 포기 안 된다 한다. 국선변호인도 상고하는 게 낫다 하여 원심에 상고장 제출하고 마지막 판단 받아보기로 했다. 대법원 상고는 법률심이라 피고인 출정 의무 없이 상고이유서 제출하고 기다리면 된다. 애초 형량 기대 없어 오히려 마음 편하게 먹고 하릴없이 시간 죽이고 있다. 아니나 다를까 넉 달 만에 상고기각 판결받고 한 달 보름 후 형확정 통보 받았다. 범죄와 처벌은 법과 원칙에 따라 한 치 의혹 없이 이뤄지는 일이라 억지 부리거나 떼쓴다 하여 될 일 아니다. 돌아올 수 없는 세월이지만 지난날 돌이켜 보면 후회고 뭐고 할 겨를 없었고 금쪽같은 부모님·선생님 말씀 귓등으로 흘려들으며 맘대로 살아온 날들에 대해 치러야 할 합당한 대가였다. 과거 어떻게 살았건 상관없이 구금된 수형자는 시간과 싸움 시작한다. 수용자는 누구든 법무부 시간표 따라 수동적으로 움직이게 된다. 국가는 먼저 범죄자에게 신체의 자유 박탈하고 이어 개인이 갖고 있던 시간 처분권 회수한다. 어떤 권력자도, 항우장사같이 힘센 사람도 여기서 예외 허용되지 않는다. 밖에서와 마찬가지로 돈(영치금)은 차이 나도 시간만큼은 모두에게 공정하니 말 그대로 정의 아니겠는가. 범죄자 중에 유기형 받은 사람은 그나마 희망이 있다. 형기 종료일에 석방되기 때문이다. 그런데 무기수는 만기일 존재하지 않아 수형자 명부 빈칸으로 남아 있다. 대통령이 감형하지 않는 한 무기수 형기 종료일은 영원히 빈칸이다. 수형자, 특히 형량 가운데 최고 등급 받은 무기수·사형수의 궁극적 목표는 탈옥이다. 법적으로 부여받지 못한 만기를 본인 스스로 창조해야 하기 때문이다. 그래서 무기·사형수는 앉으나 서나, 자나 깨나 도망칠 궁리만 한다. 그 분야에서 이골난 전문가 집단 교정 당국이 그것 모를 리 있겠는가. 그리하여 도망치려는 자와 막으려는 자의 치열하고 숨 막히는 두뇌 싸움 매일같이 벌어지는 곳이 구금시설이다. 두 칠이는 우선 기술을 익히기로 했다. 국가의 형벌정책은 범죄인 가두는 데 있는 게 아니라 그들을 교화하여 사회 복귀시키는 일에 있다. 흉악범을 일정 기간 가두어 놓다 대책 없이 풀어주면 출소 후 그들이 어디로 가겠는가. 미국이나 영국으로 가는 것 아니고 어차피 우리 사회, 한국 가정으로 돌아간다. 그래서 국가는 범죄자의 적개심과 공격성 최대한 완화시켜 건강한 민주시민으로 복귀하기 위해 최선의 노력 기울이고 있다. 그런데 이런 국가정책엔 순기능과 역기능 있어 더러 악용하는 사례 있다. 전국 교정시설 여러 곳에 직업훈련소 있고 창호제작부터 자동차 정비, 용접, 제과제빵, 타일, 조적(벽돌 쌓는 일), 컴퓨터, 아트디자인 등 다양한 분야 교육시켜 자격증 따게 한다. 범죄자들 대부분 어릴 때부터 품행 엇나가 평생 일정한 직업 없이 떠돌던 사람들이라 자격증 취득 후 사회 나가면 건설현장이라든가 뭐라도 해서 밥 굶는 일은 없지 않을까. 기술 있고 먹고살 만큼 소득 있는데 굳이 나쁜 길로 빠지겠는가 말이다. 이렇듯 국가정책대로 따라주면 좋은데 자격증 따서 가석방 심사 유리하게 받을 목적으로 적성과 취미 고려하지 않고 훈련생 지원한 경우가 많다. 이런 사정 아는 법무부에서 세밀하게 관찰하지만 어찌 구멍 없겠는가.

두칠이는 거지맥산 자락 마곡(麻谷) 고을에 있는 해솔교정마을 산하 직업훈련소에서 자동차 정비 1년 과정 신청하여 선발됐다. 자동차 정비는 자격증 있으면 취업 잘되는 업종으로 알려져 있다. 사회에 언제 나갈지 모르나 그냥 있는 것보다 기술 배워두면 언젠가 요긴하게 쓸 수 있을 것 같다. 여기 '법무부 제14 직업훈련소'엔 총 8개 반 있는데 모두 건물 1층에 자리하고 있다. 오전엔 훈련 교사한테 이론 강의 듣고 오후엔 실기, 일정 빡빡하게 짜여 있다. 그렇게 하여 열 달 지났다. 이제 마무리 잘해 기능사 시험 합격하면 된다. 과목마다 실기는 1층에서 하고 강의는 2층 올라가 선생이나 외부 초빙 강사 강의 듣곤 한다. 그날은 오전에 하던 강의 오후로 미뤄져 강의 마치고 내려와 입실(入室: 수용자가 공장이나 작업장에서 일과 종료하고 감방으로 들어가는 것) 준비하는데 초빙 강사 사정으로 오후 강의 빨리 끝나 훈련소 공과에 한참 머물게 되었다. 동료들과 이런저런 얘기 나누며 쉬다 교재 넣고 다닌 가방 살펴보니 책 한 권을 강의실에 두고 왔다. 마침 접견실 근무

직원이 수용자 데리러 와 담당 직원에게 얘기하고 강의실로 올라 갔다. 2층엔 공부하던 훈련생 모두 내려가 텅 비어 있다. 4개 강의실 가운데 아까 공부한 곳으로 향하는데 컴퓨터실에서 아트디자인 담당 여선생 혼자 작업하고 있는 것 아닌가. 호기심에 살금살금 다가가 창문 바싹 붙어 살펴보니 예쁜 처녀, 아리 선생이다. 법무부 제14 직업훈련소에 여선생 2명인데 제과제빵과 아트디자인 과목 가르치고 있다. 마치 선녀처럼 눈앞에 나타난 아름다운 여성 자태 바라보자 두칠이 심장 뛰기 시작했다. 두칠은 그동안 선생을 눈여겨보고 있었다. 선생만 보면 괜스레 심계항진 빨라지고 아랫도리 뻐근해졌다. 두드리면 열리는 법, 살다 보면 언젠가 기회 오지 않을까 생각하고 때를 기다렸다. 그러다 오늘 이런 자리 마련된 것이다. 여기저기 살피며 조심스레 문 열었다. 선생은 컴퓨터에 띄운 그래픽 화면에 집중해 있다 인기척 느꼈는지 고개 들어 이쪽 쳐다본다. 두칠이 선생에게 인사했다.

"선생님, 안녕하세요? 깜빡 필기 공책 놓고 가서 가지러 왔습니다."
"네. 찾아가세요."
"선생님, 뭘 그렇게 바쁘게 하세요."
"수업 일주일 치 교육과정 미리 짜야 하는데 오늘 시간 나서 그것 좀 합니다."

"네. 그럼 수고하세요."

공책 찾아 교실로 내려온 두칠은 왠지 기분이 좋다. 예쁜 선생 목소리까지 상냥하다니. 우리 선생님 최고구만. 실습장 도착하여 직원한테 복귀 보고한 후 하던 일 계속했다. 자동차 정비 자격증 따고 목 좋은 데 가게 차리면 돈 번다는데 두칠은 자격증 따봐야 쓸모없는 것 아닌가. 그래도 세월 흐르고 언젠가 감형받아 무기에서 한 20년이나 25년쯤 살면 그땐 자격증 필요할지 모르지. 그래서 상배 형도 열심히 하는 모양이구먼. 훈련소 선반에서 쇠 깎는 기술 배우는 상배도 무기징역 받았는데 군말 없이 기술 배우고 있어 두칠이 상배 떠올린 것이다. 여기 직업훈련소 인원 240명쯤 되는데 무기수 5명, 25년 1명, 20년 7명, 15년 10명, 10년 22명 등 전국에서 모인 수용자 가운데 기술 배우러 오는 사람도 있으나 지방에서 지내기 따분하여 서울 바람 한번 쐬러 온 사람도 있고, 맨날 말썽 피운 꼴통 수용자 데리고 있기 힘든 소속 교도소에서 본인 신청도 안 했는데 일부러 여기로 보내버린 사람도 있다. 꼴통 6개월에서 1년만 안 봐도 어딘가 하고. 당장 오늘내일 일어날 일은 아니지만 정권 바뀔 때 대통령 사면 기대하고 있는데 그건 두칠뿐 아니라 전국의 모든 교정시설 수용자 희망 사항이다. 특히, 사형이나 무기수가 그런 욕구 강한데 대통령 취임 때 종종 사면 있기 때문에 사형, 무기수는 선거와 정권에 민감하다.

일반 국민 가운데 정치인 빼고 선거 및 정권 교체나 새 정부 출범에 이토록 관심 가진 사람 없을 것이다. 두칠이는 일단 자격증 취득하는 데 최선 다하기로 마음먹었다. 같이 훈련받는 무기수, 장기수 가운데 절반 이상 자격증 따려고 열심인 거 봤으니까. 실습실에서 종일 닦고, 조이고, 기름칠하며 기술 연마하는데 나이 든 교사 자동차 박사다. 얼마나 자동차 다뤄봤는지 눈감고도 척척 할 정도. 그야말로 정비 분야에선 도사님이다. 저 정도 하려면 얼마나 노력해야 할까. 두칠이 존경하고 탄복할 실력이다.

운동 시간이나 접견으로 복도 지나다니면 고소한 빵 냄새 난다. 제과제빵에서 실습하며 빵 굽는데 냄새 어찌나 고소한지 입에 저절로 침 고이고 한입 먹고 싶어진다. 가끔 보안과 담당 직원이 한두 개 얻어와 조금씩 나눠줘서 먹어보니 맛있더라. 구매에서 파는 것보다 훨씬 부드럽고 촉촉하여 식감 좋았다. 오전엔 1층 공과 정비 기계 앞에서 실습하고 오후엔 2층 올라가 이론 교육받는 과정은 다람쥐 쳇바퀴 도는 것처럼 변함없이 반복되고 있다. 그 와중에도 두칠인 뭘 준비하고 있다. 정비하며 주운 쇠토막 열심히 가공하고 있는 것이다. 틈틈이 시간 날 때마다 갈고 다듬어 제법 칼 모양 갖췄다. 그렇게 만든 다음 실습용 자동차 부품인 것처럼 차에 끼워놨다. 절대 방에 가지고 들어가진 못한다. 훈련소에서 일과 마치고 방에 들어가려면 대형 금속탐지기 두 번 통과해야 하고 검신이라 하여 보안과 직원이 일일이 손으로 몸수색하는 과정 거치는데 쇠붙이 갖고 들어가면 대부분 금속탐지기나 손 검사에서 걸린다. 인원 통과 시 금속탐지기에서 삐이! 하고 경고음 울리면 다시 통과하고 그래도 재차 울리면 직원이 신체와 소지품 모두 풀어놓게 한 후 정밀 검색한다. 교정시설 보안체계 수용자 출정과 외부병원 진료, 훈련생 작업장 출역, 심지어 접견장 갈 때마저 예외 없이 금속탐지기 통과하는데, 기계 성능 우수하여 조그마한 물품도 금속에는 무조건 반응하는 데다 직원들이 휴대용 탐지기로 재차 하고 그래도 미심쩍으면 손 검색 하니 안이고 밖이고 원천적으로 쇠붙이 반·출입 불가능한 구조다. 두칠은 자체 제작한 주머니칼을 자동차 부품 깊숙한 곳에 넣어두고 기회 엿보고 있다. 2층에서 오후 수업 할 땐 선생 유심히 관찰했다. 아트디자인 교사는 외모도 예쁘지만 말씨 상냥하고 몸매 날씬한데 무엇보다 선생님 빵빵한 엉덩이에 반해버린 야수들 폐방 후 거실 들어가면 화장실 들락거리며 아랫도리 붙들고 한없이 울부짖었다. 아리 선생 이래저래 훈련생들에게 인기 만점이다. 수감시설 갇힌 남자, 그것도 장기 수감자 대부분 정서적으로 거의 짐승 수준인데 우리 갇힌 야생 들개 성에 대한 욕망과 짝짓기하려는 강렬한 욕구 갖고 있다. 인간의 진화과정에서 내려온 생물학적 요인인지 어떤지 알 수 없으나 밤이고 낮이고 짝짓기 생각뿐이다. 다만 건강한 의식 가진 사람은 그것을 이성의 힘으로 극복하는 데 반해 그렇지 못한 사람, 아니면 순간 순간 이성 잃었을 때 일탈하게 된다. 만약 모든 수컷들이 본능적으로 행동한다면 사회는 약육강식, 야만의 세계로 돌아갈 것 아닌가. 성욕뿐 아니라 소유욕과 출세욕, 명예욕 모두 적절히 조화시켜 사회질서와 평화 유지되는 것이고 무분별하게 발산한다면 세상 얼마나 혼탁해지겠는가. 두칠이는 다음 기회 노리는데 혼자 2층 강의실 올라갈 방법이 없다. 교정기관에서 수용자는 혼자 다니지 못한다. 독보금지 때문인데 수용자 움직이는 모든 곳에 항상 보안 계호직원 따라붙는다. 그것은 법무부 교정기관에서 바이블처럼 떠받드는 '시선 내 계호' 원칙 때문인데 수용자는 반드시 계호직원의 시선 내, 또는 직원의 물리력 행사 가능한 거리에 있어야 한다. 그리하여 구금시설 들어오는 모든 수용자(법관에 의하여 구속영장 발부된 자)는 입소하는 순간부터 출소하는 순간까지 단 1초도 단독보행이나 계호직원 시선 벗어나 지역 무단이탈과 혼자 행동하는 것을 금지하고 있는 것이다. 보안과 직원 인솔 아래 함께 움직이는 게 규칙이다. 그래서 강의실 올라갈 때도 혼자선 절대 못 가고 일정에 따라 단체 움직일 때 따라다녀야 한다. 첫 번째 공책 가지러 갈 때는 다행히 접견 연출(連出: 데려간다는 뜻) 직원 따라가서 가능했던 것이고 언제 그런 기회 다시 올지 알 수 없다. 그런데 두 번째 기회가 의외로 쉽게 찾아왔다. 두피에 건선 생겨 의무과에서 치료받고 오는 길이다. 강의 중 의무실 가게 됐는데 오늘따라 의무과 대기실 한산하여 두피 소독하고 연고 바른 뒤 붕대로 덮어 반창고 붙이는 드레싱 진료 빨리 끝나 훈련소 복귀하며 연출 직원에게 강의실 가겠다 하니 그러라 하여 계단 따라 2층 강의실 올라가니까 수업 끝나고 텅 빈 교실에 선생 혼자 있다. 아직 시간 남았는데 어떻게 된 건가 물으니 오늘 들어오기로 한 기자재 입고 늦어지는 바람에 수업 단축하고 공과로 돌아갔단다. 현재 두칠과 선생, 단 2명인데 준비가 부족하다. 우선 칼 휴대하지 않았고 교실 들어오는 것 선생 알아차렸지 뭔가. 일단 후퇴하고 다음을 기약한다. 그러다 오늘 행운 잡은 것이다. 삼세번, 그래 지성이면 감천이라더니 드디어 세 번째 결정적인 기회 온 것이다. 신발 밑창 운동화 굽에 예리한 칼 숨긴 두칠이 숨죽이며 강의실 접근하여 소리 나지 않게 살살 문을 연다. 아리 선생은 컴퓨터 모니터 들여다보며 작업 몰두하느라 누가 자기에게 접근하는지 아직 눈치채지 못하고 있다. 두칠이는 살금살금 낮게 포복하여 선생에게 다가가 책상 사이 엎드려 선생 가만히 바라보고 있다. 30명 공부하는 교실이라서 책상과 걸상 이어져 거리 조금 떨어지면 물체 숲처럼 가려 보이지 않는다. 긴장된 시간 5분여 흘렀다. 선생은 미동도 않고 컴퓨터 작업 열중하고 있다. 선생 고개 숙인 채 화면 들여다보느라 범인 잠입 사실 전혀 눈치채지 못한 거 확인하고 숨죽인 채 기다리던 두칠이, 교탁 2m 거리까지 접근한 다음 갑자기 몸 날려 비호처럼 아리를 덮쳤다. 풀숲에 숨어 웅크리고 있던 표범이 방심한 사슴에게 벼락같이 달려들어 포획한 형국이었다. 갑작스러운 기습에 놀란 아리 그

자리 쓰러지며 비명 한번 지르지 못한 채 바들바들 떨고 있다. 두칠인 여자 목에 미리 준비한 날카로운 단도 들이대고 가슴팍에 여자 끌어안으며 거칠게 키스를 퍼부었다. 젖가슴 세차게 주무르던 범인 치마 안으로 손 집어넣어 여자 속옷 찢어 벗기는데 심장 터질 듯 요동친다. 입 틀어막힌 아리 소리쳐 구원 요청할 겨를 없고 사력을 다해 저항해 보지만 한창나이 억센 젊은이 완력 막을 방법이 없다. 도저히 상상할 수 없는 상황에서 순식간 일어난 일이라 속수무책, 아리 목 예리한 쇠붙이로 찌를 듯 위협하며 극도로 흥분해 이성 잃은 범인 의도대로 흘러갈 뿐 자기 방어력 상실한 가녀린 여성, 두칠에게 완전히 제압당하고 말았다. 남자 급하게 옷 벗은 후 여태까지 누구도 범접하지 못한 전인미답, 그야말로 수정같이 맑고 깨끗하며 순수 그 자체인 처녀의 백합처럼 하얀 속살 위에 범죄로 얼룩진 더러운 몸뚱이 포개고 말았다. 그러길 20여 분, 벌겋게 달아오른 얼굴로 죽기 살기 방아 찧던 사내 거친 숨소리 잦아들더니 절정 다다르자 허공에 야수의 포효 내지르며 여자 몸에 희멀건 악의 씨 한 사발 쏟아놓고 자리에서 일어났다. 그리고서 도둑고양이처럼 살며시 1층 내려가 멀쩡하게 자동차 정비공과 스며든 후 제자리 돌아와 마치 아무 일 없었던 것처럼 입실 가방 챙기고 동료들과 간식 나눠 먹고 이런 얘기 저런 얘기 하며 장난치고 놀면서 천연덕스럽게 감방 가져갈 빵과 우유, 오징어, 사발면 정리하고 있다.

아리

아리는 초등학교 때부터 줄곧 1등만 했다. 두뇌 회전 빠르고 무엇보다 본인 노력 많이 한다. 초·중·고 12년 동안 성적 항상 전교 상위권 유지했다. 소장은 금지옥엽 곱게 키운 아이가 심성 반듯하고 공부마저 잘해 아이 말이라면 태산이라도 떼 올 작정이다. 말할 수 없이 순조롭던 부녀 사이 딱 한 번 의견 갈렸는데 대학 전공 선택할 때, 아버지는 의예과, 딸은 심리학과로 팽팽하게 갈려 한동안 다소 험한 분위기까지 갔는데 결국 자식 이기는 장사 없다고 아버지가 양보하여 딸 뜻 따르기로 하며 봉합됐다. 아리는 충분히 의대 갈 실력이고 점수 또한 넉넉하게 나왔는데 본인이 원하는 대학에서 꿈 펼쳐보고 싶었고 그게 좋아하는 심리학이라 믿었다. 대학 입학하여 4년 동안 열심히 해서 졸업 때 자격증 여러 개 따며 준비했는데 막상 취업하려니 적당한 데 찾기 쉽지 않았다. 모처럼 기회 생겨 여기다 싶으면 지방이고 본인이 원하는 자리 구하는 거 만만치 않았다. 그러다 생각한 게 법무부 들어가 수용자에게 기술 가르치며 그들 사회 복귀 돕는 것이 상당히 가치 있는 일 같아 아버지와 의논 후 디자인 자격증 취득하고 선발시험 합격하여 여기로 온 것이다. 컴퓨터 디자인 기술은 아직 많이 보급되지 않았지만 앞으로 장래성 충분해 기술 습득하면 출소 후 어딜 가도 취업 어렵지 않아 직업으로 삼고 성실히 일하면 먹고사는 문제 해결되고 자연히 범죄로부터 멀어져 정상적인 사회인으로 안착하리라 생각했다. 젊은 사람치고 성숙한 의식 아니겠는가. 몇 년 전 얘긴데 아리는 대학 졸업하자마자 캐나다로 어학연수를 떠났다. 대부분 나중에 경력으로 쓰기 위해 간다던데 아리는 영어 원어민 발음 공부하고 싶은 마음으로 가게 된 것이다. 수도 오타와(Ottawa)에서 공부했는데 영어는 중·고등학교 때부터 거의 상위권 유지하고 대학 가서도 어학 수업 소홀히 하지 않아 발음 빼고는 별다른 애로사항 없을 정도다. 오타와는 캐나다 동부에 위치한 곳으로 울창한 숲에 묻혀 있는 아름다운 도시였다. 140여만 인구 중에 영국계와 프랑스계 절반씩 차지하여 두 나라 언어와 문화 공존한 도시인데 거기서 크리스티나라는 칠레 학생 만나 단짝이 되고 말았다. 같은 유학생 신분이라 쉽게 동화된 부분 있었으나 무엇보다 크리스티나가 쾌활하고 긍정적인 성격이라 금방 친해질 수 있었다. 백인 가운데 금발도 많고 푸른 눈도 많으나 금발에 푸른 눈은 좀처럼 만나기 어렵다. 크리스티나는 금발에 푸른 눈 가진 매력적인 처녀로 1년 어학연수 끝나면 자기 나라 꼭 가자고 한다. 경비 문제로 아빠께 말씀드렸더니 비용 걱정 말고 세계 어디든 다녀오란다. 그리하여 캐나다 1년 연수 마치고 크리스티나 고향인 칠레 최남단 푼타아레나스 가게 된 것이다. 여긴 남반구 끝 지점으로 남극으로 향하는 선박과 항공기 전진기지다. 인구 14만, 조용한 항구도시인데 풍경 낯설었으나 경치 너무 아름다워 여기저기 푼타아레나스 구석구석 다니며 이국의 신기한 경치 감상하며 그곳 사람들 일상도 조금 들여다봤는데 항구도시라 고기잡이 나가는 어선과 물고기 가득 싣고 들어오는 배들로 항구는 항상 북적였다. 바다에 커다란 페리와 군함도 떠 있다. 비글해협 접한 곳으로 여기가 세상 끝인 줄 알았는데 200km 아래 아르헨티나 우수아이아 있어 거기가 끝인 모양이다. 근데 인구 8만 명밖에 안 돼 14만 명인 푼타아레나스가 남극 관문 역할 톡톡히 하고 있다. 푼타아레나스의 위도가 얼마나 아래쪽인가는 비교해 보면 알 수 있는데 아프리카 최남단 케이프타운 남위 33.55도, 호주 태즈메이니아 43.38도, 뉴질랜드 52.37도, 우수아이아 54.48도인데 푼타아레나스가 53.10도이니 얼마나 지구 남쪽 깊은 곳 위치한 지역인지 알 수 있다. 지구 최남단 항구에서 배 타고 비글해협과 마젤란 해협으로 이어지는 바다, 그러니까 남극해 바로 옆까지 가봤으니 더 이상 뭘 바라겠는가. 과거 파나마운하 뚫리기 전에는 배들이 남미대륙 돌아 브라질 쪽 대서양으로 가야 했기 때문에 이곳이 중요한 보급항으로 기능했다고 한다. 여기가 대항해시대부터 수백 년간 이용한 태평양 항로였던 셈이다. 사람 살기 적합하지 않아 보이는 척박한 환경의 칠레 푼타아레나스에서 일생에 다시 경험하지 못할 여행과 추억 쌓았다. 이곳에서 멀지 않은 곳이 안데스산맥 자락 파타고니아 지역이고 거기에 산악인들 로망이며 세계적으로 유명한 피츠로이산과 3,000m 수직 돌기둥 3개 모여 있는 토레스 델 파이네가 감히 범접하지 못할 위용 자랑하며 하늘 향해 송곳처럼 삐쭉 솟아있다고 한다. 설명 듣자 산악인 아닌 아리 피가 끓었다. 반드시 다시 와 토레스 델 파이네 친견하고 말리라. 그간 정든 푼타아레나스와 이별하고 3시간 30분 비행하여 산티아고 공항에 도착했다. 산티아고에서 맨 먼저 찾은 데는 파블로 네루다 집(라 차스코나), 택시에서 내려 조금 걸으니 푸른색 담 바로 눈에 띈다. 푸른색 담장 보자 시가 흐르는 영화 〈일 포스티노〉 한 장면 생각난다. "나는 소라 껍질, 바닷소리가 그리워진다." 안에 들어가 시인의 친필, 발간된 시집, 생전에 쓰던 집기, 벽에 걸린 그림 찬찬히 살펴봤다. 묘지는 산티아고에서 서쪽으로 120km 떨어진 작은 해안 마을 이슬라 네그라에 있는데 숨지기 직전까지 집필 활동에 몰두했다고 한다. 파블로 네루다 집에서 나와 헌법광장에 있는 살바도르 아옌데 동상 찾았다. 칠레 국민의 열렬한 지지로 대통령 당선됐으나 일부 산업 국유화 조치 등 일련의 사회주의 성향 정책으로 인해 미국과 갈등 빚다 미국(CIA) 사주받은 피노체트 장군 쿠데타로 사망한 비운의 대통령이다. 아옌데 대통령은 세계 역사상 쿠데타군과 교전하다 숨진 최초의 현직 대통령(당시 피노체트 군부는 아옌데 대통령이 자신의 소총으로 관저에서 자살했다고 발표했다)인데 아옌데의 친구이자 동지며 걸출한 시인 파블로 네루다는 아옌데 사망 12일 후 세상 떴으니 두 사람은 살아서도, 죽어서도 함께한 영원한 동지 아니겠는가. 아옌데 대통령은 자신이 집무 보던 대통령 관저인 모네다 궁전 앞에 서 있는데 안경에 정장 차림, 겉에 얇은 망토 걸친 듯한 모습으로 오른손에 지휘봉인지 막대기인지 쥐고 바람 흩날리는 거리 힘차게 걸어가는 모습이다. 동상 밑 좌대에 새겨진 글귀를 크리스티나가 설명해 준다. "나는 칠레와 칠레의 운명을 믿는다."라는 글이라고. 아옌데 동상 관람하고 호텔에서 1박하는데 산티아고 공기 질 매우 안 좋다. 목 칼칼함은 물론 아침에 눈 뜨니 눈곱 약간 끼어 있는 듯하여 크리스티나에게 물어보니 산티아고 매연으로 악명 높은 도시라 한다. 산티아고는 안데스산맥 분지에 자리 잡은 데다 칠레 인구의 약 1/3이 거주하여 바람 세게 불기 전에는 매연 빠져나가기 어려운 자연환경이었다. 세계에서 가장 사랑받는 시인 가운데 한 사람인 파블로 네루다 '시'[*] 한 소

....

[*] 《스무 편의 사랑의 시와 한 편의 절망의 노래》, 파블로 네루다, 정현종 옮김, 민음사

절 떠올리며 칠레와 이별한다.

그러니까 그 나이였어…
시가 날 찾아왔어
몰라, 그게 어디서 왔는지 모르겠어
겨울에서인지 강에서인지 언제 어떻게
왔는지 모르겠어

아냐, 그건 목소리가 아니었고, 말도
아니었으며, 침묵도 아니었어
하여간 어떤 길거리에서 나를 부르더군

밤의 가지에서
갑자기 다른 것들로부터,
격렬한 불 속에서 불렀어
또는 혼자 돌아오는데 말야
그렇게 얼굴 없이 있는 나를
그건 건드리더군

나는 뭐라고 해야 할지 몰랐어
내 입은 이름들을 도무지 대지 못했고,

눈은 멀었으며, 내 영혼 속에서 뭔가
시작되어 있었어

열(熱)이나 잃어버린 날개,
또는 내 나름대로 해 보았어
그 불을 해독하며
나는 어렴풋한 첫 줄을 썼어
어렴풋한 뭔지 모를 순전한 넌센스

아무것도 모르는 어떤 사람의
순수한 지혜, 그리고 문득 나는 보았어
풀리고
열린
하늘을 유성(遊星)들을
고동치는 논밭
구멍 뚫린 그림자
화살과 불과 꽃들로
들쑤셔진 그림자
휘감아도는 밤 우주를…

그리고 나,

이 미소(微小)한 존재는

그 큰 별들 총총한 허공에 취해

신비의 모습에 취해

나 자신이 그 심연의

일부임을 느꼈고

별들과 더불어 굴렀으며

내 심장은 바람에 풀렸어

***

산티아고에서 리우데자네이루 갈레앙 국제공항까지는 5시간 50분 정도 걸렸다. 도착하니 점심때라서 간단한 요기 후 산꼭대기 그리스도가 긴 팔 벌리고 있는 곳으로 간다. 파리 에펠탑과 뉴욕 자유의 여신상처럼 브라질 랜드마크, 리우 상징물로 국가문화유산인 '구세주 그리스도상'은 리우데자네이루 뒷산이라 할 코르코바두산 정상에 세워져 있는데 폴란드계 프랑스 조각가 폴 란도프스키와 브라질 기술자 에이토르 실바 다 코스타가 설계 담당했으며 1922년에 착공하여 1931년 완공됐다 한다. 양팔 사이 28m, 높이 30m, 받침대까지 포함하면 38m 정도로 크긴 큰데 매우 거대한 건축물은 아니고 코르코바두산 높이 710m다 보니 아래서 올려다보면 하염없이 커 보이는 것이다. 브라질이 포르투갈로부터 독립 100주년 기념으로 제작됐고 비용 대부분을 브라질 가톨릭 신자 모금 통해 조달했다 한다. 다행히 정상 가는 트램 있어 그것 타고 오르는데 트램 정류장에서 내린 후 정상까진 걸어서 10~15분 정도 걸렸다. 연간 방문객 180만 명 정도라는데 올라가 보니 인산인해 발 디딜 틈도 없다. 조각상 꼭대기 연결하는 승강기 없어 거기서 리우 전경과 빵산 등 리우 앞바다 구경하는데 흔치 않은 풍경이라 하지 않을 수 없을 만큼 빼어나다. 브라질, 특히 리우데자네이루는 치안이 불안정하여 여행하는데 각별히 유념해야 하는 곳인데 다행히 포르투갈어 유창하게 구사하는 크리스티나 옆에 있어 든든하다. 어느덧 저녁이다. 호텔로 돌아와 식사하고 곯아떨어졌다. 산티아고에서 6시간 정도 비행하여 리우 도착하고 바로 그리스도상 구경했더니 다소 무리였는지 피로 확 몰려온다. 다음 날 아침 호텔 조식 간단하게 해결하고 빵산으로 갔다. 빵산, 그러니까 브라질 사람들 명칭으로 팡지아수카르(Pão de Açúcar) 가기 위해선 케이블카 두 번 타야 하는데 먼저 우르카 언덕(212m) 오르는 케이블카 탄 다음, 팡지아수카르산 가는 케이블카 갈아타야 한다. 팡지아수카르산은 리우데자네이루만 어귀 돌출되어 있는 반도의 바위산으로 높이 396m, 깎아지른 수직 절벽 산인데 포르투갈어로 '설탕 빵'이란 뜻이라 한다. 드디어 목적지 도착했다. 발아래 펼쳐진 대서양 쪽빛 바다와 한 폭의 그림 같은 리우데자네이루 항구, 점점이 떠 있는 섬, 평사낙안 흰기러기처럼, 천년 학처럼 나래 펴고 떠 있는 요트, 아름다운 해안, 두 팔 활짝 펴고 사랑 전하는 코르코바두 산정의 그리스도상까지. 어디에 눈길 둘지 모를 정도로 엄청나고 경이로운 풍광이다. 천야만야, 까마득한 바위로 이루어진 정상 협소한 곳에 카페 있어 에스프레소 한 잔 마시고 크리스티나와 인생샷 찍으며 즐겼다. 단언컨대 누구든 팡지아수카르 오게 된다면 세상 태어난 것 고맙고 낳아주신 부모님께 무한한 감사드리고 싶은 마음 들 것이라 믿어 의심치 않는다. 마지막으로 리우가 자랑하는 코파카바나와 이파네마 해변 구경한다. 우리로 치면 코파카바나는 해운대, 이파네마는 광안리 정도로 생각하면 된다. 코파카바나 해수욕장 물 반, 사람 반인데 젊은 여성들 눈에 많이 띄었다. 이 바다에 세상 시름 다 버리고, 원망과 좌절 모두 씻어내고 새 희망의 정수박이에 차갑고 깨끗한 세례 받은 후 돌아가면 되리. 여기서 느낀 점은 더도 덜도 말고 치안 걱정만 뺀다면(갱단과 경찰의 살 떨리는 총격전, 일부 바가지 요금, 소소한 사기꾼 조심한다면) 리우데자네이루 풍경 세계 어디 견줘도 빠지지 않을 것 같다. 흔히 세계 3대 미항이라 하는데 과연 시드니, 나폴리 따라올 수 있을지 모르겠다. 아리 개인 생각엔 그야말로 타의 추종 불허하는 압도적 풍경이다. 영어권 국가인 미국과 캐나다 제외한 아메리카 대륙은 브라질 빼고 멕시코부터 칠레, 아르헨티나까지 중남미 대부분 에스파냐어 쓰는데 여행은 영어로 거의 의사소통되어 큰 문제 발생하지 않았다. 칠레에서 거슬러 오르며 남미 몇 나라 구경하고 드디어 쿠바 도착했다. 꼭 가보고 싶은 나라였다. 헤밍웨이가 20년 넘게 살며《노인과 바다》집필한 쿠바 수도 아바나는 그야말로 고색창연한 도시다. 다니는 차량도 낡아빠진 1950~60년대 올드카, 듣기 좋은 말로 클래식차 일색이다. 올드하고 클래식하고 싶어서가 아니라 돈 없고 부품 없으니 이 방법밖에 어떻게 해볼 방도 없는 것이다. 쿠바의 경제 질식과 고통이 오롯이 미국 때문만은 아닐 테고 사회주의 정책의 실패에서 기인한 면도 분명 있겠으나 쿠바혁명 발발 후 미국이 60년 넘게 봉쇄하여 일어난 일인 건 부정할 수 없는 사실이다. 백인 중산층 가정에서 태어나 촉망받던 법학도 피델 카스트로와 아르헨티나 의대 졸업하고 안정된 의사로 활동하던 체 게바라가 시에라 마에스트라산맥 들어가 바티스타 독재정권과 투쟁해야 했던 이유 있지 않겠는가. 아바나에서 택시 탔는데 차 열쇠 현대다. 기사에게 왜 그런가 물었더니 엔진이 현대 거란다. 차체는 어찌어찌 유지한다 해도 엔진은 방법 없을 터라 현대자동차 거 쓴 것이다. 쿠바혁명 성공 후 미국이 피그만 침공 등 640여 차례에 걸쳐 쿠바에 쳐들어갔다. 직접 미군 특공대가 한 것도 있지만 대부분 망명 쿠바인 부추겨 일으킨 일인데 자금과 군사 조언 미국이 하고 쿠바인들 작전 참여하는 형식이었다. 미국은 바티스타 정권 때 쿠바 지원했는데 카스트로가 혁명 성공 후 기간산업

국유화하고 미국 기업 내쫓자 그때부터 적대 정책 쓰며 이 나라 목줄 죄고 있다. 미국이 봉쇄해도 구소련 때는 거기 지원으로 유지했는데, 예를 들어 석유 국제시세 배럴당 30달러면 쿠바에 15달러 받고 판 반면, 설탕 국제시세 톤당 100달러면 130달러에 사주는 식으로 경제지원 한 것이다. 그런데 소련 무너지며 그런 혜택 사라지자 정세 급변하여 국가 존립 위태로운 상황에 내몰리고 말았다. 역설적으로 쿠바는 미국의 장기 봉쇄에 의한 내성 길러져 농업 부분에서 어느 정도 자립에 성공했다. 처음엔 비료와 농약 없어 약간의 퇴비, 잡풀과 함께 농사지었는데 긴 세월 그렇게 하자 자연이 스스로 치유하며 생태환경 복원한 것이다. 세계가 인정하는 쿠바의 친환경 농업은 극악한 결핍 이겨낸 자연의 승리라 아니할 수 없다. 고난의 길 걷고 있는 쿠바 사람들 반은 체념, 반은 포기일 것 같은데 의외로 밝고 낙천적이다. 이 나라가 죽지 않고 살아남은 생존의 원천인가 보다. 아바나에서 맨 먼저 가볼 곳은 혁명박물관이다. 쿠바혁명과 관련된 역사적 유물 전시하고 있다. 이 박물관은 신고전주의 양식 건물로, 1920년 대통령 궁으로 개관하여 1959년 쿠바혁명 이전까지 사용되었다. 박물관 입구에 미주대륙 독립운동의 아버지 시몬 볼리바르와 스페인 식민통치 상대로 한 쿠바의 2차 독립전쟁 이끈 시인이며 뛰어난 독립운동가인 호세 마르티 흉상 세워져 있는데 "게으르지도 않고 성질 고약하지도 않은 사람이 가난하게 살고 있다면 그곳에는 불의가 있다."는 말로 쿠바에 대한 스페인 식민착취 증오한 인물이다. 전시물로는 10년 전쟁, 쿠바 독립전쟁, 쿠바혁명 등 쿠바의 혁명 관련 유물과 1956년 12월 2일 카스트로와 82명의 전사들이 멕시코에서 쿠바로 상륙할 때 사용된 그란마 호, 쿠바 미사일 위기 당시 격추된 U-2 정찰기, SU-100 구축전차 등이 있다. 박물관은 쿠바혁명 이전 역사와 에이브러햄 링컨을 기리는 전시물도 갖추고 있다. 박물관에서 나와 '엘 플로리디타'로 갔는데 여기가 헤밍웨이 단골 술집이라 한다, 작가가 집필하다 잠깐씩 머리 식히러 나와 한잔 즐긴 곳으로 관광객 많이 찾아와 헤밍웨이 앉은 고정석 둘러보며 감격에 젖은 모습이다. 차 타고 10km가량 달려 코히마르에 도착했다. 한적하고 작은 어촌인 이곳이 노인과 바다 탄생한 그 마을이다. 코히마르 바닷가 거닐며 작가 헤밍웨이와 소설《노인과 바다》를 생각했다. 중학생 땐가 읽은 것 같은데 소설 속에 나오는 이 대목 떠오른다. "인간은 파멸당할 수 있어도 패배하지는 않는다." 94일간 허탕 치던 산티아고 노인이 커다란 청새치 한 마리 잡아 뱃전에 묶어 끌고 오는데 상어 떼 달려들어 다 뜯어먹고 앙상한 뼈다귀만 남은 채 집으로 돌아오는 심사를 묘사한 문구다. 마을에 헤밍웨이 동상 세워져 있다. 다시 아바나로 돌아왔다. 호텔에서 하룻밤 묵고 섬나라 끄트머리에 있는 산티아고 데 쿠바 가기 위해서다. 아바나에서 남동쪽으로 870km 떨어진 곳이라는데 버스로 18시간 걸린다고 한다. 도저히 엄두 나지 않아 국내선 비행기 타려고 공항 도착하여 탑승절차 밟는데 비행기 너무 낡아 이게 하늘을 날까 싶어진다. 그래도 어떻게 18~19시간 버스에서 시달리겠는가. 별일 없겠지 하는 마음으로 탑승했다. 그런데 1시간 30분 만에 안전하게 도착했다. 산티아고 데 쿠바는 쿠바 제2 도시로 카리브해 연안 위치한 항구도시다. 쿠바혁명의 중심지로 알려져 있으며, 혁명 주도한 카스트로 혁명군의 발상지다. 따라서 도시 내에는 혁명과 관련된 유적지와 박물관 많다. 맨 처음 모로 요새로 갔다. 아바나에도 같은 이름 요새 있는데 여기는 역사적 배경이 조금 다른가 보다. 샛노란 외관 멋진 몬카다 요새는 쿠바혁명의 첫 총성 울린 전투 벌어진 장소로서 역사적으로 중요한 유적지다. 1953년 7월 26일, 아바나법대 갓 졸업한 스물일곱 살의 젊은 변호사 피델 카스트로는 군사쿠데타로 집권해 헌법을 정지시킨 바티스타 독재정권 몰아내기 위해 동생 라울과 함께 100여 명의 결사대 이끌고 산티아고 데 쿠바에 있는 몬카다 군부대를 공격했다. 그러나 이 작전은 아바나 출신 운전기사가 길을 잘못 들면서 실패하고 만다. 많은 동지 사살됐지만 도주한 피델은 이틀 뒤 사살 명령 어긴 한 용기 있는 장교 덕분에 생포되어 재판을 받게 돼 결국 죽지 않고 살아났다. 몬카다 공격 실패했으나 쿠바혁명의 중요한 시작점으로 역사적 의의 크다 하겠다. 지금은 초등학교로 쓰고 있었다. 몬카다 요새에서 나와 산티아고 데 쿠바 대성당으로 갔다. 2개의 돔으로 된 탑이 대칭 구도 이루며 가운데엔 수호천사상 세워놨는데 웅장하고 아름다운 성당이다. 점심 식사 후 휴식 취한 다음 거기서 조금 떨어진 '자유의 화요일 광장(Plaza de Marte)' 구경하는데 쿠바혁명 뒤 실종된 혁명가 카밀로 시엔푸에고스와 호세 마르티 동상 세워져 있다. 피델 카스트로는 산티아고 데 쿠바에서 조금 떨어진 카리브해 연안 올긴시 비란이라는 궁벽한 시골 마을에서 태어나 평생 아바나에서 생활하다 2016년 11월 25일 90세로 사망했는데 고향으로 돌아와 산타 이피헤니아 묘지에 잠들어 있다. "미국이 망하기 전까지 나는 죽지 않을 것"이라던 약속 지키지 못한 채 눈 감고 말았다. 오랫동안 미국과 쿠바는 양측 모두 상대를 철천지원수, 아니 불구대천지원수로 저주하며 살아왔다. 탱크와 목총에 비견될 정도 국력인데 이 악물고 죽기 살기로 버티는 거 아니겠는가. 부자 이웃으로 두면 시루떡 한 접시라도 얻어먹지만 강대국 옆에 있는 약소국은 살아갈 수 없는 게 냉혹한 약육강식의 국제질서다. 영국과 아일랜드의 700년 피맺힌 역사가 그렇고, 독일·러시아 두 강대국 사이에서 옴짝달싹 못 한 채 한때 국가 정체성 위기까지 내몰린 폴란드, 미국한테 캘리포니아 등 알짜배기 국토 거의 강탈당한 멕시코, 중국과 일본 사이 끼어 있는 한반도 운명 그러하지 않았나. 얼마나 미국에 괴롭힘당했으면 20세기 초 멕시코 독재자 포르피리오 디아스 이렇게 탄식했겠는가. "멕시코는 하느님과 너무 멀리 떨어져 있고, 미국과는 너무 가까이 있다!" 그리하여 피델 카스트로 사망은 한 인간의 죽음에 앞서 투쟁과 혁명의 시대 저무는 것 뜻하며 이제 쿠바의 진로와 운명을 새로운 물결이 맡아야 하는 시대교체, 세대교체의 역사적 상황과 맞물려 있다. 기막힌 우연 있다면 카스트로 사망 16일 전인 2016년 11월 9일, 전임 버락 오바마 대통령과 사뭇 결이 다른 반쿠바 적대감 노골적으로 드러낸 극우 인사 도널드 트럼프가 미국 대통령 선거에서 승리하고 그로부터 56일 후, 제45대 미국 대통령에 정식 취임했다는 것이다. 이렇게 보면 미국과 쿠바, 악연도 악연이지만 역사라는 게 참 잔인하지 않는가. 묘소 살펴보며 특이하게 느낀 점이 카스트로 정도라면 상징물과 거창한 업적 나열할 듯하건만 설악산 울산바위 초입, 계조암 석굴 앞에 있는 흔들바위 크기 바위의 초록색 사각 구리판에 FIDEL이라 쓰여 있을 뿐, 다른 어떤 장식이나 업적 기리는 문구 없이 딱 피델, 그 한 문장, 다섯 글자가 전부다. 뭐 '쿠바혁명의 아버지' '쿠바 민중의 아버지' 등등 업적 쓰자고 하면 많을 텐데 피델 카스트로나 성씨 카스트로도 아니고 그냥 이름 피델이 끝이다. 카스트로가 생전 유언할 때 자기 묘지에 어떤 장식이나 우상 만들지 말고 고향 공동묘지에 묻어달라 하여 화장 후 바위에 구멍 뚫고 유해 안장한 다음 입구 동판으로 막으며 그렇게 한 것이다. 그래도 그렇지 본인 유지 받들어 업적은 생략한다 해도 묘비인데 정식 이름 쓰고 생몰년도, 그러니까 언제 태어나 언제 세상 떴다는 정도는 적어야 하는 것 아닐까. 호찌민 묘는 비교적 소박한 편인데 레닌과 마오쩌둥, 김일성의 웅장한 규모에 비하면 초라한 묘지였다. 그나마 군 의장대 사열하여 체면치레는 하지만…. 쿠바 역사에 관심 있는 사람이라면 교통 불편한 것 감수하고라도 여기 한번 방문하는 것 또한 남다른 의미 있어 보인다. 주변 경치 수려하고 혁명의 발상지라는 상징성도 있고, 우리나라 강원도에 옥수수 많듯 이동하며 보니까 가는 곳마다 사탕수수농장 천지다. 여기도 스페인 식민지 시대부터 조성했다는 사탕수수농장 엄청 많고 수평선 너머까지 탁 트인 바다, 부드럽게 이어진 능선, 모로성에서 바라본 카리브해의 붉은 노을, 소금 냄새 풍기는 바닷가 어찌 잊을 수 있겠는가. 2박 하며 볼만한 곳 거의 다 본 다음 산티아고 떠나 이번엔 중부지방 산타클라라로 간다. 쿠바는 칠레 정도는 아니나 섬나라치곤 기럭지(?)가 꽤 긴 나라다. 아바나에서 산티아고 데 쿠바 올 땐 비행기로 편하게 왔는데 여기 교통편 보니 678km 거리에 버스 11시간 55분, 철도 12시간 32분, 가장 빠른 방법이 택시 이용하는 건데 8시간 46분이라 써 있다. 통상 678km 거리 그렇게 걸리지 않을 텐데 도로상태와 철도 노후화로 인해 그리 걸린 모양이다. 쿠바 왔으니 여기 상황 따라야지 별수 있겠는가. 이번에도 장거리 버스 부담스러워 택시를 선택했다. 택시는 거리 대비 우리나라와 별반 차이 없어 앞으로 9시간가량 잘 참으며 달려볼 생각이다. 이 또한 훗날 추억의 책갈피에 끼우면 될 터, 조급할 것 없다. 어찌어찌하여 산타클라라 도착하니 다리 후들거린다. 중간중간 휴게소에서 쉬며 간단한 요기와 차 마시고 휴식 취했으나 비좁은 택시 안에서 9시간 너무너무 장거리 여행이었다. 젊고 건강한 아리와 크리스티나 완전 녹초가 돼버렸다. 더욱 놀란 건 우린 가장 빠른 교통수단이라는 택시 타고도 기진맥진인데 장장 12시간 버스에서 시달리다 내린 승객들인데 그렇게 긴 장거리 여행 별 투정 없이 견뎌낸 현지 사람들이다. 조금만 힘들거나 불편해도 내색하는 보통 한국 사람에게 문화적 충격이다. 산타클라라는 체 게바라를 위한 도시였다. 아바나에서 동쪽으로 290km 떨어진 곳으로 인구 25만 명인데 1958년 쿠바혁명 때 마지막 전투 벌어진 곳이라 한다. 이 도시에서 가장 중요하게 여긴 체 게바라 기념관으로 갔다. 그가 가진 영향력과 상징성 반영하듯 도시 서북쪽에 대규모로 조성된 기념관인데, 1967년 10월 9일 볼리비아에서 게릴라전 하다 정부군에 체포되어 재판 없이 현지에서 처형된 체 게바라 유해 묻혀 있다. 그의 나이 서른아홉 살 때다. 기념관엔 체 게바라 유해와 18명의 혁명군 동지 함께 잠들어 있다. 그의 동상과 벽화, 게바라가 쿠바 떠나면서 카스트로에게 보낸 편지 글귀 새겨져 있다. 우선 기념관의 벽화 관람 포인트인데 체 게바라와 함께 혁명 이끌었던 피델 카스트로 모습, 산타클라라 전투 장면과 혁명군들 모습 새겨져 있다. 그리고 체 게바라 동상에는 그의 편지글 "Hasta La Victoria Siempre(영원한 승리의 그날까지)"라는 문구 적혀 있다.

오래전(아무리 생각해도 출처 떠오르지 않아 그냥 무명으로 옮긴다) 체 게바라에 대하여 보게 된 글이다.

1967년 10월 9일, 체가 죽었다. 아르헨티나인이자 쿠바인인 혁명가. 그날 오후 1시께, 볼리비아 차코의 작은 시골 학교 교실에서 최후의 순간을 당당하게 맞이했다. 오른쪽 장딴지에 총상을 입고, 수염이 뽑히고, 두 손이 뒤로 묶인 채였다. 체, 즉 체 게바라는 권총을 든 볼리비아 정부군 하사관 마리오 테란의 눈을 똑바로 쳐다보며 말했다. "쏘아, 겁내지 말고! 방아쇠를 당겨!" 마리오 테란은 떨었다. 테란은 옆에 있는 볼리비아군 장교들과 미국 중앙정보국(CIA) 요원들의 재촉에도 발사를 주저했다. 방아쇠를 당긴 것은 술을 몇 잔 마신 뒤였다. 총알은 정확히 맞지 않고 빗나갔다. 체의 숨은 조금 더 시간이 흐른 뒤 끊어졌다. 주검은 10월 10일에서 11일로 넘어가는 사이에 볼리비아 바예그란데에 주둔하던 부대로 옮겨졌고, 11일 외딴 장소에서 화장됐다. 다음은 체 게바라의 마지막 싸움터인 볼리비아 전선 일기다.

"힘든 하루였다. 너무 지쳐서 어금니를 악물었다(1967년 2월 23일), 우울한 하루(2월 25일), 포위망은 점점 좁아지고, 계속해서 네이팜탄이 터진다(3월 28일), 차를 타고 지나가는 군인 두 사람을 쏠 용기가 나지 않았다(6월 3일), 천식이 심각할 정도로 도지려고 한다.

치료약은 하나도 없다(6월 23일), 아주 우울한 하루였다(6월 26일), 동지들이 나를 바쿠닌(러시아의 무정부주의자 - 필자)이라고 부른다. 그리고 이제까지 흘린 피와 또 다른 베트남이 생길 경우 피를 흘리게 될 사람들을 불쌍해한다(7월 24일), 새벽 2시에 행군을 중단하고 쉬었다. 한 발짝도 더 뗄 수 없을 정도로 힘들었다(10월 7일)." 볼리비아의 정글에서 쓴 1967년의 마지막 일기엔 축축한 절망이 묻어 있다. 체는 그곳에서 '제2, 제3의 베트남전쟁을 일으키자.'는 자신의 말을 실천했다. 미국의 힘을 분산시키고 약화시켜야 한다며 생전에 이렇게 다짐했다. "나는 쿠바인이자 아르헨티나인으로서 라틴아메리카 어느 국가의 자유를 위해서라도 내 목숨을 기꺼이 바치겠다."

'체가 체 게바라가 된 것은 혁명가의 길을 걷고 나서였다. 1928년 아르헨티나의 상류층 백인 가정에서 태어나 스물다섯 살에 의학박사 학위를 딸 때까지만 해도 그의 이름은 에르네스토 게바라 데 라 세르나였다. 1959년 카스트로와 함께 쿠바혁명을 승리로 이끈 뒤엔 쿠바 국립은행 총재에 이어 산업부 장관에 올랐다. 이제야말로 편히 살아도 욕먹지 않을 수 있었다. 1965년 4월, 쿠바와 이별하고 아프리카 콩고의 혁명군을 지원하러 갔다. 1966년 11월 3일엔 우루과이 여권을 들고 현지 사회·경제를 연구하러 온 대머리 학자로 위장해 볼리비아 라파스 공항에 내렸다. 4일 뒤 산악지역인 냥카우아수로 이동했다. 반독재 특공대원 53명과 함께 게릴라전을 시작했다. 난관투성이였다. 뜻밖에도 볼리비아 민중은 그를 열렬히 환영해 주지 않았다. 미국과 대척점에 있던 소련도 돕지 않았다. 1962년 10~11월 쿠바 미사일 기지를 놓고 미국과 벼랑 끝 진통을 겪었던 소련은 라틴아메리카를 둘러싼 미국과의 충돌을 피했다. 미국 린든 존슨 정부는 볼리비아군에 잡힌 그를 처단하라고 명령했다. 체가 세계 전복에 완전히 실패했고 전투 중에 죽었다고 세계에 알리는 선전 효과가 컸다. 체의 나이 서른아홉 살이었다.' 훗날 자본주의 국가에서 체 게바라 티셔츠와 배지 등 상징물 선풍적 인기 끌 줄 상상도 못 한 채….

도시 중심공원인 비달공원에는 문화시설과 영화관 있어 시민들이 자유롭게 이용하고 있는데 사람들 표정 느긋해 보인다. 미국의 오랜 봉쇄와 결핍 이제 내성 길러졌는지 어떤 사람도 미국과 서방세계에 대하여 적의에 찬 말 하지 않았다. 속내 따로 있나 몰라도. 사람마다 시각에 따라 다른 평가 있을 수 있겠으나 "20세기 가장 완벽한 인간" 프랑스 실존주의 철학자 장 폴 사르트르가 체 게바라에게 한 말이고, "바보 같다고 생각될지 모르나, 진짜 혁명가는 위대한 사랑에 의해 인도된다. 인간성(Humanity)에의 사랑, 정의(Justice)에의 사랑, 진실(Truth)에의 사랑, 사랑이 없는 진짜 혁명가를 상상하기는 불가능하다." 체 게바라가 UN총회 출석하기 위해 뉴욕 체재 중, 인터뷰에서의 질문 "혁명가에게 가장 중요한 것은?"에 대답한 말인데 여기 이 자리에서만큼은 두 사람 얘기 음미하는 시간이면 좋겠다. 산타클라라에서 1박하고 아바나로 돌아왔다. 호텔에서 푹 쉰 다음 석양 아름다워 쿠바 방문객 꼭 가봐야 한다는 말레콘 해변으로 나갔다. 물결 일렁이는 해변에 사람들 많이 붐빈다. 어느 바다나 노을은 아름답다. 여긴 카리브해, 바다 건너 저쪽이 미국 마이애미, 더 가까이는 불과 90마일(145km)밖에 떨어지지 않은 플로리다주 키웨스트다. 90마일 거리는 비행기로 10분 정도, 만약 바닷길로 아바나-키웨스트 정기 여객항로 있다면 고속 페리 이용하여 1시간 30분이면 충분히 도착한다. 정말 가깝고도 먼 나라가 바로 이곳에 있었다. 쿠바는 아메리카 대륙에서 식민지배 역사 가장 긴 나라다. 15세기 후반, 초대 총독 벨라스케스 부임 이래 19세기까지 무려 400년 가까이 스페인 식민통치를 받았다. 백인 정복자들은 10~30만 명으로 추산되는 원주민 학살하여 멸족시키고 노동력 크게 부족해지자 자연스레 아프리카 흑인 유입되는데 카리브해 섬나라 비슷한 상황이지만 쿠바에 흑인이 유별나게 많은 건 원주민 씨 말려버린 스페인 정복자들 만행 때문이다. 원래 쿠바에서 귀국하려 했는데 또 변수 발행했다. 아바나에서 세계일주여행 하는 한국 여성 민서 씨 만난 것이다. 아리 또랜데 2년째 세계여행 중이란다. 대학에서 서양 사학 전공하고 외국회사 근무하다 지금 쉬고 있단다. 영어와 에스파냐어 능통하고 성격 활달한데 이번에 카나리아섬 가는 길이라며 같이 가자 한다. 아버지께 또 전화했다. 대답은 역시 오케이! 다녀오란다. 다만 소매치기와 강도 조심하라는 당부와 함께. 아리는 남미에서 가보지 못한 이구아수폭포와 페리토 모레노 빙하, 부에노스아이레스, 마추픽추, 우유니 소금호수…. 이런 명소 다음으로 기약하고 아바나 호세 마르티 국제공항에서 크리스티나와 눈물의 이별을 했다. 캐나다에서 1년, 남미에서 한 달, 그동안 정도 많이 들었고 무엇보다 두 사람 사이 우정과 신뢰 쌓여 크리스티나 아니었으면 칠레 포함 남미 여행 꿈도 꾸지 못했을 것이고 유럽 여행 또한 이루어지지 않았을 것이다. 그녀 손 붙들고 꼭 한국 와달라 신신당부했다. 크리스티나도 고개 끄덕이며 눈물 범벅된 얼굴로 약속한다. 옆에서 조용히 두 사람 이별 지켜보던 민서까지 눈물 훔치며 흐느끼니 아바나 호세 마르티 공항 출국장이 눈물바다로 변하고 말았다. 크리스티나가 민서에게 다가와 아리와 여행 잘하라며 꼬옥 껴안아 준다. 둘은 서로를 보듬고 한동안 떨어지지 않았다. 아리는 크리스티나와 반드시 한국에서 만날 것을 거듭 다짐하고 뜨겁게 포옹하며 작별한 후 스페인 마드리드로 향했다. 아리는 비행기 안에서 조용히 생각에 잠겼다. 인생은 숲에서 길을 찾는 것과 같다. 우거진 숲에서 길 찾아나올 수도 있고 길 잃어 헤맬 수도 있으리. 우거진 숲에서 길 잃지 않고 밖으로 나오기 위해선 지혜 필요하다. 그런 지식과 지혜, 현명함 기르기 위해 우린 배우고 익히지 않을까. 다정한 친구 크리스티나도 아바나에서 산티아고 거쳐 푼타아레나스까지 비행기로 7시간 넘게 걸린다는데 집에 가면 피곤하겠구나.

　10시간 30분 비행하여 스페인 도착 후 항공편 알아보니 다음 날 오전 직항표 있어 구입했다. 마드리드 바라하스 국제공항에서 테네리페 수르 공항까지 3시간 5분가량 소요 된다고 한다. 비행기 여러 번 갈아타며 긴 시간 비행하여 대서양 카나리아섬에 도착했다. 카나리아제도는 7개의 큰 섬과 여러 부속 섬으로 이루어져 있으며, 섬 이름 카나리아는 예쁜 카나리아 새와는 상관없고 '개들의 섬'이라는 라틴어 명칭에서 유래했다고 한다. 지리적으로는 아프리카에 속하지만, 정치·경제적으로 유럽에 속하며, 수도는 산타크루스 데 테네리페다. 카나리아는 스페인에서 2,000km 이상 떨어진 곳으로 아프리카 모로코 사하라에서 대서양 쪽 200km 지점에 떠 있는 섬인데 제국주의 시대 스페인이 점령해 버린 곳으로 어업전진기지와 관광객 몰려들어 스페인으로선 보물 같은 섬이 되고 말았다. 과거 우리나라 참치잡이 선단의 대서양 모항이었다 한다. 라스팔마스는 세계적인 어업전진기지고, 우리나라 가난할 때인 1960~70년대 모국에서 멀리 떨어진 대서양 바다에서 거친 파도와 싸우고 하루 4시간가량 취침하는 살인적인 노동 감내하며 참치잡이 나선 한국 선원들 애환 서린 곳이 라스팔마스인데 테네리페에서 페리로 연결되어 있다. 카나리아제도에서 가장 큰 테네리페는 유럽인들 선호하는 천혜의 관광지로 전 세계에서 관광객 몰려오는데 특히 북유럽 사람들에게 매우 인기 있는 휴가지란다. 테네리페는 어딜 가든 경치 으뜸이었다. 특히 본토 포함하여 스페인에서 가장 높은 타이데산은 스페인 테네리페섬에 위치한 높이 3,718m 활화산으로, 대서양에서 가장 높은 봉우리다. 차로 황량한 화산지역 오래 달려 케이블카 타고 산마루 올랐는데 정상에서 바라본 짙푸른 대서양 형언할 수 없을 정도로 웅장하고 아름다웠다. 여기엔 고대 유적지가 있는 것도 아니고 파리나 런던 같은 유명한 도시 아니라서 말 그대로 휴가지, 수평선 멀리 드리워진 대서양 푸른 물결 바라보며 몸과 마음 푹 쉬면 그것이 최고로 여행목적 달성하는 일이다. 민서 씨는 세계 여러 나라 다닌 경험자라 여기서도 일정 알차게 쓴다. 여행에 관한 한 완전 프로다. 산타크루스섬에 속한 테네리페 구경 마친 후 1시간 30분가량 배 타고 그란카나리아섬에 있는 라스팔마스로 갔다. 두 섬 사이 120km 거리인데 고속 페리 물결 위로 날아다니는지 금방 도착했다. 라스팔마스는 대서양의 대표적인 어항이라 고깃배 많이 정박해 있고 관광객도 심심찮게 눈에 띄었다. 과거 우리나라 참치잡이 배 여기 들어와 쉬어가곤 했다. 그러니까 대서양 참치잡이선은 카나리아섬 라스팔마스, 인도양은 모리셔스 포트 루이스, 남태평양은 사모아섬 파고파고였다.

같은 대서양권인 우루과이 몬테비데오항은 어황에 따라 가끔 들어갔는데 부지런한 우리 선원들 자투리 시간 할애하여 그곳 술집 여자들과 하룻밤 풋사랑 나누는 바람에 클럽 여성들 바닷가 나와 하릴없이 수평선 바라보며 눈물짓는다고. 우루과이가 가톨릭 국가라 낙태 금지돼 있어 어린아이 끌어안고 이제나저제나 꼬레아에서 편지 오기만 목 빠지게 기다리고 있다네. 부자들 별장 많기로 유명한 브라질 북동부 헤시피(Recife) 역시 현지 여성들 한국어선 들어오면 뱃사람 목 끌어안고 꼬레! 꼬레! 하며 눈물 글썽인다니 원양 선원들 한민족의 세계화 이루는 데 톡톡히 한몫했나 보다. 그렇게 몬테비데오와 헤시피, 카리브해 연안 수리남의 파라마리보에 기항한 경우 빼고 거의 모든 선박은 부산 출발할 때 계획한 항로 따라 본사 명령 수역에서 조업했다. 인도양 선단은 특별한 사정이나 사이클론 피항으로 인하여 불가피하게 아프리카 케냐 항구도시 몸바사에 입항할 때 있으나 대부분 인도양에 떠 있는 작은 섬나라 모리셔스 수도 포트 루이스 항에 들어갔다. 선원들은 한국 떠나 3년간 혹독한 선상 생활 하는데 6개월에 한 번 기지인 모항 들어와 잡은 물고기 하역하고 '시코미*' 싣기 위해서다. 그런 다음 현지 일본회사(참치 전량 일본으로 수출하던 때라 라스팔마스, 포트루이스, 파고파고항 진출해 있는 일본 수산회사에 물고

....
* 시코미(仕込る): 일본어로 재료 준비라는 뜻인데, 어선에 물과 식량, 얼음, 유류, 부식, 상비약 등 바다에서 생활할 필수품 일컫는 말. 오래전 선박용품 판매하는 항구도시의 선구점에서부터 선주, 선장, 선원 등 어업 종사자들 모두 '시코미'란 용어 통칭하여 보통명사로 사용하고 있었음.

기 납품했음) 직원이 부둣가에 나와 한국에서 가족과 친구들이 보낸 편지와 상륙비 현금으로 지급하는데 돈은 나중에 월급에서 깐다. 그거 손에 쥔 다음 육지 상륙하여 약간의 휴식을 취했다. 가도 가도 끝없는 망망대해에서 산더미처럼 몰아치는 거센 파도와 싸우며 하루 서너 시간 쪽잠 자고 참치잡이 하느라 심신 얼마나 지치겠는가. 가족 얼마나 보고 싶겠는가. 한창 젊은 나이 더럽고 비좁은 선실 갇혀 세찬 파도와 중노동에 시달리던 선원들은 육지 내리자마자 유곽으로 달려가 샤넬 향수 듬뿍 뿌리고 뱃사람 기다리는 금발 여자의 출렁이는 젖가슴에 그만 줄줄이 코 박고 죽었다 한다. 뭍에선 욕망의 과잉과 윤리의 빈곤에 빠진 이들이 지전 몇 푼 쥐고 잉여향락 찾아 부나비처럼 여기저기 기웃대지만 내일 기약할 수 없는 바다에서 목숨 걸고 파도와 싸운 선원들이 여섯 달 만에 육지 상륙하여 여자 품에 안기는 건 죽음의 바다에서 살아남은 것에 대한 심리적 보상이라 해야 하지 않을까. 그렇게 며칠 동안 에스파냐어로 맥주 뜻하는 세르베사에 돼지고기 훈제하여 만든 햄인 하몽 얇게 썰어놓은 거 안주로 진탕 마시고 놀며 여자와 뒹굴다 새로운 항차(航次: 출항한 배가 바다에서 조업 마친 후 다시 항구로 들어가는 기간. 여기서는 6개월이 1항차) 시작되어 선원들 지옥의 선단 합류하는데 다른 해역보다 유독 대서양 어황 좋아 선사들이 대서양에 어선 대량으로 투입하여 라스팔마스에 수많은 한국 참치잡이 배와 선원 입항한 것이다. 지금은 그런 일 흘러간 과

거의 추억으로 남아 부두에 선박 많아도 유곽 사라지고 술 마시는 바가 그 자리 대신하고 있다. 그렇게 한국 젊은 선원들이 이역만리 타국에서 목숨 걸고 피와 땀으로 잡은 참치가 정작 한국인 밥상에는 한 점도 올라오지 못하고 전량 일본으로 수출되어 외화벌이 선봉장 역할을 했다. 한국 사람들이 참치 맛보게 된 것은 원양 선원들의 노예노동과 같은 눈물의 항해 끝난 후였다. 선원들의 유일한 낙은 갓 잡아 올린 참치 맛보는 것인데 참치는 종류와 등급에 따라 이렇게 나뉜다. 참다랑어(혼마구로), 가장 고급스러운 참치로 지방 풍부하고 고소한 맛이 일품이다. 최고급 초밥이나 회로 사용되며 신선도와 육질 매우 중요하다. 그다음 눈다랑어(빅아이), 눈이 크고 지방 적당히 분포되어 있어 중급 이상의 초밥 식당에서 자주 사용된다. 참다랑어와 황다랑어 중간 정도의 맛과 식감 가졌다. 황다랑어(옐로우핀)는, 지방 적고 육질 단단해 스테이크나 통조림 참치로 많이 사용하는데 가격 저렴하고 맛과 식감 좋아 인기제품이다. 끝으로 날개다랑어(알바코), 주로 참치 통조림이나 탕, 국 등에 사용되는 품질이 조금 낮은 등급이다. 선원들 특권은 종류 가리지 않고 참치 실컷 먹으며 잠시나마 노동의 고통에서 해방되는 것이고 두 번째 특권은 샥스핀(상어지느러미) 모으는 일이다. 당시에도 샥스핀은 일본, 유럽, 미국 같은 부자나라에서 술안주로 비싼 값에 팔렸다. 대부분 어선들 상어 고기는 상품성 없다는 이유로 상어 잡은 뒤 지느러미만 잘라내고 나머지 부분은 다시 바다에 버렸다. 부레 없이 지느러미 힘으로 부력과 호흡 기능 얻는 상어는 지느러미 잘리면 부력 상실한 채 바다에 가라앉아 숨을 쉬지 못하고 고통스럽게 죽게 되는데 지금 생각하면 매우 비윤리적인 행위였으나 과거에는 마구잡이로 상어 잡아 지느러미 도려내는 게 큰 수입이라 자투리 시간 할애하여 상어 잡았다. 그렇게 모은 샥스핀 팔아 가족 귀국선물 마련하는 것이다. 선물은 정해져 있다. 누구랄 것 없이 모두 일제 카메라. 원양어선 타고 외국 나갔다 온 사람 집엔 어김없이 캐논이나 니콘, 미놀타, 야시카 카메라 있었고 사진기 귀한 시절이라 고급 카메라 가보처럼 애지중지했다. 상어지느러미 잘라낸 건 비난받아 마땅한 일이나 죽음의 바다에서 원양어업이 일군 성과 대단했는데 1965~1975년까지 파독 광부와 간호사가 모국으로 송금한 금액 약 1억 153만 달러(과거사정리위원회 자료), 1958~1979년 사이 원양어업이 벌어들인 외화 약 20억 달러로 원양 선원들이 벌어들인 금액이 파독 광부와 간호사 고국에 송금한 돈의 20배에 달한다. 원양어업으로 벌어들인 외화가 국내 총수출액의 5%를 넘은 적도 있다. 파독 광부와 간호사가 벌어들인 돈을 수출액으로 환산하면 대략 1.6~1.8% 정도다. 원양어업이 일군 5%는 현재 조선산업(6% 내외)이 국내 수출에서 차지하는 비중과 거의 같다. 그때 국민소득 66달러로 제2차 세계대전 이후 식민지에서 독립한 125개국 가운데 거의 최하위권이었는데 원양어업이 한국 경제성장의 한 축을 담당하고 있었다.* 그 시절 원양어선 타면 목돈 벌 수 있다는 소문에 동네 한량, 깡패, 악사까지 승선하기 위해 로비를 할 정도였고 초창기 한창 인기 있을 때는 장관 백 갖고 있어도 원양어선 쉽게 못 탄다는 말까지 나돌곤 했는데 젊을 때 외국 나가 고생 한번 하고 평생 살아갈 밑천 마련하려는 서민들 의욕 강했다. 당시에는 세계 어느 항구에 가도 서러움 겪어야 했는데 한국인은 백인과 일본인만 가는 전용 호텔에 들어가지 못하기 때문이었다. 한·일 어업협력자금으로 들여온 낡은 배(일본이 쓰다 수명 다하여 버린 배) 타고 대양으로 향하는 선원들은 살아서 돌아온다는 기약 없는 항해에서 고국과 가족을 한없이 그리워했다. 주머니에 고향 흙을 가져온 사람도 있고, 유서 쓰고 오는 사람도 많았다.** 치외법권 지역인 원양어선에서는 선장에게 선원법, 해사안전법에 따라 선내 지휘명령권, 징계권, 강제조치권, 원조 청구권, 사법경찰권, 선내 사망자 수장권 등의 권한 주어져 인명 또는 배의 안전 위협하는 사람에 대해서 이를 저지하는 강제조치 취할 수 있으며, 선상 반란 진압용 권총과 실탄 지급(1960~80년대 초 기준, 현재는 민간인 총기 소지 불허)되고 범죄 저지른 용의자 체포 및 구금할 수 있다. 그리고 선원들의 외로움 달래기 위해 리얼돌(Real Dall) 지급하는데 여럿이 사용하다 보니 거기서 성병 옮기곤 했다. 벌

....
* 해양수산부, 한국원양산업협회 자료
** 원양어업 선구자인 동원그룹 김재철 회장 회고

써 5~60년 전 일이지만 리얼돌 어찌나 정교한지 따스한 사람 체온 느낄 수 있으며 여성 신체와 거의 흡사하게 만들어 잔뜩 굶주린 이들 그거 껴안고 부들부들 떨며 몸부림치다 아프로디테의 허연 포말 있는 대로 쏟고 말았다. 우리나라에 리얼돌 들어온 지 불과 몇 년밖에 안 됐는데 원양어선 선원들은 반세기 전 그걸 썼으니 선진국의 성 산업 얼마나 일찍 발전했는지 짐작할 수 있다. 강대국에 안보 신세 지고 있는 약소국의 어쩔 수 없는 선택이긴 하나 베트남전 참전군인들 희생과 죽음의 바다에서 사투 벌인 원양어선 선원, 중동 건설노동자, 이분들이 극한환경에서 가족과 나라 위해 헌신한 참된 영웅이라 생각한다. 특히 원양어업의 경우 태평양, 대서양, 인도양 같은 먼바다에서 거센 파도와 싸우며 발생한 해난사고 이어졌는데 1970~75년 사이 한 달에 한 명꼴로 사망자 나왔으며 큰 사고로는 1963년 12월 30일 남태평양 사모아 300마일 해상에서 돌풍 만나 침몰한 제2지남호가 선장 포함 21명 실종됐고, 1967년 3월 15일 파도 사납기로 유명한 북태평양 러시아 캄차카반도 어장 나섰던 명태잡이 저인망어업 독항선(獨航船: 원양어업으로 고기 잡아 육상 기지나 모선에 넘기는 작은 배) 2척 침몰하여 선원 23명 전원 사망했다. 이렇듯 바다로 나가는 것은 예정조화(豫定調和)처럼 이미 닥칠 고통 안고 시작한 일이기에 다른 어떤 직업보다 위험하고 목숨 걸 때가 많다. 1960년대 이후 이역만리 타국 바다에서 우리나라 뱃사람 327명 순직했고 일부 고국으로 돌아왔으나 아직도 대서양 카나리아 제도 라스팔마스·테네리페와 멀고 멀어 아득한 남태평양 사모아 파고파고항, 카리브해 연안 작은 나라 수리남, 피지, 타히티, 아프리카 앙골라 등 8곳 선원묘지에 원양 선원 284위* 잠들어 있는데 하루빨리 고국으로 모셔 와야 하지 않겠는가.

그렇게 카나리아섬 구석구석 구경하고 이번엔 노르웨이로 간다. 민서는 거기서 스웨덴, 핀란드, 러시아 여행한 뒤 시베리아 횡단 열차 탑승하여 바이칼 호수와 이르쿠츠크 여행 후 블라디보스토크로 온 다음 배편으로 귀국할 예정이다. 아리도 칠레 푼타아레나스 체류할 때 남반구 최남단 가봤으니 언제 기회 나면 북반구 최북단, 그러니까 북극 가까이 가보고 싶었다. 그런데 생각지도 않게 민서 만나 대서양 카나리아섬 온 김에 북해와 그리 멀지 않은 러시아 무르만스크 여행하고 싶었는데 개인일정 때문에 가기 어렵게 됐다. 다음 기회로 미루고 이번엔 예정에 없던 칠레, 브라질, 쿠바, 카나리아, 노르웨이 여행으로 만족해야 할 것 같다. 카나리아에서 비행기 타고 독일 프랑크푸르트 거쳐 오슬로 공항에 내렸다. 공항에서 시내까지 기차로 약 25분 거리. 숙소에서 1박하고 오슬로 항구로 나갔다. 그런데 요트 엄청나게 떠 있다. 여기 인구 65만 명 정도라는데 요트 몇만 척 되나 보다. 파란 바다

....
* 해양수산부, 한국원양산업협회 자료(확인된 인원 이렇고 실제 사망자 수 더 많을 것으로 추정)

에 마치 하얀 백조 무리 지어 앉아 있는 모습인데 그야말로 깜짝 놀랄 모습이다. 세계 어디에서도 보기 드문 광경 아닐까. 한국에선 자가용 중요하게 여기는데 여기 사람들은 요트가 재산목록 1호라 한다. 그저 틈만 나면 요트 타고 바다 나가 즐기는 모양이다. 그다음 오슬로시청사, 여기서 매년 12월 10일 노벨평화상 시상식 열린다. 시청인데 마치 궁정처럼 우아하게 지어났다. 바이킹 선박 박물관과 뭉크 미술관에서 그 유명한 '절규'를 봤다. 다른 거장 작품 많았으나 사람들 대부분 절규 앞에 모여 있다. 여태 사진이나 영상만 보다 진본 관람하니 가슴 벅차오른다. 그다음 갈 곳은 노르웨이 가면 꼭 이루고 싶었던 비겔란 조각공원이다. 노르웨이 예술가 비겔란이 일생을 바쳐 만든 작품 전시해 놓았는데 모두 212점, 등장인물 650명 정도라 한다. 작품 하나하나 각기 의미 있지만 단연 압도적인 작품이 '모노리텐(Monolitten: 하나의 돌)'이다. 모노리텐은 비겔란 지휘 아래 3명의 석공이 14년간 각고의 노력 끝에 완성한 것으로 높이 17m의 단일 화강암에 121명의 인간군상이 서로 엉켜 괴로움에 몸부림치는 모습이다. 이 작품은 석공 기술 아무리 뛰어나도 철학적 사고와 인간에 대하여 깊은 성찰 없이는 탄생할 수 없는 걸작으로 아무리 예술가라 한들 이토록 심오한 정신을 돌에 담아낸다는 게 그저 경이로울 뿐이다. 원석 채취에서 조각공원으로 옮기기까지의 여정도 드라마틱하다. 돌은 이어 붙인 게 아니라 화강암 한 덩이로 만든 건데 오슬로에서 멀리 떨어져 있는 채석장에서 거석 채취하여 6개월 동안 배와 차량 이용하여 수백 킬로미터 옮기는 작업 엄청난 고행이었다 한다. 한마디로 놀라운 작품으로 비겔란 조각공원 나서며 아리는 의식이 훌쩍 자란 느낌 들 정도다. 오슬로에 와서 여러 번 놀랐다. 항구 정박해 있는 어마어마한 숫자의 요트에 놀라고, 비겔란 조각공원에 놀라고, 정신 번쩍 들 정도로 비싼 물가에 놀라고, 청량하고 부드러운 바람에 놀라고…. 이제 마지막 여행지 베르겐으로 간다. 노르웨이에서 오슬로에 이어 두 번째로 큰 항구도시인데 과거 한자동맹 맺고 북유럽 상권 장악하던 유서 깊은 도시다. 먼저 베르겐 어시장으로 갔다. 바닷가 부두 인접한 곳에 한자동맹 때 지어진 4~500년 된 목조건물 예쁜 색깔로 칠해져 나란히 서 있다. 그림엽서와 사진으로 많이 본 바로 그곳이다. 놀라운 건 그 오래된 건물에 아직 사람이 살고 있다는 것인데 1년에 200일 이상 비 내리는 기후 어떻게 이기고 500년 된 목조건물 저렇게 정정한지 그저 경이로울 뿐이다. 부두에선 막 입항한 어선에서 삶은 새우 팔고 있다. 북해 가까운 북대서양 청정해역에서 잡았으니 얼마나 싱싱하겠는가. 어시장 떠나 이곳 출신 작곡가 그리그 기념관이라 할 트롤하우겐 찾았다. 핀란드 시벨리우스, 체코 스메타나와 함께 국민악파 형성한 작곡가 말이다. 오슬로 공항에서 시내 이동할 때 애절한 북유럽 정서 가득 깃든 〈솔베이그의 노래〉 들었는데 여기 오니 다시 들린다. 〈페르귄트〉는 노르웨이 극작가 헨리크 입센이 쓴 운문극인데 입센이 같은 나라 작곡가 에드바르드 그리그에게 청탁하여 곡으로 만들었다. 그리그가 잘 다듬어 작품 완성도 높게 만들어 세계적인 명곡 반열에 오르게 된 작품이다. 〈아침 기분〉, 〈오제의 죽음〉, 〈솔베이그의 노래〉, 〈산왕의 궁전에서〉 등 〈페르귄트〉 극 전반에 흐르며 극의 완성도 최고조에 이르러 관객들 탄성 자아내게 하는 작품으로 만든 것이다. 그리그는 소프라노 성악가인 사촌 동생 니나와 결혼했는데 니나도 음악가라서 남편 잘 보살피며 내조하여 그리그가 음악 활동 하는 데 전념할 수 있도록 최선의 노력 기울인 여성이었다. 그들은 1867년 결혼하여 베르겐 근처 트롤하우겐에 정착했고 거기서 20년 살며 많은 음악 성과 이루어 트롤하우겐이야말로 그들 음악의 산실이 되었다. 그리그는 1907년 사망했는데 유해 화장하여 트롤하우겐 부근 바위 동굴에 묻혔고 그로부터 28년 후 세상 뜬 부인도 같은 장소에 합장했는데 묘지 입구를 돌로 막아 여행객들 설명 듣기 전에는 거기에 그리그 묻혀 있을 줄 전혀 모르게 해놨다.

베르겐은 자체 풍경도 훌륭하기 그지없지만 노르웨이가 자랑하는 피오르 출발점이다. 여기서 페리 타고 피오르 관광 나선 것이다. 그중 송네, 게이랑에르 피오르가 유명한데 페리 타고 피오르 구경하며 지구상에 이런 풍경 흔치 않을 것이란 생각 들었다. 한마디로 압도적인 자연의 웅장하고 아름다운 경치로 넋 달아나게 한다. 빙하시대 지금 위치에서 최고 200km가량 얼어붙어 있던 것이 수만 년 세월 흐르며 풍화와 침식과정 거쳐 드러난 골짜기인데 거기로 바닷물 스며들어 내륙 깊숙이 들어와 기막힌 경치 연출하고 있는 것이다. 신의 솜씨 아니면 절대 만들 수 없는 오묘한 대자연의 숨 막히는 걸작이다. 노르웨이 방문객에게 가장 인기라는 트레킹 3대 명소 있다는데 시간 관계상 못 가게 되어 영 아쉽다. 다음 기회 주어져 노르웨이 다시 온다면 트레킹 3대 명소 가운데 맨 처음 604m 수직 절벽으로 오금 저리게 한다는 프레이케스톨렌 절벽과 웬만한 강심장 아니면 도전 어렵다는 1,084m 바위 사이 마치 달걀처럼 끼어 있는 돌 쉐락볼튼, 그리고 1,100m 높이 절벽에 혓바닥처럼 내밀고 있는 트롤퉁가 꼭 도전해 보리라 다짐했다. 사람마다 체력과 담력 차이 있어 할 수도 못 할 수도 있지만 일단 한번 시도해 보고 싶다. 노르웨이 방문하는 대다수 젊은이들 하는 일을 나라고 못 하겠는가. 다만, 절벽도 절벽이거니와 오가는 여정 최소 6시간에서 10~12시간 걸리는 난코스라 체력 단단히 훈련 시켜 몸 만든 후 도전할 일이다. 노르웨이는 맑은 공기로 미세먼지 없는 나라, 만년설로 물 걱정 없는 나라, 북해에 무진장 매장된 석유 캐내 경제 윤택하여 국민 굶주릴 일 없는, 거의 지상 낙원이라는 생각이 들었다. 과거 덴마크와 스웨덴으로부터 오랜 세월 지배받으며 시달렸으나 지금은 세계에서 가장 살기 좋은 나라, 안정된 나라로 인정받고 있는 축복받은 나라다. 내

일이면 민서와 헤어진다. 아리는 기차나 버스로 오슬로에 돌아와 그곳에서 비행기 타고 독일 프랑크푸르트로 간 다음 인천행 비행기 타면 집에 오게 되고 민서는 오슬로까지 함께 가지만 거기서 스웨덴 남단 덴마크와 인접한 말뫼(Malmö)와 수도 스톡홀름 거쳐 핀란드로 이동하여 관광한 다음 발트해 연안 접해 있는 러시아 상트페테르부르크, 모스크바 여행하고 그곳에서 시베리아 횡단열차 탈 예정이다. 오슬로 공항에서 민서와 한국에서 만나기로 굳게 약속하고 헤어졌다. 캐나다 오타와 출발하여 한 달 넘게 꿈에도 생각하지 못한 칠레 푼타아레나스, 브라질 리우데자네이루, 쿠바, 대서양 카나리아제도, 노르웨이까지 전혀 준비하지 않고 예정에 없던 여행을 하고 말았다. 내 자유의지로 여행한 게 아니라 착한 친구들에게 이끌려 하게 된 여행이지만 내용 알찼고 평생 잊을 수 없는 추억 간직하게 됐다. 이렇듯 살다 보면 꼼꼼하게 준비한 일도 있고 준비 없이 따라나선 경우도 있다. 어느 것이건 과정 즐겁고 성실하게 이행했다면 성공 아니겠는가. 집에 돌아오니 아빠가 딸을 격하게 껴안으신다. 아리도 아빠 꼭 껴안았다. 아빠와 1년 넘게 떨어져 본 것 태어나 이번이 처음이니 아빠도, 아리도 얼마나 보고 싶었겠는가. 소장은 아리 엄마 살아 있을 때도 아리를 끔찍하게 아끼고 챙겼다. 아리는 무남독녀, 세상에 혈육이라곤 하나뿐인 딸이니 그럴 수밖에 없는 금지옥엽, 눈에 넣어도 아프지 않을 자식이다. 더구나 자라면서 속 한번 썩이지 않았고 공부 잘하며 착하게 자라 부모 신경 쓰게 한 적 없으니 누군들 그러지 않을 손가. 아리는 귀국 며칠 후 남자 친구 만나 캐나다 연수 이야기며 갑작스레 이뤄진 수박 겉핥기식 남미, 유럽 여행 얘기하고 결혼하면 신혼여행으로 1년간 제대로 된 세계여행 어떠냐 했더니 남자 친구 대환영이라 반겨 그렇게 하기로 약속했다. 대학 1학년 땐가 아빠 고등학교 동창으로 현재 공립학교 교장 선생님인 친구분이 아리 초등 때부터 서로 왕래하며 지내는데 항상 예쁘다며 머리 쓰다듬어 주시더니 어느 해 아빠와 바둑 두며 훌쩍 커버린 아리 보며 영양이라 하여 나중에 아빠한테 물어봤다. 영양이 무슨 뜻이냐고. 아빠 빙그레 웃고 나서 남의 집 딸 귀하게 여겨 부르는 말로 《인연》이라는 피천득 선생 수필 읽어보라 하신다. 어느 날 틈나길래 도서관 가서 책 펼치니 이런 문구 새겨져 있다. "눈이 예쁘고 웃는 얼굴을 하는 아사코(朝子)는 처음부터 나를 오빠같이 따랐다. 아침에 낳았다고 아사코라는 이름을 지어 주었다고 하였다. 그 집 뜰에는 큰 나무들이 있었고 일년초 꽃도 많았다. 내가 간 이튿날 아침, 아사코는 스위트피 따다가 꽃병에 담아 내가 쓰게 된 책상 위에 놓아주었다. 내가 두 번째 동경에 갔던 것도 사월이었다. 동경역 가까운 데 여관을 정하고 즉시 미우라 댁을 찾아갔다. 아사코는 어느덧 청순하고 세련되어 보이는 영양(令孃)이 되어 있었다. 그 집 마당에 피어있는 목련꽃과도 같이. 그때 그는 성심여학원 영문과 삼 학년이었다." 영양이란 남의 집 딸을

높여 부르는 말인데 피천득 글에 나오는 대목이라 아빠 친구분도 쓴 모양이다. 이제 아리는 주변 어른들 눈에 영양으로 불릴 만큼 자라 한 송이 백합 같은 처녀 된 것이다. 인생에서 가장 밝게 빛나는 시절, 아리는 하루하루가 즐겁고 꿈에 부풀어 있다. 엄마의 빈 자리 크게 느껴지지만 아빠가 너무 잘 챙겨주시고 사랑하는 사람과 펼칠 미래 생각하면 벌써 가슴이 뛴다. 결혼하여 남자 친구와 함께 떠날 세계일주여행 또한 기다려지고.

캐나다 연수 다녀온 지 얼마 지나지 않아 아리는 수도권 외곽에 있는 교정기관에 첫 발령 받아 공직 경험 쌓은 후 1년 6개월 전 여기 해솔교정마을에 속한 법무부 제14 직업훈련소에서 근무하기 시작했다. 전국 교정기관에서 수형자 선발하여 직업훈련소 집금시켜 기술고등학교 3년 과정을 1년에 걸쳐 이수하게 하는 속성기술교육과정이다. 속성과정이라 하여 학사일정 부실하게 하는 게 아니라 교육부 고등교육 수업일정 따라 정확한 계획에 의해 촘촘하게 짜여진 기술교육이다. 해솔교정마을 직업훈련소 교사진도 우수한데 해당 학과 관련 1급 기사 자격 취득하고 중등교사 자격 함께 갖고 있어 훈련생 교육에 한 치 흐트러짐 없을 정도로 완벽했다. 아리는 자신이 갖고 있는 모든 역량 발휘하여 훈련생들에게 기술 익히게 하고 자기 전공인 심리학 지식 활용하여 문제 수용자는 적절한 특화 교육으로 학습 진도 끌어갔다. 온갖 범죄 저지른 훈련생들도 교육 시간만큼은 진지했다. 자격증 취득하여 가석방용으로 쓰든, 출소 후 직업 구하는 데 쓰든 그건 나중에 본인 알아서 할 일이고 우선 급한 게 자격증 따는 일이다. 그러기 위해선 훈련 교사 지시 잘 따르고 교재 공부와 강의 열심히 들어야 하므로 딴짓하면 결국 손해는 자신이 감당해야 한다. 속마음 어떨지 몰라도 겉으론 모두 열심이다. 아리 교수법은 첫째, 이론 탄탄하게 학습시키는 것이고 둘째는 실기 하나하나 세밀하게 익히도록 반복연습 하게 한다. 아트디자인 과목은 포토샵, 일러스트, 디지털드로잉, 포트폴리오로 나뉘는데 색채학과 레이아웃, 타이포그래피 등도 가르쳐야 한다. 나중에 사회 나가면 디자인업계 취직할 수 있는데 컴퓨터 디지털로 시각효과 극대화하여 자격증 취득 시 발전 가능성 무한한 업종이다. 아리는 자신이 맡은 훈련생 40명 통솔하고 진심 어린 마음으로 대해 부임 첫해 합격률 90%를 달성했다. 물론 합격률 끌어올리는 것 못잖게 교육의 질적 향상도 중요하기에 합격률 다소 떨어진다 해도 개의치 않고 본인 방식을 고수했다. 언제 어디서나 진심은 통하는 법, 학생들도 아리 선생 이런 마음 알아차려 학과 시간에 딴전 피우지 않고 집중하며 호응했다. 학생들과 동료 선생들 사이에서 아리 칭찬 자자하여 어떨 땐 몸 둘 바 모를 정도로 과분한 치사 듣는다. 요새 아리는 행복에 겨워 있다. 결혼 후 세계여행 약속한 남자 친구는 수도권 대형병원 의사로 일하고 있고 무엇보다 가슴 따뜻하여 의료사각지대 놓인 어려운 환자 돕고 있는 게 더없이 기쁘다. 양가 부모님께 인사드려 내년 봄쯤 결혼하기로 약속한 사이다. 아버지는 딸 대신 예비사위가 의사라서 떨 듯이 좋아한다. 대리만족 단단히 한 모양이다. 부모님들 자식 키우며 노고 많이 하지만 자식 장래는 본인 선택에 맡기면 좋겠단 생각 든다. 의대건 법대건 부모님이 한 번 정하면 바꾸는 것 정말 어려운 일이고 그걸로 부모 자식 사이 불필요한 갈등 생기는데 딱히 해결책 보이지 않고 가정마다 자기들 방식대로 해결하고 있어 안타까운 마음 들 때 많다. 오늘은 법무부에 분기 학습 효율 상황 보고하는 날이어서 수업 마치자마자 2층 올라와 컴퓨터에서 자료 뽑아 정리하느라 정신없었다. 한 가지 놓친 게 교실에 여선생 혼자 남을 때 반드시 지켜야 하는 출입문 시정 장치 깜박 확인하지 못했다. 재수 없으면 접시 물 빠져 죽는다고, 생활하며 누구든 있을 수 있는 하찮은 착오가 아리 삶에 돌이킬 수 없는 일생일대 실수 되어 자신을 죽음의 나락으로 떨어뜨릴 줄 꿈엔들 짐작이나 했겠는가. 일에 쫓기더라도, 본부 제출할 분기 보고서 아무리 급하더라도 여기 맹수 우글거리는 교도소 보안구역이라는 사실 명심하고 조금만 신경 써 출입문 손잡이 단추처럼 볼록하게 튀어나온 동그란 부분 똑! 하고 누르면 그만인 것을….

아리는 한동안 강의실에 방치된 채 기절해 있었는데 눈 뜨니 병원 응급실이다. 하얀 가운 입은 의사가 물었다.

"아리 씨, 정신 드십니까?"

아리는 대답할 힘 없고 의식 가물거려 손가락을 살짝 움직였다. 의사가 아리 쪽으로 상체 숙여 귀 바싹 들이대며 다시 묻는다.

"아리 씨, 정신 드세요?"

그제서야 아리가 입을 약간 벌리고 들릴 듯 말 듯

"예."

라고 대답했다. 심한 두통에 병실 천장 빙빙 도는 것 같고 팔에는 수액 주렁주렁 매달려 있다. 환자와 대화 마친 의사, 간호사 커튼 젖히고 사라지자 이번에는 법무부 직원과 경찰 3~4명이 들어왔다. 그들 역시 아리 상태 확인 후 몇 가지 기본사항 질문하고 바로 물러났다. 본격적인 피해자 조사는 퇴원하고 몸 완전히 회복된 다음 하기로 했다. 아리는 정신 몽롱한 상태로 그들과 겨우 대화하고 있었다. 곧이어 아버지 들어와 금쪽같은 딸 손 잡은 채 대성통곡, 울고불고 난리다. 이태 전 퇴직한 소장, 딸 상태 자세히 살피더니 어금니 깨물며 주먹 불끈 쥔다. 어떤 새끼건 내 아이 이렇게 만든 악마 지구 끝까지 쫓아가 반드시 내 손으로 죽이고 말겠다며 부르르 떨고 이 바득바득 간다. 너무 큰 충격을 받은 아버지 지금까지 살 떨리고 실핏줄 터져버린 눈 벌겋게 충혈되어 있다.

두칠 II

사건 발생하고 두어 시간 지났을까. 직업훈련소 복도에 줄지어 모인 뒤 인원점검 마치고 입실했다. 이제 폐방(일과 종료 후 모든 수용자 방에 들어가고 감방문 잠그는 것)점검 끝나면 배식 뜨니 저녁 먹고 자면 하루 지나간다. 그러나 오늘 두칠에겐 특별한 날이다. 여자 냄새 맡은 게 얼마 만인가. 생각만 해도 아랫도리 저릿해지며 생물 꿈틀댄다. 우주 만물 하늘 아래 숨 쉬는 모든 것 음양 조화로 이루어지지 않던가. 남자도 여자 없인 살 수 없고 여자 또한 남자 없이 살기 힘든 법, 그리하여 수컷에게 번식 본능 있고 암컷에게 수태 능력 있는 게지. 그때였다. 감방문 벌떡 열어젖힌 특사경(법무부 특별사법경찰관) 들이닥쳐 두칠이 손목에 수갑 채워 끌고 간다. 특사경 팀에서 직업훈련소 CCTV 판독하여 범인 특정하고 강제 연행한 것이다. 조사는 강도 높게 진행됐다. 그도 그럴 것이 형벌 집행하는 교정기관에서 직원을 상대로 강력범죄 발생했으니 이게 보통 일인가. 사건은 즉시 상부에 보고되고 언론 통제 실시됐다. 피해자 신원 밝혀지면 큰일 나니까.

  수갑에 포승줄 칭칭 묶여 독방 구금된 후 관할 검찰청에서 수사 들어갔다. 형사입건 되고 본격적인 수사 시작되자 두칠이 신분 수형자에서 추가사건 피의자로 바뀌었다. 즉시 직업훈련생에서 탈락하고 구치소 이송 가 재판 끝날 때까지 그곳에 있어야 한다. 검사조사를 검취, 즉 검사 취조라 하는데 검찰청에 수십 번 불려 나갔다. 여기 선생들 쓰는 은어 가운데 교정공무원은 세어(숫자 세어) 조지고(호되게 남을 때린다는 뜻), 검사는 불러(검찰청 소환) 조지고, 판사는 때려(징역 선고) 조진다는 말 있다. 피의자·피고인 검찰청 불러대는 횟수 셀 수 없을 정도로 많다는 뜻이다. 두칠이도 사흘 멀다 하고 검찰청 불려 가 길고 따분한 조사 받아야 했다. 어떨 땐 심야·철야 조사까지 받는데 입회하는 수사관(6급 주사, 계장이라 부름)과 검사 체력 혀 내두를 만큼 대단하다. 출정 나간 피고인 계속된 강행군에 기진맥진하는데 이 양반들 멀쩡하다. 원래 무쇠 체력 타고났는지, 장모님 정성 가득 다려주신 산삼 그릇 비우고 출근하는지, 원래 강인한 정신력인지 알 수 없으나 참 대단하다. 그렇게 하여 지긋지긋한 검찰청 조사 마치고 재판 넘겨졌다. 이제부터 두칠이 운명 판사 손에 달렸다. 이런 사건의 경우 보통 수사는 강력부 검사가 하고 재판은 공판부 검사가 맡는데 교도소 구금된 무기수가 여성 공무원 강간한 희대의 사건이라 언론에 대서특필되어 엄청난 파장 일으키며 법무부와 검찰 비상 걸린 상황이다. 재판정에 피고인 직접 수사한 강력부 부장과 주임검사 나와 공판 참여해 방대한 수사기록 바탕으로 범죄사실 낱낱이 밝히며 옴짝달싹 못 하도록 옭아맸다. 사선변호인이 이길 자신 없다며 수임 포기하자 재판장 직권으로 국선변호인 선임하여 법정 나왔는데 고작 한다는 말이 피고의 불우한 성장 과정과 어릴 때부터 범죄에 노출될 수밖에 없는 사정 참작하여 법이 허용하는 범위 내에서 최대한 선처해 달라는 원론적인 말로 변론 마쳤다. 5개월 동안 이어진 공판 끝에 결심(決審)하고 검사의 논고와 구형 나왔는데 검사는 이미 살인죄로 무기징역 선고받고 복역 중 형벌집행기관인 교정시설에서 수용자 사회 복귀 돕고 있는 공무원에게 씻을 수 없는 범죄 저지른 피고를 마땅히 사회와 영원히 격리시켜 사법 정의 실현과 사회공동체 수호해야 한다며 사형을 구형했다. 검사가 긴 시간 할애하며 비장하고 감동적인 구형 이유 설명하는데 듣고 있는 두칠 눈에서 눈물이 났다. 너무 후회스럽고 시간 돌이킬 수 있다면 그런 일 꿈에도 꾸지 않으리. 검찰 증거 워낙 확실해 원심재판부 고심에 고심 거듭하다 내린 결론은 구금시설에서 자행된 극악한 범죄로 극형 받아 마땅하나, 이미 무기징역 받은 수형자 신분 고려하여 무기징역 선고하는 데 그치고 말았다. 검사가 사형 구형했으나 재판부에서 무기 선고했는데 수긍하기는커녕 피고가 사실오인과 양형부당 이유로 고등법원에 항소했다. 항소심 재판부도 큰 쟁점 없이 진행됐는데 피고 측에서 양형의 부당함 반박할 특별한 논리 없어 다소 싱겁게 4개월 만에 항소기각 판결 내렸다. 결국 대법원까지 가는 지루한 재판 끝에 상고심에서 상고기각, 무기징역 확정판결 받고 말았다. 두칠이 무기 플러스 무기, 그러니까 쌍무기(雙無期) 받은 것이다. 드물지만 교정시설 수감 된 죄인 가운데 쌍무기 가끔 있다. 인간의 수명 한시적인데 어떻게 무기징역을 두 번 살까만 형법상 무기징역 처해야 할 추가범죄 저지르면 무기나 사형선고 할 수밖에 없지 않겠는가. 용서받지 못할 중범죄 저질렀는데 무기수라고 봐줄 수 없는 일이니. 두칠이는 평생 한 번도 어렵다는 무기를 두 번 받은 교정 가족의 떠오르는 별로 법무부 특별 요시찰 대상 1호다. 그는 살아생전 바깥 공기 마실 수 없을 것이다. 앞으로 어떤 일 벌어질지 누구보다 본인이 잘 알고 있다. 두칠 인생에서 밝은 태양 사라지고 깊은 어둠 속 갇혀 몸부림치다 비참하게 생 마감할 처지 된 것이다. 누구도 그를 동정하지 않고 따스한 손 내밀지 않을 것이니 미망의 바다 헤매는 능파호(能破號)의 찢어진 돛대와 다름없는 신세 아닌가.

법무부 요시찰! 자랑스러운 쌍무기 명찰 가슴에 단 두칠은 강력범 수용하는 중구금시설 동백교정마을 독방에서 꼬박 3년을 보냈다. 입소하여 지낸 대부분 교도소 그랬지만 오래전 지은 이곳 독방은 그야말로 열악하다. 전국에 산재해 있는 유별난 독방 면적 0.68~0.75m^2라던데 사실 0.68m^2(0.2057평)는 관이나 마찬가지, 아니 덩치 큰 사람 들어가기 좁은 관이다. 여긴 한 평 채 되지 않은 2.18m^2, 돌아누우면 양쪽 벽 어깨에 닿을 정도. 근대 이전 또는 일제강점기 '총체적 통제시설'이라는 개념 근거하여 만든 비인간적 독방은 인간의 육신 병들게 하고 영혼 파괴하는 야만적인 구금시설이다. 거기 시간이 정지되어 결빙(結氷)된 은둔의 장소에 덩그러니 홀로 앉아 하루 1시간, 거미줄같이 가느다란 광선 타고 들어온 한 줄기 햇볕 부스러기 붙들며 기약 없이 이어질 기나긴 시간의 싸움 시작한다. 세월은 어둠에 갇힌 터널을 통과하는 것과 같다. 죄수는 국가와 싸우는 것도 아니고 관리와 싸우는 건 더더욱 아니다. 죄수는 시간과 투쟁하는 전사와 같다. 딱따구리는 부리로 단단한 나무 쪼아 둥지 만들고, 석공은 바위 쪼아 작품 만든다. 죄수는 밥만 먹고 생존할 수 없는 까닭에 세월 쪼아 먹어야 산다. 아침이고 저녁이고, 낮이고 밤이고 그저 쉬지 않고 쪼는 게 시간이며 세월이다. 만약 이들이 세월 쪼지 않는다면 미쳐버리고 말 것이다. 세월 쪼며 희망도 함께 쪼기 때문이다. 어둠 깊은 감옥에도 희망은 있어 실낱같은 희망 한 가닥 잡으려 그리 쪼아대는 것이다. 돌도, 쇠도 세월 앞에 무너지고 만다. 세월 극복하여 형해화시키는 그 엄혹한 일은 인간만이 할 수 있는 유일한 창조적 능력이기 때문이다. 광복절이 온 겨레의 기쁨이라면 만기일은 죄수 개인의 광복이다. 박탈된 자유와 빼앗긴 시간 되찾는 것, 그 찬란한 날 앞당기는 게 시간 쪼는 거 말고 뭐가 더 있겠는가. 누구든 여기서 살아 나가려면 세월 극복해야 한다. 시간이라는 현존하는 적과 투쟁하여 실패하면 그대로 끝이고 승리하면 비로소 새 삶 얻게 되는 것이다. 그리하여 시간과 독방은 일란성 쌍생아와 다름없다. 독방 이기는 자 세월 또한 극복할 것이고 시간 이기는 자 독방 극복하는 자웅동체(雌雄同體) 운명인 것이다. 현실에서 교도소 독방은 형벌 집행과 신체 가두는 시설이라기보다 인간 정신 옥죄어 종당에 무너뜨리고 마는 국가의 복수와 별반 다르지 않다. 긴 세월 거쳐 응보형에서 교육형주의로 변했다 해도 구금기관 독거실은 위하복수형(威嚇復讐刑) 실현하던 전근대적 시설과 크게 달라지지 않은 것처럼 보인다. 겨울엔 얼음 같은 냉골, 여름엔 습한 더위 가마솥처럼 지글거려 젊고 건강한 사람도 견디기 힘들 정도로 사악한 환경이다. 이런 극단적인 독방에서 온전히 3년 견딘다는 건 이미 해탈 득도한 후 반 도사 되어 화두 받아 들고 깨우친 다음 고개 들어 자애로운 부처님 천년미소 바라보게 됐단 뜻이다. 그러니까 시대의 지뢰밭 통과하여 몸뚱이에 화인(火印) 찍힌 영생 입장권 얻었단 의미다. 세상과 담 하나 차이라 해도 사회에서 철저히 격리된 구금시설은 바다 없는 섬이나 마찬가지다. 섬(Island)의 어원은 고립(Isolation)이라 한다. 섬, 또는 섬에 머무는 것이 어떤 의미로 고립일까. 지리적 격리(Geographical Isolation), 심리적 고립(Psychological Isolation), 형벌 분리(Punishment Isolation) 가운데 어느 것이 상태 더 밀도 있고 사실적으로 나타내는 용어인가. 알고 보니 독방은 가시철망 아름답게 둘러쳐진 섬이었다. 타락한 도시 어느 외진 산자락 아래 몰래 자리 잡아 행여 들킬까 두려워 꼭꼭 숨어 떨고 있는 섬, 절망에 몸부림치는 얼굴로 굳게 잠긴 야만의 섬이었다. 수인(囚人)이란 이름의 실존하는 존재, 또는 투명인간은 닫힌 감옥에서 열린 자유 추구하며 영웅의 무덤에서 춤추는 테르시테스˚ 같은 광대다. 인간이라는 유기체의 본질이 연결하면 살고, 단절하면 죽게 되어 있는데 사형수·무기수, 또는 유기형 처해진 자 구금시설에서 살아남는 방법은 첫째 시간 극복하는 것이고, 둘째는 수처작주(隨處作主: 어디를 가든 주인이 되라는 뜻) 정신으로 형벌의 내재화 작업 완성하는 일이다. 만리장성처럼 거대하게 버티고 있는 높고 가파른 벽을 수동적 감옥살이와 관념적 시각 아닌 현실의 눈으로 냉정하게 받아들여 여기가 잠깐 거쳐 가는 정거장 아니라 평생 살아갈 내 집이라 여기고 짐꾸러미 풀어 장기 투숙할 각오로 버티는 수처작주와 징역살이 내재화 과정 이뤄지지 않으면 죽거나 무너

....
*   호메로스 서사시 《일리아스》에 나오는 고대 그리스 최악의 횡설수설가

지거나 둘 중 하나로 귀결되고 만다. 죽을 때 죽더라도 일단 살아야 하는 게 인간에게 주어진 숙명이다. 입에 발린 소리로 걸핏하면 죽네 사네 하는 것, 그리 좋은 말, 바람직한 행동 아니지 않은가. 어떤 상황에서도 삶은 계속 이어질 충분한 이유와 가치 있다고 믿는다. 시신 드러누울 관보다 한 뼘쯤 넓은 독방과 연옥 불길 속에서도 심장의 붉은 피 식지 않나니. 여기서 살아남기 위해선 평균 이상, 집요한 노력과 극한 인고의 시간 견뎌야 한다. 쉬지 않고 고민하여 마음의 변화 끌어내야 한다. 배운 자 서푼짜리 자존심과 쓰잘머리 없는 먹물 빼내야 하고, 가진 자 배때기 가득 찬 탐욕의 기름기 걷어내야 한다. 울근불근 근육 덩어리 달고 있는 힘 센 자 교만한 허세 버려야 한다. 권력자건 재력가건 이곳에서 온전히 생존하려면 환골탈태, 새롭게 거듭나야 하는 것이다. 범죄자 두칠이란 껍데기 벗어던지고 수도자의 자세로 일심 정진하여, 골수 사무친 죄악의 병증 벗어나야 한다. 동백교정마을 교화위원인 포교 스님이 권하기도 했지만 스스로 뉘우친 두칠이 화두(話頭: 참선할 때 정신 통일하기 위하여 드는 제목)가 뭔지 아직 구체적으로 와닿지 않으나 그것 끄트머리라도 붙들고 늘어져야 할 만큼 영혼의 허기 절실했다. 김성동 작가가 천재성 발휘하여 집필 일주일 만에 완성해 불교계 발칵 뒤집어 놓은(책 내용에 경악하여) 소설《만다라》보면 행려승 법운이 큰스님으로부터 화두 받는다.

"여기 입구 좁으나 안으로 들어갈수록 점점 깊고 넓어지는 병이 있다. 남자가 조그만 새 한 마리를 집어넣고 키웠다. 이제 그만 새를 꺼내야겠는데 그동안 커서 나오지를 않는다. 병을 깨뜨려서도 새를 다치게 해서도 안 된다."

'호리병에 갇힌 새 어떻게 꺼낼 것인가.'라는 화두 풀지 못한 채 전전긍긍하던 법운이 드디어 알아낸 건 파계승 지산 다비식에서 사람 머리 모양 한 새 보게 되면서다. 활활 타는 불더미 속에 홀연히 나타난 한 마리 조그만 새, 인두조(人頭鳥)다. 법운이 6년간 화두로 삼고 머리통 깨지게 몸부림치며 찾으려 해도 찾지 못한 채 가슴속 응어리로 남아 있던 호리병 갇힌 새 꺼낸 순간, 지산이 바로 그 새였던 것이다. 깨달음이란 이런 것인가. 호리병 갇힌 새는 숨 막히게 좁고 미치도록 단절된 독방에 갇힌 두칠 자신인데 호리병에서 피 울음 삼키며 절규하는 인두조 꺼내는 일이야말로 나를 불살라 비로소 자유에 도달하는 관념과 행위의 마지막 승리라 생각했다. 두칠은 동백교정마을 독거실에서 세 번의 겨울과 세 번의 여름을 보냈다. 사방 철창 둘러싸인 채 살 에는 겨울 추위와 지글지글 태우는 열기 속에 면벽수행 하며 자연스레, 동안거, 하안거 실행한 것이다. 극악무도하고 흉악한 살인범 무기수, 춘하추동 꽃피고 눈 내리는 3년간의 용광로 생활이 자신의 지난날 돌아보게 하고 한 치 오차 없는 고유의 운동법칙으로 생성과 사멸 거듭하는 우주 만물의 오묘한 법칙과 생로병사, 칠정(七情) 다 다르게 하는 인생의 무게 차분히 생각하는 시간이었다. 세상이란 대충 와서 대충 머물다 떠나는 정류장 아니리 빝 갈고 씨 뿌려 거두며 성장하는 소중한 삶의 터전, 사상의 거처 같은 곳이었다. 훔치고 빼앗고 덮치고 죽이며 매일 같이 단말마 비명 들어야 하는 무간지옥 아니라 여울 버들개지 새싹 돋아 봄의 희망 깨우고 물안개 피어오른 강가의 상쾌한 아침, 채색 곱게 물든 저녁노을 맞는 아름답고 살 만한 세상인 것이다.

두칠이 3년 기거하던 독방 바로 옆에 경찰서장 들어와 있고, 한 칸 건너 교도소 보안과장, 두 칸 건너 구치소 의무과장, 반대쪽으로 군단장까지 한 3성 장군인 육군 중장 들어와 있다. 복도 후문 쪽 끝방에 만성폐쇄성폐질환 앓고 있는 무기수 있고, 중간쯤에 2선 국회의원에 대기업 사장 한 사람 수용돼 있다. 두칠이, 경찰서장, 폐질환 무기수 빼고 모두 뇌물 사범이다. 경찰서장은 계급이 총경인데 그 계통에서 많이 올라간 것 아닌가. 근데 이 양반 자신이 근무하는 경찰서 구내 이발관 여성 면도사와 내연관계 맺고 지내다 무슨 일로 틀어져 면도사가 안 만나주자 집 찾아가 다투는 과정에서 실탄 발사를 해버렸다. 권총 차고 여자 집에 갔는데 순간적으로 화 치밀어 권총 뽑아 들고 위협하다 그만 발사해 버린 것이다. 인명 살상하려는 고의성 없고 엉겁결에 발생한 오발

사고 같은데 한 사람 인생 무너지는 거 일순간이다. 경찰서장이라는 자리 어떻게 해서 올라간 자리인가. 아무리 생각 없기로 서니 구내 이발관 내연녀와 다투다 총 쏘는 바람에 자신과 가족 인생 종 쳐버린 셈이다. 자기도 그때 뭐가 씌었는지 도무지 생각나지 않고 오직 그 여자 버릇 좀 고쳐줄 마음으로 찾아갔는데 하필 허리에 차고 있던 총 생각 나서 흥분한 나머지 실탄 장전 사실 깜빡 잊고 총집에서 꺼내 휘둘렀는데 그만 격발장치 건드려 두 발 발사된 것이다. 주택 처마 관통하여 다행히 인명 피해 없었으나 까딱했으면 큰일 날 뻔했다. 서장은 자신을 미친놈이라 자책하며 매일 땅을 치고 후회했다. 공무원은 벌금 이상 형사처벌 받으면 당연퇴직이라 경찰서장은 형사처벌과 별개로 징계위원회에서 파면 처분받고 연금 50% 감액당해 100만 원 초반대로 대폭 쪼그라들고 말았다. 자기 실수니 당사자야 어떤 처벌도 감수한다지만 가족이 무슨 죄란 말인가. 남편, 아버지 잘못 둔 죄로 졸지에 똥바가지 뒤집어쓰고 주변에서 망신은 망신대로 당하고…. 경찰서장, 범행 사전에 치밀하게 계획한 예모범 아니라 우발적으로 발생한 격정범이라 형량 높지 않고 전과 없으니 가석방 심사에서 유리한 사정이나 언론에서 대서특필한 바람에 사회물의 사범으로 지정된 건 불리한 사정이다. 그러나 유리한 사정이 불리한 사정 상쇄할 정황 충분하므로 나중 분류 심사 때 크게 걸림돌로 작용할 것 같지 않아 보인다. 호랑이 같은 마누라에 바짝 졸아 있는 총경은 부인 면회 오면 또 깨질까 봐 노심초사 불안해하는데 그래서 부인 면회 오는 날엔 찬물 큰 사발에 우황청심환 한 알 꿀꺽 삼키고 나간다. 불륜에, 직장 파면에, 연금 반토막…. 어느 가정인들 아내 입장에서 쉽게 용서되겠는가. 우리 식구 통째로 말아먹은 저놈의 철천지원수 덩어리 지금이라도 만나게 된다면 그냥 잡아먹고 싶겠지. 서장도 괴로워 죽고 싶다는 말 입에 달고 산다. 교도소 보안과장은 천당에서 지옥으로 급전직하 떨어진 인물인데 일선에서 땀 흘리며 고생하는 아래 직원 우습게 알고 뒷짐 진 채 거들먹거리다 벼락 맞은 꼴 됐다. 이 악랄한 자가 조폭 두목에게 뇌물 두둑이 받아 실형 면치 못했는데 현찰은 물론 강남 룸살롱에서 고급 양주와 성 접대, 심지어 외국 항공권까지 받은 파렴치범으로 판사가 호되게 꾸짖으며 징역 7년 선고해 대법원 상고까지 했으나 법원에서 인정하지 않고 형 확정판결 받아 꼬박 7년 살아야 할 운명 처해 있다. 당시 기준으로 사기와 뇌물 사건은 가석방에서 제외하기 때문이다. 구치소 의무과장은 의사 출신으로 구치소 의무과장 재직 때 의무실 입원한 전직 사업가에게 각종 편의 제공하며 자그만 치 1억 원 꿀꺽해 징역 6년 받고 동백교정마을 교도소 의무과 간병부(看病夫: 형 확정판결 받은 수용자를 관에서 선발하여 의무실 청소와 잡일 시키는데 가끔 의사 등 의료인 입소하면 간병부로 선발하여 야간 응급환자 등 긴급상황 발생 시 의무실 직원 도와 환자 응급처치 보조함)로 출역 중인데 딸이 사고로 목숨 잃는 바람에 마음 추스르기 위해 며칠 전 독거 신청하여 들어와 있다. 끝방 폐질환 무기수는 강도로 징역 7년 살고 나와 자기 없는 사이 외간 남자와 바람피운 아내 불륜 사실 알아내 심하게 다투며 부부싸움 하다 꼭지 돌아 처와 장인, 장모 세 사람 도끼로 살해하는 잔혹한 패륜범죄 저질러 원심 판사가 피고에게 다소 격앙된 어조로 50여 분 가깝게 훈계와 질타 퍼부은 후 도저히 용서할 수 없는 극악범이라며 가차 없이 사형선고 내렸는데 고법 항소심에서 판사가 여러 정상 참작하여 무기로 감형하고 대법원에서 검사 상고 기각하여 무기 확정된 사람이다. 술은 입에 대지 않는데 30년 넘도록 골초라는 말 들을 정도로 담배 피워대 이런 병 얻지 않았을까 하고 있다. 외부병원 나가 진료받고 꾸준히 투약하는데도 기침 어찌나 심하게 하는지 옆 사람 잠들 수 없어 독거실 끝방에서 생활하도록 격리 조치했다. 지금도 밤새도록 기침할 때 많아 이쪽 방까지 들리곤 한다. 2선 국회의원에 대기업 사장까지 한 사람은 경기고, 서울대 나온 한국의 엘리트 양성과정 밟은 저명인사로 미국 하버드대학에서 박사학위 받은 실력파다. 그는 회삿돈 300억 원 횡령으로 징역 12년 선고받아 형 확정 후 원예부 출역하고 있다. 계속 독거실 생활하다 사소한 질서위반 적발되어 일반 방으로 가게 됐는데 그곳 혼거실에 모여 있는 덩치 큰 조폭과 사기, 강도 등쌀 못 이겨 바깥에 급히 부탁하여 다시 독서실로 온 사람이다. 머리 좋은 집안인지 동생도 서울대 나와 샌프란시스코 스탠퍼드대 교수로 경제학 강의하고 있다 한다. 그런데 미국 사는 동생이 형 면회하려 태평양 건너 한국에 와 10분 면회하고 간다. 형제는 접견실 투명 칸막이에 얼굴 가까이 대고 얘기 나누다 줄곧 운다. 남자들 이렇게 우는 사람 처음 본 것 같다. 형제의 정 애틋하거나 영어(囹圄)의 몸으로 고생하는 형 안타까워 흘리는 눈물 아닐까. 비행기 타고 태평양 14시간 건너 한국에 와서 형 만나 단 10분 얘기하고 떠난다는 건 너무 잔인한 일이다. 동생이 서울 볼일 보러 왔다 들른 거 아니라며 귀국 비행기표 보여준다. 형수와 가족들 모두 미국 살고 있으며 부모님 포함하여 윗대 어른들 다 돌아가시고, 자신은 미국대학 교수라서 서울에 사업 파트너 같은 거 없고 친구와 지인 오랫동안 만나지 않아 여기 오는 것은 오로지 형 면회 때문이란다. 외모 선하게 생긴 사람이 이렇게까지 자세히 소명할 필요 없는데 얼마나 답답하면 그러겠는가. 얘기하는 말투와 품격으로 봐서 헛소리할 사람 같지 않다. 모든 수용자 동등하게 처우해야 하지만 이런 경우 법에도 눈물이 있다. 앞뒤 꽉 막힌 복지부동 공무원 아니라면 인도주의적 융통성 발휘해야 한단 뜻이다. 직권으로 접견시간 연장, Once More! 딱 한 타임 더 드린다. 추가 10분 받아 든 형제 기뻐하는 모습 보며 가슴 아릿해진다.

육군 중장은 30년 군 복무 마치고 전역 후 방산업체 이사로 재취업했는데 오랜 세월 수직적인 군대 문화 몸에 배어 뭐든 원래 원칙 합법 아니면 용납 안 하는 우직한 성격으로 성실히 근무했으나 노회한 군납업체 로비스트 손에 놀아나 받지 말아야 할 향응과 금품 수수하게 되어 구속된 뒤 실형 처해져 교정마을 봉투 만드는 공장에 쪼그리고 앉아 하루 8시간씩 편지봉투 접고 있다. 사연 들어보면 여우 같은 로비스트에게 당한 것 같고 억울한 부분 있어 보이나 그래도 대한민국 육군 3성 장군이면 우리 군 지휘체계의 대들보인데 어찌하여 금전 몇 푼에 영혼 팔아야 하는가 하는 아쉬움 지울 수 없는 군인이다. 그런데 여기 독거 사동 25개 방 가운데 가장 문제수가 고위 검사장이다. 정부 직제상 차관보 급인데 타 부처 차관보 몇 명 와도 상대되지 않을 만큼 막강한 힘 가진 권력자다. 유력한 순번 아니라 해도 대검차장과 함께 다음 검찰총장 후보군에 들어가니 그러지 않겠는가. 그런데 이 양반이 사업하는 재력가에게 상당한 금품 받아 구속된 것이다. 검사장 구속된 건 검찰 역사에 드문 일이라 여러 언론에서 호들갑 떨고 연일 기사 내느라 정신없다. 검사장 구속되어 독거실 갇혔는데 문제는 이 사람이 밤에 감방문을 못 닫게 하는 거였다. 현행법에 교정시설은 일과 종료, 그쪽 용어로 폐방 이후 야간 시간대 반드시 문 닫고 시정(施錠: 잠금)하게 되어 있다. 그건 누구든 예외 허용되지 않은 구금시설의 엄격한 법 조항이다. 그런데 이 양반이 자기 방문 못 닫게 막고 소리 지르며 버티는데 보안과 간부가 독거실 찾아와 규정 얘기하며 설득해도 막무가내다. 나중엔 보안과장 나서고 그래도 안 되자 결국 소장이 상담실로 검사장 불러내 양해 구하는데 별말 별소리 다 해도 요지부동 꿈쩍 않는다. 아무리 설득해도 대화 되지 않아 소장 고심 깊어지고 본부에서는 계속 진화하여 상황 정리 재촉하니 미칠 지경이다. 검사장이라 강제력 행사하기도 곤란하고 그렇다고 야간 거실 문 시정하지 않은 채 무한정 둘 수도 없는 일이다. 아! 이 일을 어쩐다. 교도소장 머리 한 움큼 쥐어뜯어도 대책 떠오르지 않는다. 검사장 왈, 자기는 폐소공포증 있어 철문 닫거나 잠그면 죽는다며 절대 문 잠그지 말라 떼쓰다 애원하다 그러고 있다. 그럼 의무동 입원시켜 주겠다 하자 거기도 안 된단다. 이유는 본인 어렸을 때부터 지금까지 혼자만 자봐서 남하고 같이 못 잔다고 한다. 옆 사람 코 골고 부스럭대는 소리에 한숨도 못 자고 꼬빡 날 샌다고. 혼자 있는 독거실 문은 폐소공포증으로 못 닫고, 병동 입원실은 주변 산만해서 안 되고…. 해결할 방법 보이지 않는 가운데 자정 넘기고 말았다. 오후 6시 폐방하고 8시 취침이니까 벌써 6시간째 실랑이 벌이고 있는 것이다. 일반 수용자라면 규정 위반으로 조사실 데려가 조사한 후 징벌방 가두는 등 강제조치 할 상황인데 검찰 고위직이다 보니 소장과 법무부에서도 선뜻 행동하지 못하고 있다. 법무부에선 재촉 전화 계속하며 슬기롭게 대처하라는 모호한 발언 반복하고 있다. 어떻게 해야 슬기로운 대처인지 좀처럼 풀기 어려운 숙제다. 검사장은 죽으면 죽었지 문 닫을 수 없다는 기존 입장

고수하며 만약 교도소 측에서 자기 의견 무시하고 강제로 문 닫아 사고 나면 모든 책임 교도소에 있다며 엄포와 협박 늘어놓고 있다. 마치 어린아이가 사탕 달라 떼쓰고 응석 부리는 것과 다름없어 보였다. 길게 이어지던 줄다리기 새벽녘 돼서야 협상 타결됐다. 법무부에서 상황의 특수성 감안하여 기관 문제 삼지 않도록 하겠다며 소장에게 재량권 부여하니 잘 판단하여 합리적으로 조치하라는 지침 하달했다. 이에 소장이 감방문 완전히 닫지 않고 3cm 정도 약간의 틈 남기며 문 앞에 직원 한 사람 배치하여 수용자가 임의로 문 열고 나오지 못하도록 감시하는 선 제시하니까 검사장이 3cm는 하나 마나 의미 없는 조치라 반발하여 조금 더 열어 4cm 하룻밤 허용하는 것으로 최종 타결됐다. 교도소 측에서 검사장 폐소공포증 갖고 있는 애로사항 충분히 이해하나 관계 규정에 따라 사동 문 밤에 닫는 것은 물론 밤낮 가리지 않고 항상 닫게 되어 있다고 법령집 보여주며 자세히 설명하자 누구보다 법규정 잘 아는 법률전문가 검사장 할 수 없이 받아들인 것이다. 사실 검사장도 같은 법무부 소속 공무원인 교정 당국에 괜히 시비 걸고넘어지려는 게 아니라 감방 철문 닫고 잠그면 그냥 미쳐버릴 것 같은 공포 엄습하여 규정 그런 줄 알면서도 이러다 죽겠구나 생각하니까 앞뒤 가릴 겨를 없이 큰소리로 항의성 하소연하게 된 것이다. 이미 설명했듯 교정기관 사동 거실 문 야간에는 반드시 잠그지만 주간 근무자에게 개방 권한 부여한 것은 수시로 열어야 하는 접견, 출정, 운동, 진료 등 개문 상황 많이 발생하므로 열쇠를 근무직원이 휴대하고 필요할 때마다 여는 것이고 야간에는 모든 문 잠그되 화재나 환자 발생 등 특이상황 생길 때 보안과 상급지 입회 아래 열게 되어 있다. 이런 사정 잘 모르는 검사장이 폐소공포증이라는 자신의 질환 때문에 사정 하소연하는 과정에서 생긴 소통 부족 아닐까 생각한다. 그런데 한편으로 검사장 개인 놓고 보면 전혀 이해 못 할 일도 아니다. 무슨 뚱딴지같은 소린가 하겠으나 이 사람 폐소공포증 환자인 데다 증상 극심해지면 나타날 수 있는 극단적 반응이라 본다. 모든 수용자 공평하게 대우해야 하지만 사정에 따라 개별 처우해야 할 상황도 발생한다. 보통 사람 같으면 받아들일 수 있는 일인데 특이 반응 보이는 경우 있잖은가. 검사장은 유복한 가정에서 태어나 별문제 없이 대학 진학하고 법대 재학 중 이른 나이 사법고시 합격하여 군대도 군법무관으로 갔다 왔으니 소년등과(少年登科)한 사람으로 모태 금수저 아닌가. 이른바 금수저란 부류가 특권층이고 특권 인정하자는 얘기 아니라 이렇게 태어나 손가락에 물 한 방울 묻히지 않은 사람 일반인보다 자기 절제력과 위기관리 능력 떨어진다는 것이다. 예를 들어 평소 교도소 들락거린 전과자나 교통사고 내고 구속된 운전자 특별한 사정 없는 한 수용질서 잘 따르고 자신을 거기에 맞춰 순응한다. 사법부의 구속영장 발부에 따른 정당한 법집행이므로 누구든 이의 없는 것이다. 그런데 온실에서 화초처럼 어려움 없이 자라 늘 보호받으며 높은 자리 올라 손가락 까딱 않고 지시만 내리던 사람은 현실에 대한 적응력과 현재 자기 처지 받아들이는 자각 능력 현저히 떨어져 있다. 검사장도 괜히 고집부리는 게 아니라 자기 눈앞에 벌어진 엄청난 현실을 정서적으로 도저히 받아들일 수 없는 것이다. 그러니까 구속과 수감이라는 아픈 시련 앞에서 심리적 부담 일반인이 수류탄 맞은 정도 충격이라면 검사장은 핵폭탄 맞은 것과 다름없는 인식이라 보면 된다. 금수저라도 일반인보다 더 잘 견디는 사람 있으나 그건 평소 자기 절제력과 내공 잘 단련된 사람 얘기고 적응 못 하고 쩔쩔매는 고위층 많이 봐왔다. 다행히 바깥 병원에서 지어 온 약 먹고 외부병원 나가 전문의 진료받아 심리 안정 되찾은 뒤 병동 입원하여 재판받으러 법정 나가며 평온한 일상으로 돌아왔다. 이번 독거 사동의 검사장 입실거부 및 야간 시정 장치 잠금 문제는 하루 만에 종결됐는데 고약한 일 겪으며 높으나 낮으나 어른은 사회적 책임에서 자유로울 수 없으며 평소 내면 부단히 연마하여 어떤 시련에도 현명하게 대처하는 능력 길러야 한다는 사실 새삼 깨닫게 한 사건이었다. 미국 작가 존 스타인벡 장편소설 《에덴의 동쪽》에 이런 구절 있다. "영리한 사람들은 대개 좋은 사람이 아니다." 지나치게 영리한 이들, 똑똑한 사람들이 선량함 잃을 때 공동체 전체가 어려워진다. 공부 많이 한 고학력자와 높은 지위 오른 우수한 두뇌가 양심 속이고 정의롭지 않은 쪽에 섰을 때 사회

위태로워진다는 뜻이다. 히틀러에게 충직한 부하 여럿 있는데 그중 핵심 인물 꼽자면 나치 화신이며 탁월한 선동가에 뛰어난 프로파간다 파울 요제프 괴벨스다. 다음이 내과 의사 출신으로 인체실험 자행하여 극악무도한 잔혹성 드러내 '죽음의 천사'라 불린 요제프 멩겔레, 그리고 묻지도 따지지도 않고 가스실 데려가 집단살육 자행한 도살자 하인리히 힘러, 마약에 찌들어 있었지만 탁월한 전략가로 유럽 하늘 지배하며 나치에 영혼 팔아넘긴 헤르만 괴링, 나치 친위대 장교로 히틀러, 하이드리히 지시 따르긴 했으나 유대인 600만 명 처형에 핵심 역할 맡은 냉혹하고 피비린내 나는 살인마 아돌프 아이히만, 이렇게 5명이다. 그런데 히틀러 수하 5인방 머리에 뿔 돋은 괴물 아니라 지성과 교양 두루 갖춘 인텔리였다. 두뇌 우수하고 영리한 인텔리겐차 말이다. 그중에서도 히틀러 최고 두뇌라 일컬은 나치 육군 지휘관 에리히 폰 만슈타인은 프랑스의 마지노선 무너뜨리고 독일군을 승리로 이끈 전설적 군인인데 머리 회전 빠르고 영리하기가 가히 천재급으로 누구든 따라올 자 없는 독보적 인물이었다. 당시 그들과 같은 동네 산 주민들, 지적이고 교양인이며 점잖고 매너 좋은 어른, 아이들 손 잡은 채 애완견 끌고 공원 산책하다 카페나 식당에서 맛있는 음식 즐기는 다정다감하고 마음 따뜻한 옆집 신사가 그런 악마인 줄 전혀 몰랐다 한다. 간악한 적국에 나라 팔아먹은 을사오적 또한 얼마나 영리한 사람들인가. 조선 3대 천재라는 춘원 이광수와 육당 최남선, 그리고 《감자》, 《배따라기》 등 뛰어난 작품으로 단편소설 부분만 놓고 본다면 현진건, 김동리조차 그의 작품성에 필적하지 못할 만큼 한국 문학에 있어 빼놓을 수 없는 문호 김동인, 이들 모두 기막히게 영특하고 영악한 사람들이다. 조선이 일본에 천년만년 식민지배 받을 줄 알고 양심 팔아 개 줘버린 민족의 반역자 아니겠는가. 김활란과 모윤숙도 머리 좋기로 소문난 사람들이며, 시인 서정주가 다쓰시로 시즈오라 개명한 후 쓴 수필 《징병 적령기의 아들을 둔 조선의 어머니에게》와 일제 찬양 시 〈오장 마쓰이 송가〉 읽어보면 있는 정나미 없는 정나미 죄다 떨어지게 된다. 국화 옆이고 뭐고 간에…. 만 원권 지폐에 그려진 세종대왕 그림으로 유명한 운보 김기창의 '적진육박'도 가관이다. 밀림 속에서 착검한 채 진격하는 일본군 그려놓은 것인데 예리한 총검 섬뜩하게 묘사하여 보는 사람 등골 오싹하게 만들고 만다. 춘원 이광수에서 운보 김기창과 한국미술계 거장 김은호까지 모두 뛰어난 두뇌 가진 영리한 사람들이다. 여기에 그런 행태 보인 사람 모두 열거하긴 어렵고 지식인의 양심 던져버리고 일신의 영달 꽤 한 자 대부분이 지나치게 영리한 사람들이란 뜻이다. 그렇다고 싸잡아 영리한 사람 모두 나쁘단 건 아니라 그런 사람들이 이리저리 머리 굴리며 이윤 따지는 득실 셈법 밝아 정의보다 자신의 이익에 집착하는 경향 있어 존 스타인벡 명작 《에덴의 동쪽》에도 등장하지 않겠는가. 뼛속 깊숙이 박혀버린 권위 내세우며 법과 질서 무시한 고집불통 한 사람 때문에 연일 소란스럽고 시끌벅적하던 독거동, 외부의사 진료와 심리 상담 받고 안정 되찾은 후 수용자 병동 입원으로 해결되며 진정단계 접어들어 일단락되자 모처럼 사동 조용해지고 평온 찾아와 각자 할 일 하고 있다. 이번에 철부지 검사장 행태 보며 판타지 소설《나니아 연대기》로 유명한 영국 작가 C.S 루이스의 명언 떠오른다. "사람은 죄와 싸워보기 전까지는 자기가 얼마나 악한 사람인지 결코 깨닫지 못한다."

여기 머무는 경찰서장, 교도소 보안과장, 의무과장, 대기업 사장, 중장, 검사장. 들어보면 하나같이 기구한 사연이나 한 가지 공통점은 공직자가 돈을 받았다는 것이다. 가진 것 없고 학력 보잘것없는 두칠이는 저렇게 많이 배우고 높은 자리 앉은 사람도 돈의 유혹 앞에서 무너지는 것 보고 배운 놈이나 못 배운 놈이나, 까마득히 높은 놈이나 저 아래 낮은 놈이나 한결같이 유혹 앞에 쉽게 무너져 자기 관리 얼마나 어려운 일인지 어렵다는 것 새삼 깨닫게 됐다. 특히 조폭에게 향응과 고액의 돈 받고 외국 여행 항공권까지 덥석 받아먹은 보안과장, 참담한 일 당하게 됐는데 교도소 주인은 하얀 집의 왕이라는 소장이지만 담 안 질서는 보안과장이 지배해 권한 막강하다. 밤이고 낮이고 수용동, 공장 순시하며 보안과 직원과 수용자 닦달하던 위인이 뒷구멍으로 호박씨 까고 있었으니 한심한 인간 아닌가. 그 사람 수용자한테만 받은 게 아니라 직원 들볶아 허구한 날 술 사게 하고 노래방 데리고 다니며 사람 어지간히 피곤하게 했다. 양주 얻어먹을 요량으로 보직 좋은 데 배치해 주겠다며 소소한 금품 받아 챙겼으니 참으로 비열한 인사라 아니할 수 없다. 특히 데모하고 들어온 학생들 옥투(獄鬪: 포고령이나 집시법 위반, 또는 국가보안법 위반으로 구속된 학생들이 구금시설 안에서 교정행정 또는 대정부 투쟁하는 것) 할 때 직원 풀어 연행하는데 방에서 안 나오려 저항하면 직원 여러 명 방에 들어가 곤봉세례 퍼붓고 강제로 끌어내 보안과 지하실로 연행한 뒤 수갑과 포승줄 묶어 폭행 자행할 때 최종결재권자로 현장 지휘한 무자비한 사람이었다. 제복 입고 번쩍이는 계급장 단 채 평생 밖에서 묶기만 하던 자가 처지 뒤바뀌어 안에 들어와 손발 묶인 죄수 됐으니 반성하고 살지, 아니면 억울하다 할지 저 사람 속내 궁금한데 아무튼 우리네 인생살이 요지경인 건 틀림없다. 그래도 일말의 양심 남아 있는지, 아니면 쪽팔려서 그랬는지 알 수 없으나 접견, 운동 때 직원 만나면 시선 피하며 자꾸 구석진 곳으로 가더란다. 그자에게 당한 직원 한두 명 아닐진대 서로 껄끄럽지 않겠는가. 사람은 어디서 무엇이 되어 다시 만날지 모르므로 타인과의 관계에서 너무 척지고 살면 안 된다. 될 수 있으면 이해와 포용으로 지내는 게 낫고 내가 조금 손해라 생각하는 게 가장 크게 남는 장사다. 수용자 구속 실태 보면 절도가 부동의 1위고 종교는 개신교, 공무원은 경찰이 많다. 특정 종교 및 직업이 개인의 범죄행위, 구속과 인과관계 없는 일이라 크게 의미 둘 필요 없으나 사람이 자기 절제력과 준법정신, 가치관, 신념을 확고하게 갖는다면 그토록 고위직 몸담은 사람 바람 앞 흔들리는 갈대처럼 지조 없이 무너질까 생각해 본다. 교도소는 패배자와 낙오자만 오는 곳이 아니다. 범죄를 직업으로 삼는 전문 강·절도에서 양심적 병역거부자, 사회주의 확신범, 독재 타도 외치는 민주주의 신봉자까지 그야말로 각양각색 군상 모여드는 곳이 구금시설이다. 사업 크게 하던 사장 부도 맞아 알거지 되는가 하면 조그만 가게 들어가 새우깡 한 봉지 훔치고 들어온 절도범도 있다. 아무리 각박한 세상이라 한들 법에도 눈물 있어 보통 새우깡 한 봉지로는 구속하지 않는데 이 사람 눈만 뜨면 도둑질 일삼는 상습범이라 판사도 동정의 여지 없어 법과 양심에 따라 특가법(특정범죄가중처벌법위반) 적용해 구속영장 발부하고 실형 선고한 것이다. 절도와 강도, 폭력, 사기, 뇌물수수, 시국사범…. 모두 저마다의 사정으로 들어온 사람이지만 꾸는 꿈은 각자 다르다. 그러나 이 안에서만큼은 부장판사라고, 검사라고, 경찰서장이라고, 장군이라고, 장관이라고, 국세청장이라고, 넝마주이, 사기꾼이라고, 무식쟁이라하여 특별할 것 없이 모두 다 벌거벗은 나신(裸身) 그 자체인 것이다. 공직자는 무엇으로 사는가. 되새길 모범이 있다. 공자 따르던 3,000여 명 제자 가운데 공자가 가장 아꼈다는 안회(顔回)의 단사표음이 그것으로, 단사표음(簞食瓢飲)이란 '한 소쿠리 밥과 한 표주박 물'이라는 뜻이다. 안회는 청빈 지나쳐 밥 한 소쿠리와 물 한 표주박 마시며 근근이 살아 뱃가죽 등에 들러붙을 정도로 굶주린 뒤 결국 영양실조 걸려 젊은 나이 요절하고 말았다. 그가 후세 이름을 남긴 것은 유교적 선비의 가치관이라 할 단사표음, 안빈낙도를 실천한 데서 비롯된다. 그는 누추한 거처에서 최소한의 음식으로 끼니 이으며 빈민들 어려움을 보살핀 것이다. 공무원은 국민의 세금으로 월급 받아 사는 사람이다. 급료 외 단 한 푼도 다른 생각 하면 힘들어진다. 돈 찍어내는 조폐공사 직원과 매일같이 돈 만져야 하는 은행원 눈에 돈이 돈으로 보이는 순간 그때부터 문제 벌어지고 결국 사달 나게 되어 있다. 조폐공사 직원과 은행원은 돈이 돈으로 보이면 절대 안 되고 종이와 볼펜 같은 물건으로 보여야 한다. 어떤 경우에도 인간의 품격과 자존심 유지하며 묵묵히 제 갈 길 가야 한다. 그것이 공직자의 숙명이며 이게 싫거나 돈 버는 게 목적이라면 가차 없이 공직 버린 후 다른 일 찾아봐야 한다. 공직에 몸담은 사람은 늘 청렴·강직한 정신으로 남의 것 조금도 건드리거나 탐내지 않는 추호불범(秋毫不犯) 상기해야 하고, 목말라 물 한 모금 하려다 샘 이름 도천(盜泉)이라 마시지 않았다는 공자의 갈불음도천수(渴不飮盜泉水)도 마음 깊이 새겨야 하지 않을까. 아무리 어려운 상황 처해도 잘못된 길 가선 안 된다는 뜻 아닌가. 2,500년 전, 공자·맹자 때 일이라 오늘날 누가 안회처럼 살겠는가. 그래서도 안 되고 될 수도 없는 일이다. 청빈도 좋지만 32세 한창나이 굶어 죽을 것까지 있겠는가 말이다. 공자는 도천수 마시지 않았으나 당나라 시인 이백은 〈월하독자〉이란 시에서 하늘에 주성(酒星) 있고 땅에 주천(酒泉) 있다는 핑계로 주야장천 술 마셔댔다. 공자와 안회가 이백·두보보다 1,200년 전 사람이니 시대 배경과 사람들 삶의 방식 달라졌겠지만 같은 중국 땅에서 공자는 도천 피하고 이백은 주천 찾아 헤매는 그런 가치관의 변화가 벌어진 것이다. 어쨌든 단사표음과 안회의 아사 요절은 너무 심하지 않았나 하는 의견 있으나, 동서고금 막론하고 정직이라는 하나의 기준으로 평가한 다음 아일랜드 출신 극작가 버나드 쇼가 벌인 소동 보면 꼭 그렇지만도 않은 것 같다. 기행 일삼은 괴짜이긴 하나 문학가로서 노벨상 받는 등 당대 이름 날려 영국 상류사회 명사 되었던 그는 아웃사이더였다. 어느 날 전신국으로 달려간 그가 사회 유명인사 여러 명에게 급전을 쳤다. "모든 게 들통났으니 빨리 튀어라!" 다음 날 아침, 전보 받은 장관, 판사, 장군, 경찰서장 등 영국의 지도급 인사 수십 명이 동시에 행방을 감추어 버렸다. 각료회의가 취소되고 재판이 연기되었으며 곳곳에서 행정 공백 발생하여 영국 사회는 큰 혼란에 빠지고 말았다. 며칠 후, 문제의 전보가 버나드의 짓궂은 장난이라는 사실 안 다음에야 고관들이 자리로 돌아왔고 영국은 그제야 제 기능 발휘할 수 있었다. 지금으로부터 120여 년 전 일어난 이 사건은 초강대국 자부하던 영국인에게 커다란 충격을 주었다. 한 국가가 진정한 건강성 유지하기 위해서 가장 중요한 것은 공직자들의 청렴과 도덕적 각성이다. 과연 우리나라에 그런 전보 받고 당당하게 직무 수행할 고위 공무원 얼마나 있을지 모르겠다. 독거 사동 2층 첫 번째 방에 데모하고 들어온 대학생 한 명 있다. 사동마다 서너 명씩 있는데 여기 있는 친구 노래 잘한다. 가끔 '옥투' 하며 밥그릇으로 쇠창살 긁어대고 구호 크게 외쳐 시끄럽긴 하지만. 오늘도 한 곡조 뽑나 보다. 미성에다 성량 풍부하여 웬만한 가수 붙었다간 울고 가게 생겼다. 두어 번 으음, 흠하며 목 가다듬더니 노래 시작한다.

"기나긴 밤이었거든 압제의 밤이었거든
우금치 마루에 흐르던 소리 없는 통곡이어든

불타는 녹두벌판에 새벽빛이 흔들린다 해도
굽이치는 저 강물 위에 아침햇살 춤춘다 해도
나는 눈부시지 않아라.

기나긴 밤이었거든 죽음의 밤이었거든
저 삼월 하늘에 출렁이던 피에 물든 깃발이어든

목메인 그 함성소리 고요히 이 어둠 깊이 잠들고
바람 부는 묘지 위엔 취한 깃발만 나부껴
나는 노여워 우노라.

폭정의 폭정의 세월
참혹한 세월에

살아 이 한 몸 썩어져 이 붉은 산하에
살아 해방에 횃불 아래 벌거숭이 이 산하에

기나긴 밤이었거든 투쟁의 밤이었거든
북만주 벌판을 울리던 거역에 밤이었거든

아아~ 모진 세월 모진 눈보라가 몰아친다 해도
붉은 이 산하에 이 한목숨 묻힌다 해도
나는 쓰러지지 않아라.

폭정의 폭정의 세월
참혹한 세월에

살아 이 한 몸 썩어져 이 붉은 산하에

살아 해방에 횃불 아래 벌거숭이 산하에"

비장하고 감동적인 내용이다. 흉중 깊은 곳에서 알 수 없는 것 올라오는 듯하다. 저 녀석들 하라는 공부 안 하고 맨날 데모만 하는 나쁜 놈들인 줄 알았는데 오며 가며 마주칠 때 하는 인사성과 점잖은 행동, 젊은 애가 참 괜찮아 보인다. 그래도 팔자 좋은 놈들아, 빨라 나가서 공부나 해라. 가슴 짠하게 남아 있는 여운 뒤로하고 눈을 감았다.

***

고단했나 보다. 저녁 먹고 노곤하더니 8시 취침 종 울리자마자 스르르 잠들었다. 두칠이는 바닷가를 걷고 있었다. 은빛 백사장 눈부신 해변인데 끝 안 보일 만큼 길게 뻗어 있다. 마치 물감 뿌려 놓은 듯 파란 바다와 눈부시게 아름다운 해변 걷고 있으니 기분 상쾌하여 날아갈 것 같다. 해수욕장 뒤엔 무성한 솔밭 이어지고 모래밭과 송림 이어주는 작은 모래언덕에 해당화꽃 예쁘게 피어 있다. 잎 반들반들 광택 나고 예쁜 보라색 꽃 피우는 비비추와 갯메꽃 보이는데, 바닷가 나팔꽃이라 불리는 갯메꽃은 뜨거운 햇빛 쏟아지면 함초롬히 얼굴 내미는 모래밭 귀염둥이다. 이어 순비기나무, 갯씀바귀, 갯패랭이, 조릿대, 바람꽃, 쪽빛 바다를 보라색

안개로 물들이는 해국(海菊), 줄사초 무리 지어 있다. 그래도 꽃이라면 동백꽃을 당할 자 없다. 하얀 눈 속에 붉게 피어나는 동백꽃 자태는 강렬하고 아름다워 보는 이를 설레게 한다. 지금 여름이라 만날 수 없으나 사철 푸른 잎사귀 자랑하는 상록수로 늘 우리 곁에 있다. 모처럼 꽃구경하며 가볍게 일렁이는 백사장 천천히 걸었다. 여긴 예쁜 꽃만 있는 게 아니라 천연기념물로 지정된 새 또한 수없이 깃드는 곳인데 노랑부리백로, 저어새, 붉은머리멧새, 청둥오리, 쇠오리, 직박구리, 딱새, 박새, 무인도에서 홀로 외로운 슴새 등 텃새와 제비딱새, 학도요…. 이름 헤아리지 못할 정도로 다양하다. 오늘은 검은머리물떼새가 우아한 자태 뽐내며 수면 위를 한가로이 날고 있다. 이 마을 바닷속은 물고기 천지인데 여기서는 주낙이나 그물 필요 없이 그냥 손으로 잡는단다. 사람들 너도나도 모두 물속 뛰어들고 두칠이도 따라 들어갔다. 바닷물 어찌나 맑은지 물안경 쓰지 않았는데 투명하게 잘 보인다. 이게 얼마 만에 찾은 해수욕장인가. 초등학교, 중학교 다닐 때 엄마, 아빠랑 몇 번 오고 처음인 것 같다. 두칠이는 우선 수영부터 시작했다. 자유형, 평형, 배영, 접영, 잠수. 신나게 헤엄치고 자맥질하며 마치 어린아이처럼 바다 놀이터 삼아 놀던 두칠이가 수영 마치고 물속 들어가니 수초 속에서 물고기 떼 무리 지어 돌아다니고 있다. 수초는 모자반이 가장 많은데 모자반은 과자와 비료 원료로 쓰이지만 끓는 물에 데쳐 찬물로 헹군 뒤, 무채와 함께 고춧가루,

액젓, 마늘, 설탕, 식초, 참기름, 통깨 넣어 무쳐 먹으면 맛있는 반찬이 된다. 물고기 산란과 서식에 꼭 필요하여 바다의 숲 역할 톡톡히 하는 잘피와 새우말, 미역, 빨간 우뭇가사리*와 갈파래 같은 수생생물 눈에 띈다. 그런데 바다에 물고기 넘칠 정도로 꽉 차버렸다. 어른, 아이 할 것 없이 고기 잡느라 정신없다. 두칠이도 닥치는 대로 잡았다. 헤엄쳐 다니는 놈들에게 다가가 손으로 덥석 쥐면 쉽게 잡히는데 감성돔, 각시 볼락, 흑돔, 두툽상어, 병어, 갑오징어, 거기에 전복, 뿔소라, 해삼까지 한 망태기 잡아 물 밖으로 가지고 나와 횟집에 맡겼다. 씨알 좋은 부시리와 삼치, 커다란 넙치, 썰어서 초고추장 찍어 먹으면 달아난 입맛 살아날 간자미도 보였는데 망태기 작아 잡지 못했다. 다른 건 얼음 채우고 감성돔하고 병어는 이따 구경 마친 다음 횟집 가서 먹으면 된다. 아까 물고기 들고나올 때 조수웅덩이에 주둥이 뾰쪽한 학꽁치 몇 마리 보였다. 밀물 때 들어와 빠져나가지 못한 모양이다. 녀석 길쭉한 몸통에 듬성듬성 소금 뿌려 석쇠 구워내면 둘이 먹다 하나 별세해도 모를 맛인데 아깝다. 백사장 모래 결 어찌나 곱고 부드러운지 발바닥 간지럽다. 햇볕 달궈져 따끈거리고. 수영도 하고 물고기잡이 하며 놀다 이번엔 숲에 들어가니 울창한 나무 반긴다. 수목 대부분 동백나무고 거기에 다른 나무도 섞여 있다. 회양목, 느

....
* 해녀가 물속에 들어가 채취 후 햇볕에 말려 건조시킨 뒤 지붕 같은 곳에 넣어 이슬 맞혀 바랜 다음 무쇠솥에서 흐물흐물해질 정도로 고아 소쿠리 받쳐 묵처럼 된 것을 양념으로 멸치 액젓 넣어 무쳐 먹거나 한천(寒天: 우뭇가사리를 가공하여 건조해 놓은 것)으로 만들어 젤리 과자와 양갱(羊羹) 원료로 쓰는 해초

티나무, 신갈나무, 팽나무, 곰솔, 떡갈나무, 구실잣밤나무, 후박나무, 애기닥나무…. 숲에서 풍겨오는 상큼한 향 코끝 간지럽힌다. 숲 사이사이 피어 있는 원추리꽃과 커다란 대궁 위에 까만점 박혀 있는 연분홍 꽃잎 뒤로 말아 고운 자태 으뜸이라는 애기나리, 들국화, 빨간 꽃무릇도 예쁘기 그지없다. 그렇게 한참 걸었다. 얼마나 지났을까. 이제 숲길 끝나는가 했더니 여기서부턴 초령목(招靈木) 군락지다. 초령목은 사람들이 혼을 부르는 귀신나무라 하는데 멸종위기 식물로 제주도와 흑산도에 드물게 남아 겨우 명맥 유지하는 희귀나무라 국가에서 보호종으로 지정하여 관리하고 있다. 여긴 20m 높이 정도 초령목이 군락 이루어 하늘 안 보일 정도로 우거져 있다. 초령목 군락지 지나는데 아까부터 싸아! 싸아! 하는 소리 들려 처음엔 대숲에 바람 이는 소린 줄 알고 대수롭지 않게 여겼는데 점점 커지더니 이윽고 두칠을 뒤쫓아오며 나무 가시로 등짝 따끔따끔하게 찔러대고 울음소리 점점 더 커진다. 등골 오싹해지더니 머리털 솟고 소름 돋으며 무섬증 달려든 두칠이 있는 힘 다해 뛰기 시작했다. 그랬더니 초령목 수십 주가 울부짖으며 따라오는데 늑대 우는 소리 같기도 하고, 귀신 통곡 소리 같기도 하다. 죽을힘 다해 달려 초령목 군락지 겨우 빠져나왔는데 가까스로 벗어난 숲 공터에 허리춤에 곤봉 찬 경찰 수십 명 기다리고 있다가 두칠이 체포하여 손에 수갑 채우고 포승줄로 꽁꽁 묶는다. 그런 다음 차에 태워 아까 비비추와 해당화꽃 만발한 백사장 한참 달려 금방이라도 내려앉을 것같이 허름한 창고에 도착했다. 경찰이 창고 문 열더니 두칠일 거기 어두운 지하실에 가둬 버린다. 캄캄하여 아무것도 보이지 않고 손을 수갑과 포승으로 옭아매 나갈 수도 없다. 먹을 것 주지 않고 3일 동안 그렇게 가두더니 어느 날 두칠이 꺼내 경찰서로 데려간다. 그런데 도착하자마자 서장이 두칠이 재판 시작한단다. 아니 재판은 판사가 해야지 왜 경찰서장이 하는 거야? 따져 물으니 다른 건 판사가 하는데 초령목 무단침입 사건은 산림법 위반도 되지만 산신령 노여움 크게 탄 국사범이라 서장이 한단다. 그리고 서장실로 데려가 서류 한참 들여다보는가 싶더니 덜컥 사형을 선고해 버린다. 두칠이 강력하게 항의했다. 산림법 위반은 벌금과 징역형은 있어도 사형 조항 없는데 어떻게 사형을 선고하냐고. 그러자 산림법 위반 모두 벌금과 유기징역인데 초령목 숲에 들어가면 무조건 사형이란다. 아까 수갑 채운 경찰관 나타나 초령목 사건 단심제라 내일 사형 집행하니 마음의 준비 단단히 하고 있으란다. 두칠이 다시 항의했다. 아니 우리나라 3심젠데 최종 판결 대법원에서 해야지 왜 경찰서장이 사형 때리고 집행까지 한다는 거야. 이것 위법이라고. 그래도 소용없다. 초령목 사건은 무조건 경찰서장이 판결하고 단심제니까 그대로 집행한다고. 이거 큰일 났다. 바닷가 놀러 왔다 잠깐 숲에 들어간 것뿐인데 사형이라니. 두칠이 다시 물었다. 나는 지금 무기징역 받고 동백교정마을에서 징역 살고 있는데 나에 대한 신병 관리는 법무부 교정본부에서 해야지 왜 경찰에서 하는가? 수갑 채운 경찰이 다시 말한다. 죄수가 휴가 나와 저지른 범죄는 비록 수용자라 해도 경찰이 처리한다고. 이 일을 어떻게 해야 할지 방법 떠오르지 않는다. 다음 날 아침 되자 유치장에서 국밥 한 그릇 주고 밥 먹자마자 사형장으로 데려간다. 두칠이 사형대 세우더니 순경이 총을 쏜다. 엎드려쏴 자세로 발사했다. 탕! 총소리 났는데 총알 비껴갔다. 다음은 앉아 쏴, 이번에도 팔꿈치 쪽 스쳐 지나가 버렸다. 세 번째 서서쏴, 맞았다. 심장에 정확하게 맞았는데 아프지도 않고 피도 안 난다. 사형집행 마치자 이번엔 죽은 사람 매장하러 간단다. 경찰호송차 타고 장지 도착하니 이미 구덩이 파놨다. 근데 구덩이 어찌나 깊은지 까마득하다. 일반 묘소보다 열 배는 더 깊어 보이는데 두칠이 초등학교 다닐 때 운동장에 있던 우물보다 훨씬 더 깊다. 학교 우물도 두레박 내리려면 한참 걸렸는데 두칠이 못자리는 그보다 서너 배 더 깊다. 더구나 바닥에 물 흥건히 고여 관 들어가면 잠기게 생겼다. 구덩이 주변 빙 둘러 사람들 모여 있는데 교회성가대라 한다. 무덤 묻힐 때 찬송가 부르려고 모였단다. 이윽고 매장 시작한다. 두칠이 다시 항의했다. 아니, 사람이 죽으면 염을 하고 수의로 갈아입힌 뒤에 묻어야지 해수욕장 놀러 오면서 입은 수영복 차림으로 관에 들어가 묻으면 어떡하냐고. 그러자 수갑에 포승줄 묶은 경찰이 다시 말한다. 초령목 사건으로 사형당하면 염습도 안 하고 수의도 안 입히게 법에 나와 있다고. 대신 비싼 향나무 관 쓰니까 이해하라고. 이런 개떡 같은 법이 어디 있느냐고, 어떤 새끼가 이런 엉터리 법 만들었냐고. 그러자 수갑 채운 경찰이 다시 말한다. 죄수가 재범 저지르면 옥황상제 격노하는데 두칠의 초령목 침입 사건은 염라대왕이 상제 뜻 받들어 직접 결재하여 장군에게 이첩한 바람에 경찰이 처리하게 됐다고, 두칠이 성질내며 이 법 만든 사람 어떤 장군이냐고 다그치듯 묻자 전에 쿠데타 일으킨 장군이라고. 그 사람 늙어 죽었잖냐고, 그 사람 아들이 다시 장군 됐는데 그 아들이 자기 아버지처럼 무서운 법 만들어 괜한 사람들 막 족친다고. 경찰관 왈, 자기 어제 야근하고 지금 퇴근해야 하니까 빨리 매장하자며 보챈다. 오늘 오전 친구들과 짬뽕 내기 족구 모임 있는데 참석해야 한다면서. 드디어 수갑에 포승줄로 묶인 채 좁아터진 데 누워 있는 두칠이 관 깊고 협소한 구덩이로 내려간다. 구덩이 너무 깊어 관에 줄 매달아 천천히 내려보내는데 한참 뒤에 쿵! 하고 소리 난다. 바닥 닿았나 보다. 관에서 밧줄 빼내자 노랫소리 들린다. "며칠 후, 며칠 후, 요단강 건너가 만나리! 며칠 후, 며칠 후, 요단강 건너가 만나리!" 그리고 관뚜껑에 삽으로 흙 떠서 붓는다. 매장 시작된 것이다. 그때 자지러지게 아이 우는 소리 들린다. 아이 하도 섧게 울어 두칠이와 헤어지는 게 서러워 그러는지 알고 관 속에 있는 두칠이 맘 짠해진다. 어린아이가 얼마나 슬펐으면 저리 울어댈까 하고. 그런데 아이가 운 건 청개구리 때문이었다. 관 뚜껑에 어른 엄지손톱만 한 청개구리 한 마리 앉아 있는데 인부들이 거기에 흙 퍼붓자 개구리 흙에 파묻혀 죽을까 봐 그리 서럽게 운 것이다. 최고급이라던 향나무 관에 바닥 고여 있던 물 들어와 절반 정도 찼다. 이대로 가다간 흙에 파묻혀 질식하는 게 아니라 물에 잠겨 익사하게 생겼다. 인부들이 다시 삽으로 흙 떠서 구덩이에 붓기 시작한다. 그때 밖에서 엄마 목소리 들린다. "두칠아! 두칠아!" "엄마! 나 여기 있어요. 빨리 꺼내주세요. 죽지 않고 살아 있으니까 빨리요." 그런데 엄마 대답 없고 계속 두칠이 이름만 부른다. 분명히 엄마 목소리 들리는데 내 목소리 밖에까지 들리지 않는가 보다. 구덩이 고인 물, 관에 차올라 금방 목까지 잠기게 생겼다. 인부들 계속 삽질하여 관 위에 흙 두툼하게 쌓였다. 두칠이는 마지막으로 죽을힘을 다해 엄마 부른다. "엄마! 엄마!" 빰밤빠라밤빠! "기상, 전원 기상!" 아침 기상 나팔소리에 놀라 깼다. 아! 꿈이었나보다. 아주 지독한 악몽을 꾼 거야. 그런데 아침에 일어나자 꿈에도 생각 못 할 일 벌어졌는데 글쎄 3성 장군인 전직 육군 중장이 스스로 목숨을 끊었다고 한다. 수용복 바지 꼬아 밧줄처럼 만든 뒤 화장실 창틀 바깥쪽 철창에 묶어 목매달아 버렸다고. 직원 얘기로는 별다른 이상징후 없었다는데 그리된 것이다. 아침 기상 전 2시간 전이니까 새벽 4시 반경에 발견한 모양이다. 복도 오가는 구두 소리 시끌벅적하고 난리도 그런 난리 없었을 텐데 얼마나 깊은 잠 들었으면 몰랐을까. 배식하는 소제부 얘기로 직원 여러 명이 들것에 사람 싣고 뛰어가며 소리치고 있었다네. CPR, 심장충격기, 구급차, 응급상황…. 이런 소리 다급하게 외치고 있었다며 자기도 소란스러운 소리에 잠에서 깼다고 한다. 교도소 구급차 1년 365일 24시간 대기라 중장을 10분 거리 있는 대학병원 응급실로 급히 옮겨 그곳 의료진이 심폐소생술 등 응급 처치하던 도중 숨지고 말았다는데 참으로 안타까운 일이다. 높은 담벼락 사방 막혀 있어 바깥소식 어둡지만 안에서 일어난 일은 마치 발 달린 듯 신속하게 전해지는 데가 교도소다. 소제부 말로 어제 오후 면회하고 와서부터 좀 우울한 것 같더라 했다. 중장 딸이 아버지 문제로 남편과 오래 갈등 빚다 화해 어렵게 되자 이혼하기로 했다는 소식 듣고 결심한 것 아닐까 추측되는데 아직 정확한 건 자기도 모르겠단다. 중장 구속기사 신문·방송에 대문짝만하게 나와 가족들 엄청난 충격 속에서 극심한 스트레스 받으며 힘들어했는데 특히 딸 같은 경우 친구 및 지인들과 일체 소식 끊고 매우 고통스러워했다고 한다. 곧 법무부 특별사법경찰과 관할 검찰청 검사가 중장 방 출입 봉쇄하고 현장 조사하느라 바삐 움직였다. 사진 찍고 유서 등 증거 물품 찾고. 자주 있는 일 아니나 교정시설에서 극단적 선택 하는 거 가끔 일어난다. 직원들이 수용자 이상행동 보이면 집중관찰 하지만 많은 인원 세밀하게 살피는 건 불가능한 일이다. 먼저 집중관찰 대상자 파악하여 적절한 조치 취하는데, 관찰 대상자는 배우자, 또는 연인으로부터 이혼이나 결별 통보받았을 때, 경찰·검찰·법원에 추가사건 발생해 경찰 수사접견, 검찰청 출두요청서, 법원 소환장 받을 때, 가족 사망, 재산 손실, 범죄 피해 등 수용자 본인과 가족 신변에 커다란 우환 생겼을 때, 방이나 공장에서 수용 동료들과 의견충돌로 갈등 심화되었을 때다. 이런 상황 발생 시 접견기록과 고충 처리, 우편접수 통해 정보 얻은 뒤 개별 상담 하고 심리 안정 취하기 위해 노력하는 정도다. 그런데 독거실은 한 사동에 방 25개 정도 되어 사각지대 많다. 독거 수용자 방 앞에 직원 한 사람씩 배정하지 않은 한 취할 수 없는데 어떻게 모든 인원 완벽하게 살필 수 있겠는가. 중장 방에서 가족에게 보내는 유서 여러 장 발견되고 CCTV 확인 결과 외부침입 흔적 없으며 시신에 특이점 없어 가족 동의 아래 부검 않고 의사, 검사 입회하에 시신 살펴보는 검시로 종결하기로 했다. 사망원인은 경부압박에 의한 질식사라 한다. 유족들 시신 앞에서 절규하는 모습 차마 볼 수 없었다고 한다. 바로 옆방에서 오랫동안 얘기 나누며 친해진 총경 섧게 울었다. 남의 일 같지 않아서 그런지, 아니면 가신 분 불쌍해서 그런지 닭똥 같은 눈물 뚝뚝 흘리며 서러워했다. 동병상련! 보안과장, 의무과장도 마찬가지다. 비록 죄짓고 들어왔으나 같은 공간에서 긴 시간 함께 동고동락한 사람이 갑작스레 세상 등져 모두 충격 속에 슬픔 잠겨 있다. 두칠이도 마음이 영 그랬다. 운동 때 보면 표정 그리 밝지 않았고 웃은 듯해도 얼굴 어딘가 어두운 그늘 드리워져 있었다. 자기로 인해 가족, 특히 하나뿐인 딸아이가 곤란한 처지 빠진 것 알기에 몹시 괴로워했다. 공직자, 그중에서도 고위직 공직에 몸담은 사람은 초인적인 정신력 가져야 한다. 군인은 명령에 살고, 명령에 죽는다 했다. 물론 명령 따라야 함은 기본 중의 기본이고 군인은 명예에 살고 명예에 죽어야 한다고 본다. 군문에 발 들이는 순간 그는 자신을 국가에 바치기로 다짐한 사람이다. 국가에서 거기 따른 적절한 보상 주어지겠으나 군인은 어떤 경우에도 끝까지 그 한 가지 맹세로 앞만 보고 전진해야 하는 운명이다. 이것이 참군인의 길 아닐까 생각한다. 판·검사, 경찰도 마찬가지다. 공직에 발 들이는 순간 어떤 유혹에도 굳세게 견딜 수 있는 확고한 신념체계 만들어야 한다. 공자가 말한 불혹이 무엇인가. 불혹은 학문 깊이 닦아 모르는 것 없어야 하고, 유혹으로부터 자신 지키는 힘 가질 나이를 마흔이라 본 것이다. 여기서 말한 유혹은 어느 한 가지 국한되지 않고 재물유혹, 자리유혹, 인물유혹 등 다양하리라 본다. 나이 40에 이런 경지 들어야 하거늘 춘하추동 다 겪은 60~70 늙은이들 추문 휩쓸리고 서푼짜리 금전에 영혼 팔아 천 길 낭떠러지 떨어짐은 물론 평생 쌓은 명예와 업적 물거품 되는 어리석음 범했으니 얼마나 통탄할 일인가. 이곳 독거실 분위기 무겁게 가라앉았다. 동백교정마을 독방에 뜻하지 않게 초상나 누가 약속이라도 한 것처럼 모두 입 닫고 어두운 침묵 하염없이 흐르고 있다. 그도 그럴 것이 조금 전까지 서로 속내 터놓으며 허물없이 얘기하고 음식 나눠 먹던 다정한 동료 하루아침에 불귀의 객 됐으니 어찌 애잔하지 않을 손가. 떠난 자는 말 없고 세상 모순과 고통 다 모여 있다는 달 표면보다 거칠고 황량한, 아비규환 형옥(刑獄)에도 사람은 살고 있다. 직원들 꼼꼼하게 살피고 수용자 역시 생존 의지 있어 그동안 잘 관리되던 동백교정마을에서 13년 만에 극단적 선택한 사람 나온 것이다. 자유 박탈당하고 구속된 몸으로 온갖 후회와 울분, 회한 어찌 없을까만 한 번뿐인 인생 어떡하든 살아남아야 한다. 살아남아야 피해자와 그 가족에게 평생 사죄하고 본인도 생마칠 때까지 속죄하며 인생의 참뜻 깨달아 보람된 삶 추구한 가운데 악착같이 살아갈 거 아닌가. 그것이 여러 사람이 바라는 일일 테고. 교도소 안의 교도소라 할 동백교정마을 묵언수행소(默言修行所) 독방 벗어나며 같이 고생한 독거수 선생들 일일이 찾아가 인사드렸다. 부디 밥 잘 잡숫고 무탈하고 건강하시라고, 어떤 시련 앞에서도 꿋꿋이 싸워 이겨내라고, 하나도 아닌 둘, 무기 두 번씩 받은 쌍무기수 아무런 희망 없이 살아가는 조두칠, 나 같은 놈도 이토록 모질게 견디지 않느냐고….

3년 독방생활 하며 인고의 세월 견뎌 마치 불에 달궈진 쇠처럼 단단해진 두칠이 기나긴 독방 면벽수행 마친 뒤 삿된 인연과 상념 서해 바다 멀리 보내고 한 달 전 출역(出役: 법원의 확정판결 받은 피고가 수형자 신분으로 교도소 공장에서 일하는 의무. 즉 강제노동에 처해지는 것. 그러나 말이 강제노역이지 실질적으로는 근로 강도 매우 낮은 노동, 또는 허드렛일 하게 됨)했다. 판사는 형사피고인에게 형 선고할 때 징역과 금고로 나눠 선고하는데 징역형은 강제노역, 그러니까 본인 의사 상관없이 일 시킬 수 있다. 국가에서 부과하는 노동이 형벌의 일종인 것이다. 물론 교육형주의 표방하는 근대 행형제도 아래선 획일적으로 누구나 일 시키지 않는다. 수형자 나이, 건강, 전과 유무, 과거 직업, 학력 종합적으로 고려하여 수형자에게 적합한 일 시키고 있다. 그런데 교정시설에 일거리 많지 않아 일하고 싶어도 자리 없어 아우성이다. 거기도 바깥 못잖게 취업난 심해 확정판결 받은 수형자 적당한 일자리 찾지 못해 안달이다. 대신 금고형은 신체 구금형으로 노동 부과할 수 없다. 징역보다 가벼운 게 금고인데 교도소에선 징역 받은 사람이 훨씬 낫다. 왜냐면 감방 종일 갇혀 있는 것보다 밖에 나와 바람도 쐬고 동료들과 어울리는 게 육체, 정신 모두 건강해지기 때문이다. 그럼에도 불구하고 과밀수용 문제와 교도작업 피폐로 일자리 구하기 하늘 별따기 마냥 어려운 현실이다. 두칠이도 오래 기다려 겨우 찾은 일터가 목공장인데 숙련된 인원 많고 분위기 좋아 동백교정마을에서 으뜸가는 곳이란다. 목공은 외부 주문 작업 위주로 운영되는데 대부분 일선 학교에서 주문한 책·걸상이다. 그중에서도 초등학교, 중학교 의자 많이 만든다. 작업과 기술 담당 직원이 도면 가져와 견본 만들면 먼저 반장 익히고 각조 조장에게 전수하여 작업 들어가는데 기계톱 돌아가는 소리와 목재 구멍 뚫는 기계, 망치로 못 박는 소리 뒤섞여 웬만한 소리 들리지 않을 정도로 시끄럽다. 완성된 책·걸상 야적장에 산더미처럼 쌓여 있고 기계 쉴 틈 없이 돌아가 정신 차릴 겨를없이 바쁘다. 두칠이는 열심히 일해 동료들과 좋은 관계 유지함은 물론 직원에게도 신임을 얻었다. 교도소에서 장기수로 살아남는 방법은 두 가지. 첫째, 왕초 반장 포함하여 공장 2인자 작업반장, 신문 구독과 의약·생필품 구매·도서대여 신청 등 잡다한 행정업무 보조하는 기록과 잘 지내는 것. 그다음 보안과 소속 담당 직원 눈 밖에 나지 않는 일이다. 엄밀히 말해 범죄자에게 국가형벌권 집행하는 최종 공무원이 보안과 소속 직원이다. 이들이 군대로 치면 최전선에서 적 마주하며 사법 정의 실현하고 있다. 교도소 작업과에서 승인된 목공의 공식 작업은 책상, 걸상인데 반장인 무기수는 작업반장에게 지시한 후 자기 일 한다. 출품작 만드는 일이다. 매년 법무부 주관으로 과천 정부종합청사에서 교도작업 행사 여는데 전국에 있는 교정시설 수감자가 제작한 작품 심사하여 금·은·동 시상하고 상금은 물론 귀휴와 행형점수에 반영되는 중요한 행사다. 목공반장 환수는 어떻게 말로 표현 못 할 정도로 잔혹한 범죄 저질러 무기징역 받은 뒤 목공에서 25년째 버티고 있는 중늙은이다. 주로 자개장 만드는데 일선 소에서도 우승하면 좋으니까 물심양면 지원하여 출품작이 우수한 성적 받도록 애쓰고 있다. 기관 운영비로 자개 기술자 초빙하여 배우고 익혀 몇 번 입상하더니 작년엔 드디어 우승컵 거머쥐었다. 상당한 액수의 상금과 명예 얻게 된 것이다. 환수는 중요한 일 챙기면서 본인 일 해서 누가 뭐라 할 사람 없다. 환수가 자개장 말고 신경 쓰는 게 거북선이다. 목공에서 오래 일하며 숙련된 솜씨로 모형 거북선 만드는데 어찌나 정교한지 만약 이순신 장군께서 보신다면 당장 몇 척 달라 하게 생겼다. 이놈 타고 가서 왜구 새끼들 아주 작살 내버린다고…. 다른 교정기관에서 출품한 작품도 훌륭하다. 상업적인 이익 따져 만든 거 아니고 긴 시간 오로지 수작업으로 정신 집중한 채 한 땀 한 땀 혼 집어넣어 제작한 시그니처 명품이니 걸작 나오지 않겠는가. 기업체와 부유층 사이에서 교도소 수형자 작품 지니고 있으면 재수 좋다는 소문 퍼져 작품당 1~2년 넘게 걸려 완성한 대작 같은 경우 당시 시세로 몇백만 원에서 기천만 원까지 한다는 소리 들릴 정도다. 과거에도 구금시설에서 만든 물건 시중에 유통되곤 했다. 동학농민전쟁의 우금치 전투에서 패배하고 붙잡힌 전봉준 장군께서 순국한 서린옥(서울 종로구 서린동 자리하여 그렇게 불렀는데 정식 명칭은 전옥서로 지금의 광화문우체국 자리)은 프랑스 신부 F.C.리델[Ridel, 한국 이름 이복명. 가톨릭 조선교구 제6대 교구장으로 19세기 초반 조선에 최초로 비누(사봉, savon)를 가져온 사람]이 대원군의 천주교 박해 때 구금됐던 장소로 그는 《나의 서울 감옥 생활 1878》이라는 책에서 자신의 발에 채워졌던 차꼬(족쇄)와 곤장 등 형언할 수 없는 이승의 지옥이라 할 조선 감옥의 야만성에 대해 고발하는데 리델 신부가 직접 겪은 일이라 사실대로 기록했겠으나 그가 만약 미셸 푸코의《감시와 처벌》에 묘사된 프랑스 감옥의 피비린내 나는 만행 알게 된다면 뒤로 나자빠지며 기겁하여 조선과 프랑스 양국 감옥 싸잡아 끔찍하다 혀 내두를 것이다. 저명한 영국 왕립지리학회 회원이며 여행가, 저술가로 영국 주류사회의 엘리트 일원으로 오만과 편견 가득한 백인우월주의자 이사벨라 버드 비숍이 쓴《조선과 그 이웃 나라들》에 짚신 파는 상점 등장하는데 짚신 가운데 'Made by Prisoner' 즉, 전옥서 옥방에서 만든 짚신이 시장(남대문시장)에 내는 족족 불티나게 팔렸다 한다. 짚신뿐 아니라 복조리, 새끼줄 꼬아 만든 반짇고리 등 140년 전, 전봉준과 펠릭스 클레르 리델 신부 구금되고 이사벨라 버드 비숍 취재한 전옥서에서 만든 물건 요리조리 잘 팔렸는데 요새 것 품질 얼마나 좋겠는가. 과거나 현재나, 동양이나 서양이나 변함없이 장인정신으로 만든 교도작업 제품 잘 나오고 있으리라 본다.

세월 흘러 두칠이 목공장에서 7년 일하며 조장 자리 오를 만큼 기술과 신임 얻었는데 직원은 물론 교화위원마저 무기징역 두 번 받은 사람치고 상당히 성실하다며 칭찬 자자하다. 사건 일어나 구속되어 첫 번째 무기에서 두 번째 무기까지 벌써 10여 년 흘렀다. 20대 초반 들어와 서른 넘었으니 몸에 징역 물 단단히 들었다. 지은 죄 생각하면 100년 살아도 모자랄 판이라 집에 돌아가는 건 꿈도 꾸지 않고 하루하루 주어진 일상 만족하며 종교 귀의하여 부처님 가피(加被)라도 얻을 요량으로 화엄경에 푹 빠져 있다. 두칠 일하는 목공 옆에 철공 있는데 거기서 수갑 만든다. 최종적으론 조달청 납품하지만 경찰청에서 발주한 수갑은 현재의 죄수가 미래의 죄수에게 보내는 초대장이다. 포항제철 기술자보다 손재주 더 좋다는 철공 장인(匠人)이 무럭무럭 자라는 범죄지망생 손목 채울 예쁘고 앙증맞은 수갑 정성스레 만드나니 기대하시라. 눈치 빠른 이들 은팔찌 제작하는 철공 선배들 저주 아니라 죄짓지 말라는 당부인 거 알아차리겠지만. 건물을 기역 자로 꺾어 조금 돌아가면 인쇄·옵셋인데 거기선 국세청 세금고지서와 경찰청의 교통법규위반자 범칙금납부서 대량으로 찍어낸다. 철커덕거리며 종일 활판기 돌아가는 소리와 고약한 잉크 냄새 코 찌른다. 이곳 인쇄소에서 김지하 시인 인쇄 일 도우며 〈지옥〉이란 시 지었다.

내 갓 스물아
영화나 되어
낮도 밤도 없는 시커먼 ***
멍청히 남은

소화 20년제의

아아 나는 낡아빠진 가와모도 반절기

  1974년 4월 민청학련사건 주모자로 몰려 도피 생활하다 흑산도 예리항에서 중정 요원들에 체포된 김지하는 사르트르, 오에 겐자부로, 노엄 촘스키, 헨리 조지 등 세계 석학들이 박정희 정권에 압력 가해 1975년 2월 15일 형집행정지로 석방됐는데 당시 한국일보 기자였던 김훈이 현장 취재하며 이런 기록 남겼다.

***

(중략)

  그분(김지하 장모,《토지》작가 박경리)은 담요로 만든 방한화에 버선을 신고 있었다. 발이 몹시 시려 왔던지 이따금씩 방한화를 벗고 손으로 언 발을 주물렀다. 등에 업은 아이는 머리끝까지 온통 포대기로 감싸고 그 포대기 위를 다시 두꺼운 솔로 덮어서 아이의 모습을 볼 수는 없었다. 아이가 칭얼거릴 때마다 그 여인네는 몸을 흔들어서 아이를 얼렀다. 칭얼거리는 아이에게 그 여인네는 고개를 뒤로 돌려서 무어라고 말을 하는 것 같았는데 그 말은 나에게까지는 들리지 않았다. 나는 그 여인네가 그때 아이에게 한 말을 들을 수 없었다. 답답했다. "울지 마라, 아비 곧 나온다." 아마 이런 말이었을까. 그 여인네가 아기를 업은 포대기는 매우 낡아 있었다. 포대기는 누빈 포대기였는데 허리 부분을 넓게 접어서 아이의 등에 힘이 걸리게 바싹 조였으며 아이의 엉덩이 밑으로 포대기 끈을 여러 겹 둘렀다. 그래도 그 여인네의 야윈 몸으로부터 아이는 자꾸만 흘러내리는 것이어서 여인네는 자꾸만 몸을 추슬러 아이를 끌어 올렸다….

그때 그 여자는 길섶에 돋아난 풀 한 포기보다도 더 무명(無名)해 보였고, 자신의 존재를 드러내 보일 아무런 이유가 없는, 어떤 자연현상처럼 보였다. 다만 사위의 옥바라지를 나온 한 장모였으며, 감옥 간 사위의 핏덩이 아들을 키우는 팔자 사나운, 무력한 할머니의 모습만으로, 오직 그런 풀포기의 모습만으로 그 교도소 앞 언덕에서 북서풍에 시달리며 등에서 칭얼대는 아기를 어르고 있었다. 그런 그 여인네의 모습을 훔쳐보면서, 나는 아무것도 생각지 않기로 했다. 시대도, 긴급조치도, 국가보안법도, 무슨 무슨 혐의도, 성명서들도, 군법회의도, 김지하도, 나는 아무것도 생각할 수가 없었다.

***

2층 조화공장엔 앞길 구만리 같은 새파란 스물세 살 연세대생

김호민이 민청학련사건으로 구속되어 15년형 선고받고 작업상여금 한 달에 300원 받으며 조화 만드는 일 하고, 3동엔 서울대 미대 재학 중인 유홍준[훗날《나의 문화유산답사기》 작가며 교수, 문화재청장 역임한 사학자] 역시 민청학련사건으로 징역 10년 받고 복역 중이다.

쌍무기 받은 두칠이 앞길도 캄캄했지만 지은 죄라곤 민주주의 하자 외친 것뿐인 학생들과 사제, 정치인에게도 무지하게 춥고 쓰라린 겨울이었다. 다 내려놓고 홀가분해진 두칠이 쉬는 시간은 물론 일과 마치고 거실 들어가 취침 준비할 때마저 독경하며 마음 다스린다. 매일 하는 반야심경이다.

"마하반야바라밀다심경 관자재보살 행심반야바라밀다시
조견오온개공 도일체고액 사리자 색불이공 공불이색
색즉시공 공즉시색 수상행식 역부여시 사리자 시제법공상
불생불멸 불구부정 부증불감 시고 공중무색 무수상행식
무안이비설신의 무색성향미촉법 무안계 내지 무의식계

무무명 역무무명진 내지 무노사 역무노사진 무고집멸도
무지역무득 이무소득고 보리살타 의반야바라밀다고
심무가애 무가애고 무유공포 원리전도몽상 구경열반

삼세제불 의반야바라밀다 고득아뇩 다라삼먁삼보리
고지 반야바라밀다 시대신주 시대명주 시무상주 시무등등주
능제일체고 진실불허 고설 반야바라밀다주 즉설주왈

아제아제 바라아제 바라승아제 모지 사바하
아제아제 바라아제 바라승아제 모지 사바하
아제아제 바라아제 바라승아제 모지 사바하"

***

봄 오고 여름 가고 가을 오고 겨울 간다. 춘하추동 1년 열두 달, 쉼 없이 흘러 어디로 가는가. 어머니 요람에서 금이야 옥이야 하며 날 키울 때 무럭무럭 자라 큰사람 되라 밤낮으로 빌었건만 어찌하여 이 모양 이 꼴로 부모님 욕보이게 되었을까. 생각하면 할수록 회오 밀려와 살아도 산 것 같지 않은 나날이다. 죄짓고 구속되면 맨 먼저 법무부에서 수용자의 시간을 회수해 간다. 이제부터 죽으나 사나 법무부 시간표 따라 움직이게 되는 것이다. 국가에서 야멸차게 회수해 간 시간이지만 일부 소소하게 돌려주는 시간도 조금 있다. 운동과 접견, 교회위원 상담, 그리고 취침. 죄지은 사람이건 죄 없는 사람이건 잠은 공평하다. 자는 동안 사람은 자유롭다. 누구도 잠을 참견하고 침해하려 들지 않기 때문이다.

스탠리 코렌이《잠 도둑들》이라는 책에서 인간에게 잠을 빼앗아 간 건 산업사회며 그 '원흉'이 바로 에디슨이라 했으나 여기선 호랑이 같은 보안과장도, 하얀 집의 왕이라는 소장, 법무장관, 심지어 대통령도 수면은 간섭할 수 없다. 누가 난동 피우거나 사동에 불나지 않은 한. 엊그제 교무과 도서 담당한테 빌려 온 책인데 한시 빼곡히 적혀 있다. 태어나서 한 번도 한시를 읽어본 적 없다. 꼬맹이 때부터 나쁜 짓 하느라 바빠 책 볼 시간 없었고 책 원수처럼 여겨 두칠이 눈에 책은 하얀 종이와 검정 글씨, 그 이상도 이하도 아니다. 하릴없이 페이지 넘기는데 이게 눈에 띈다.

昔人似今人(석인사금인)
今人猶後人(금인유후인)
世間若流水(세간약류수)
悠悠秋復春(유유추복춘)

今日松下飮(금일송하음)
明朝向嶙峋(명조향린순)
嶙峋碧峯裏(인순벽봉리)
思爾情輪囷(사이정륜균)

옛사람은 요새 사람과 비슷하고

요새 사람은 뒤에 사람과 같을 터라
세상사 흐르고 흘러 가을이 가면 봄

오늘은 소나무 아래서 한 잔 마시고
내일은 아침부터 험한 산길일세
산 너머 산 그 넘어가는
그대 생각하면 더욱 정겨워

김시습의 〈별추강〉이다. 제목 '추강과 헤어지며'인데 추강(秋江)이 가을 강이란 뜻 아니라 같은 뜻 가진 남효온이라는 유학자 호가 추강이고 김시습이 남효온과 헤어지기 서운해 지은 시인데 지금 정서에도 맞는 듯하여 몇 번이고 읽었다. 이참에 한시 배우면 좋겠단 생각 들었는데 멋쩍어 피식 웃고 말았다. 내가 무슨 한시씩이나…. 옆방에 늙수그레한 중년 사내 있다. 얘기 들어보니 그이도 파란만장한 인생 살았다. 소년수부터 시작하여 계속 들락거리다 스물한 살 때 강도로 15년 받고 만기출소 했단다. 그런데 출소 6개월 만에 다시 강도 행각 벌이던 중 출동한 경찰관 투항경고 무시한 채 흉기 들고 저항하다 경찰이 쏜 총알이 하복부 관통하며 척추에 치명상 입어 하반신 마비되는 바람에 자연 배변 안 되고 매일 아침 엄지·검지 항문 깊이 집어넣어 손가락으로 일일이 변 파내고 있다. 교도관들 그이 안 듣는 데서 인격 파탄자 강도 새끼 판사가 사형시키지 못하니 하늘에서 천벌 내린 거라 빈정대곤 했다. 그이가 현암사 발행《당시선》읽으라 하도 권해 몇 쪽 넘겼는데 도통 무슨 말인지 알아들을 수 없어 덮어버렸다. 그래도 이백 〈월하독작〉과 달빛 교교한 깊은 밤 무덤가 성성이 울음소리 으스스하게 묘사한 괴짜 시인 이하(李賀)는 한번 만나볼 생각이다. 총상 입은 양반 이번에도 15년 받아 15년형 연속 사는 특이한 사람이다. 무기 대 무기, 15년 대 15년, 이 무슨 얄궂은 운명의 장난이란 말인가. 초록 동색이라고, 그 와중에 15년 더하기 형님 두 칠에게 동지적 연대감 느끼는지 이것저것 챙겨주며 살갑게 대한다. 연속 30년 살게 된 형님인들 외롭지 않겠는가. 아무리 범죄로 얼룩진 삶이라 한들 어느 한구석 인간의 본성 나타나는데 이 사람도 그런 듯하다. 가끔 허공 바라보며 긴 숨 몰아쉴 때 눈가에 쓸쓸한 바람 묻어나는 걸 지을 수 없으니. 교정마을에 별별 사람 다 모이는데 이 이도 매우 독특한 범죄자, 세상과 화해하지 못하고 사처(四處) 떠돌다 결국 사회와 격리된 구금시설에서 옥사(獄死)할 운명 타고났나 보다. 첫 징역 장기인데 어떤 경우라도 두 번째는 피해야 하고 범행현장에서 경찰이 마지막 경고하며 공포탄 쏠 때 멈췄으면 오늘날 하반신 마비되는 참사 없었을 것 아닌가. 발포 경찰관과 국가 상대로 여러 번 소송 제기했으나 법원에서 번번이 패소한 이유도 본인이 곱씹어 봐야 할 대목이다. 현재 그가 겪고 있는 시련은 하늘이 내린 천형 아니라 자기 무덤 스스로 파

누울 자리까지 마련한 자업자득 운명이지만 가혹한 인생살이인 건 틀림없어 보인다. 15년 형옥 살이 시작한 지 엊그제라 살아서 출소한단 보장 없는데 이젠 해탈 득도한 사람처럼 너그럽게 행동하며 두칠에게 잘해준다. 평생 절도, 강도로 남의 물건 빼앗으며 살아온 장생이 입에 달고 사는 말 있다.

"니기미 쓰벌, 양놈 지갑 한번 주었으면 좋것따!"

지갑도 그냥 지갑 아니라, 실밥 터지게 그린백* 들어 있는 양놈(미군) 지갑 줍는 게 소원이란다. 말이 줍는 것이지 사실상 절도나 강도로 미군에게서 고액권 지폐 두툼하게 들어 있는 지갑 빼앗겠단 얘기다. 이 불온하고 구제 불능, 정신 썩어빠진 인간을 어찌해야 하는가. 한마디로 페르소나 논 그라타(Persona Non Grata), 어딜 가더라도 환영받지 못할 인물이다. 이 사람 사고체계, 그러니까 뇌 어딘가 단단히 고장 나 있고 만약 선악 혈액검사 있다면 장생이 혈액 매우 나쁜 피로 판명 날 태생적 범죄자다. 사람 성격 백인 백색, 천인 천색이라더니 어쩜 이렇게 다를 수 있겠는가. 가게에 두부 한 모 외상 달아도 신경 쓰이는 사람 있고, 수백, 수천 해 먹고도 코 골며 잘 잔 사람 있다. 준법정신과 죄에 대한 관점도 장

....
* Greenback: 민간은행이나 연방준비제도 아닌 미국 정부가 찍어낸 달러 화폐로 뒷면 녹색이기 때문에 붙여진 이름. 링컨 때 시작하여 케네디 때 발행 종료함. 과거 한국에선 고액권 달러로 인식됐음.

생이 같은 이는 죽고 사는 큰일 아니라 매일 일상에서 벌어지는 익숙한 것이기에 딱히 죄의식 그런 거 없는 것이다. 이런 수용자를 교정 당국에선 '개선 극난'으로 분류하고 특별히 전문가 상담 하는데 효과 별로 없다. 긴 세월 걸쳐 굵게 구부러진 나무 바로잡기 어렵듯 인간 뼛속 깊이, 골수 사무친 의식 개선하는 것은 하늘에서 별 따는 것 못잖게 어려운 작업이다. 그래도 국가에서 심리치료 하며 개선시켜 보려 하는데 심리치료 초점은 개인의 내면 역동, 정신 건강 문제의 심층적인 원인 분석, 그리고 증상 해결에 두고 문제 수용자를 정신의학적 관점에서 증상이나 문제 제거하는 데 진력하며, 더 나은 일상에 적응하도록 돕는 것이 목적이다. 과거의 상처나 트라우마로 인해 신체적, 정신적으로 힘겨운 상황에 놓인 사람을 성격 이론에 근거하여 사고, 감정, 행동의 바람직한 변화 이루는 체계적인 전문 활동을 하여 재범 가능성 최대한 낮춰 사회로 내보내는 것이다. 장생이는 그래도 징역 오래 살며 자기 말에 의하면 심심해서 징역 깨려고 배운 한문이라도 조금 아는 터라 그이와 잘 지내면 한시 흉내 좀 내겠다. 동료들한테 무식하다 멸시받지 않은 것도 좋은 일 아닌가. 한번은 장생이가 두칠이 관상을 봐준단다. 싫대도 막무가내다. 옆에서 그러라고 부추겨 가까이 갔더니 여기저기, 요모조모 뜯어본 후 뭘 갈겨 온다. 자기가 지난 징역 살 때 한문 많이 안 사람 만났는데 한시 줄줄 쓰는 게 너무 멋있어 자기도 기를 쓰고 배웠다고. 그리고 그 양반

이 주역 하는 사람이라 관상도 좀 배웠다며 두칠이 자네는 내가 틀림없이 맞힐 테니 이 글귀 잘 간직하란다. 내용이 뭐냐 묻자 설명해 주겠다며 엉덩이로 바닥 밀어 창가로 다가온다. 흰 편지지에 한자로 이렇게 쓰여 있다.

"人危陷窜 非山非野 臍下五寸"

그러고 나서 개똥 썰 풀어간다.

"'인위함정 비산비야 제하오촌'이란 말인데, 그게 무슨 뜻이냐 하면 사람이 함정 빠져 위험에 처해지게 되는데 그 함정이 산이나 들에만 있는 게 아니라 배꼽 아래 다섯 치에도 있다. 즉, 남자 망조 드는 지름길이 아랫도리 함부로 놀리는 건데 배꼽 아래 다섯 치, 그것 잘 다스리면 우환 없앤다는 뜻이야. 누구든 여자 문제 장담할 수 없으니 새겨듣게나."

"아니 우리 장생이 형님, 엄청 유식하네. 이런 걸 어디서 배웠어요?"

"지난번 징역 살 때 우리 공장에 대학 국문과 나온 사람 있었걸랑. 그이가 경상도 부산인가 창원 어느 쪽에서 사업을 크게 했었나 봐. 직원이 한 400명 정도 됐었대. 그런데 일본 수출에 문제 생기면서 어렵게 돼 결국 부도 맞았다는 거야. 그 양반이 국문과 출신이라 아는 게 무지 많아요. 내가 초등학교 밖에 못 나왔는데 그분 덕택에 중졸, 고졸 검정고시 봐서 합격했다니까. 암튼 3년인가 4년 동안 그이 곁에 찰싹 붙어 배웠지. 배워두니까 좋긴 좋더라고."

"아! 그런 귀인을 만났구만. 징역에 전부 양아치 새끼들만 들어온 줄 알았는데 개중에는 그런 양반도 들어오네."

"그 양반이 아주 강조한 책이 있는데 도스토옙스키《죄와 벌》보라고 몇 번이나 당부하더라고. 대학생이 전당포 노파 도끼로 내리쳐 죽인 살인사건인데 사건보다 재판과정을 아주 잘 썼나봐. 강도살인에 재판까지 아주 사실대로 묘사한 명작소설이니까 일반인도 좋고 도둑놈들도 읽어두면 좋을 거라 그러더만."

장생이 형, 징역 헛되게 산 것 아니었다. 옆에 아무리 많이 배운 사람 있어도 본인이 관심 없으면 그만인데 악착같이 해서 검정고시 합격하고 문학 얘기도 다 기억하고, 본인의 노력 없이는 못 하는 일이다. 장생이는 몸 성치 않고 15년 세월 하루이틀에 끝날 상황 아니란 것 알기에 책 읽기로 마음 정한 모양이다. 그이가 재밌다며 황석영《장길산》건넨다. 10권이나 되는 장편인데 임꺽정, 수호지보다 낫단다. 두칠인 책 읽는 거 귀찮아 탐탁지 않게 여기지만 좋은 뜻에서 보인 마음인데 성의 무시하기 그래 받아 들고 1권 표지 펼치자 자필로 이렇게 적혀 있다.

도척(盜跖) 부하가 그에게 물었다.

"도둑질에도 도(道)가 있습니까."

도척이 답했다.

"어디서나 도 없는 곳이 있겠느냐.

방 안에 무엇이 있는지 잘 알아맞히는 게 성(聖)이고,

들어갈 때 선두 서는 게 용(勇)이다.

나올 때 맨 뒤 서는 게 의(義)고,

될지 안 될지 아는 게 지(知)며

분배 공평하게 하는 게 인(仁)이다.

이 다섯 가지 갖추지 않은 채 큰 도둑이 된 자 이 세상에 아직 없다."

***

총 맞은 장생이 형님 직접 필사한 것이다. 얼마나 공감하면 인상적인 문구 이토록 흠모하겠는가. 그는 전두엽인지, 측두엽인지 몰라도 틀림없이 뇌 특정 부위 고장 난 사람이다. 아버지가 아프지 말고 오래 살라는 뜻으로 장생(長生)이라 지었는데 하는 꼬락서니 보니 세상에서 보람 있게 오래 사는 건 글렀고 징역 복 터져 30년 옥장생(獄長生)하게 생겼다. 암튼 장생이 이 양반 터진 입으로 말은 청산유순데 천부적으로 범죄 특화된 강도 추구형 인물이라 형벌 못잖게 정신의학적 관점에서 병의 근원 파헤쳐 당장 치

료해야 할 괴물이다. 절도는 훔치는 것이고 강도는 빼앗는 것인데 이자는 약탈면허증 소지한 사람처럼 범죄행각에 거침없다. 될성부른 나무 떡잎 보면 안다고 초등학생 때부터 동네 가게서 눈깔사탕 훔치는 것 시작하여 소년원 전전하다 끝내 대형 사건 저지르고 말았는데 전성기 땐 이른바 '강도주식회사' 차려 자기가 대표, 동생 전무, 사촌 형 상무 자리 앉아 온갖 패악질 하고 다녔다. 장길산 좋아하는 이유도 구월산 무대로 종횡무진 도적질하는 데 재미 붙어서지 화적 집단이 세도가 물건 빼앗아 굶주린 백성에게 나눠주는 것보다 화적 패 인정사정없이 금은보화 뺏고 분탕질하는 것에 온통 정신 팔려 있어 망상 시달리는 사람처럼 보인다. 그런데 장생에겐 남이 갖고 있지 않은 물건 하나 있다. 상처에 바르는 바셀린, 전국 교정시설 구매부에서 다양한 물건 판매한다. 빵, 우유, 사발면, 구운 김, 멸치볶음, 오징어, 땅콩, 과일, 유제품, 메리야스, 양말, 치약, 비누 등등…. 물건값도 싸다. 군대 PX보다 저렴한데 교정협회에서 품목 입찰받아 계약하여 일선 기관에 공급하는 것으로 이익 남기지 않는다. 예를 들어 빵 천 원에 떼오면 이익 2~3%, 그러니까 천 원짜리 빵 1개 팔아 20원, 30원 남기는 것이다. 그럼 가게 어떻게 유지하는가. 구매행위는 국가에서 수용자에게 베푸는 행정서비스라 거기 동원된 직원 임금은 공무원 급여로 받는다. 과일과 일부 품목 조금 다를 수 있으나 대부분 이익 2~3%대 유지해 인건비 아예 나오지 않는 구조다. 공항

면세점이건, 군대 PX건 가격 경쟁률은 교정마을 구매가격 절대 따라오지 못할 것이다. 평생 교도소 들락거린 법무부 단골손님으로 전과 18범에 수형생활 40년 된 사람과 무기 감형되어 30~33년 만에 사회 나가면 시중 물가 깜짝 놀라 못 살겠다며 교도소 다시 뛰어 들어오는 사람 있을 정도다.

이런 쇼핑천국에서 아쉬운 게 품목 제한이다. 1급 관리대상은 단연 칼과 쇠톱이다. 칼은 언제나 흉기로 변할 수 있고 쇠톱 또한 쇠창살 자르는 대체불가 도구다. 그래서 음식 조리용 칼 관리하는 취사장 담당 직원은 밤낮없이 칼 불출부 들고 씨름한다. 누가, 언제, 무슨 목적으로 가져갔는지 시간과 이름 정확히 기재하고 사용 후 입고 시간 역시 나갈 때와 마찬가지로 적는다. 취사장 칼은 조리용이긴 해도 칼은 칼이라 인명 살상 가능한 수준이다. 교도소 비품 총괄 관리하는 부서에서는 칼 구입하자마자 날카로운 칼끝 부분 숫돌에 갈아 뭉툭하게 하여 채소 자르고 생선 토막 내는 음식 조리용으로 사용하게 용도 변경하여 공격이나 자상 입힐 수 없도록 조치해도 칼은 총과 함께 보안과 중점 관리대상 1호다. 보안과 무기 담당이 하는 총기 수납도 마찬가지로 군, 경찰, 교정처럼 총기 다루는 직종은 총기와 실탄 관리 목숨과 직결되어 한순간 실수가 생사 결정짓지 않던가. 다음으로 쇠톱이다. 쇠 자르는 줄톱 사용하는 데는 교도소 시설관리 하는 영선부다. 영선부 외 철공과 직업훈련소 건축목공·창호제작에서도 닮은 톱날 갈기 위해 사용하는데 소량으로 톱날 구하는 건 영선부가 가장 빠르다. 그런데 영선부엔 눈이 많다. 여러 군데서 종일 수리 신청 받아 현장 출동하느라 정신없고 출입자 너무 많아 누구 눈에 띨 가능성 있다. 무엇보다 은밀성이 많이 떨어지고….

줄톱 역시 영선부와 철공 관리자가 장부 비치해 놓고 들고나는 것 세심하게 관리한다. 여기 비하면 철제 통조림은 위험도 애교 수준이지만 깡통 갈아 날카롭게 하면 공격용 무기 되고도 남는다. 같은 금속 재질이라도 통조림은 금지품목인 데 반해 건전지는 허락된다. 구매목록에 전기면도기 있어 건전지 안 팔면 어떻게 쓰겠는가. 그리하여 사용 후 건전지 회수 장부라는 것도 준비돼 있다. 폐건전지 역시 사용 후 반납해야 하는 것이다. 이 모든 보안 위해 요소 제거하기 위해 얼마나 많은 행정력 소비되겠는가. 모두의 안전 위해 꼭 필요한 부분이지만 어떨 땐 업무량 너무 많아 지칠 때 있다. 교정직원도 사람이니까. 이렇듯 사고 위험 물건 당연히 제한되나 보안 위해 요소와 직접 관련 없는 포도와 설탕, 바셀린도 팔지 않는데 위 품목은 위험해서 안 파는 게 아니라 수용자 보호 측면에서 팔지 않고 있다. 포도와 설탕 팔면 선생들 득달같이 구매하여 술 제조로 사용하기 때문이다. 만약 포도와 설탕 구입하게 된다면 매일같이 한 잔 생각나 환장병 들린 선생들 귀신같이 밀주 만들어 거나하게 취해 있을 것이다. 그럼 바셀린은 왜 금지품목인가. 민망한 말이지만 부적절한 곳에 쓰기 때문인데 은밀한 용도로 사용된다. 여긴 남자들만 모여 있는 금녀의 집이지만 그들도 살아 있는 생물이다 보니 때로 찌르르! 동하는 모양이다. 항문 성관계할 때 미끌미끌한 바셀린을 꽈추 끄트머리(음경 귀두 부분)에 발라야 거칠고 비좁은 곳 들어갈 때 부드럽게 삽입된다네. 하여 의무과에서는 내원 환자 상처에 발라주는 것 외 개인에게 덜어주지 않는다. 수요보다 공급 달리니 자연 가격 올라갈 수밖에. 계간(鷄姦)사건 빈번하게 발생하지 않지만 첩보 들어오면 조용히 움직여 잡아낸다. 관에서 풍속사범, 도박사범 엄하게 단속하지만 한밤 이불 속에서 일어난 일이라 적발하기 쉽지 않다. 징역 오래 산 늙은 놈들 어리고 예쁘장한 소년수 꼬드겨 구강·항문 성교하는데 걸리면 골로 가니까 개들도 엄청나게 조심한다. 가끔 조사실 끌려 나와 험한 꼴 당하는 화상들 있다. 지금 같으면 성범죄로 형사처벌 받겠으나 옛날엔 욕 바가지에 징벌 먹이고 말았다.

"이 새끼, 바지 내려봐."
"왜요. 잘못한 것 없는데 바지를 왜 내립니까?"
"인마! 계속 오리발 내밀 거야? 순돌이 다 불었어. 개 똥고 찢어져 의무과에서 치료받고 오는 중이야."

"누가 순돌이 건드렸나 몰라도 전 아니에요."
"요놈 안 되겠네. 이 자식 빤스 속 확인할 건데 너 꽈추에 콩나물 대가리 붙어 있으면 그땐 죽을 줄 알아."

곧이어 주범인 공급 총책 끌고 오는데 하반신 마비된 천장생 아닌가. 장생이가 매일 아침 항문에서 대변 파내는 일로 의무과장 처방받아 의약품 구매 때 바셀린 구입 허락받았는데 쓰고 남은 잉여분을 시중에 유통시킨 것이다. 세상에 벼룩의 간을 빼먹지. 자연 배변 어려워 아침마다 2시간 가까이 똥 파내는 거 안타까워 처방전 발급해 구매 허락하니까 거기서 딴생각 품다니. 장생이 데려와 당장 바셀린 압수하고 다음 주부터 구매할 수 없다 통보하니 똥 못 누면 죽는다며 울고불고 바짓가랑이 매달리며 사정해 징벌 금치 한 달 처하고 다신 안 그러겠다는 각서 받고서 끝냈다. 앞으로 살아야 할 징역 15년에 하반신 마비, 배변 기능 상실된 장생이, 아무리 급해도 그렇지 바셀린 암거래하면 되겠는가. 그 인간 자기 몸 하나 건사 못한 위인이 성성한 남의 꽈추까지 챙기니 오지랖도 넓다니까. 천장생 이번에 크게 놀라 움찔했을 거다. 엊그제는 도박하는 거 찾아내 조사하니 처음엔 메리야스, 청심환 따 먹기 하다 판 커지자 돈으로 돌렸는데 자기들끼리 암호 비슷하게 딱지로 계산하여 잃은 사람 가족이 딴 놈한테 밖에서 100만 원 송금하다 내부신고로 적발했다. 이 녀석은 가볍게 넘길 일 아니라 특사경 조사 후 정식 입건하여 검찰청에 기소의견으로 송치하고 말았다. 이렇듯 사람 모여 있는 곳에 사랑도 있고, 눈물도 있고, 반칙도 있고, 이별도 있고, 배신 있으니 안이나 밖이나 인간 사는 모습 비슷하나 보다. 두칠이 소년수 벗어나 성년교도소 처음 온 게 10여 년 전인가 보다. 미성년자 지난 뒤 첫 징역인데 그해 겨울 제설작업 하다 미끄러지며 허리 삐끗했다. 할 수 없이 병동 입원하여 보름가량 치료받았다. 병동 입원해 있는 사람들 40여 명 됐는데 구석진 데 있는 결핵방 빼고는 모두 일반 환자였다. 고령에 거동하기 힘든 노인들도 있고. 근데 두칠이 입원해 있는 3실 건너편 5실에 93세 된 할아버지 있다. 이 사람 소아성애자로 초등학생 과자 사 준다 꼬드겨 집에 데려간 후 신체 중요 부위 만지며 추행하여 미성년자의제강제추행죄로 징역 5년 받았다. 상습범인데 지금도 잡지에서 예쁜 여자아이 사진 보면 뽀뽀하고 좋아하는 게 병도 참 고약한 병 걸린 모양이다. 그런데 이 양반 아흔 넘은 할아버지라 할 수 없을 정도로 정정하다. 정정한 게 아니라 의무과 의사 진료하며 신체나이 70대 초반쯤 될 거라 하는데 두칠 눈에도 그렇게 보인다. 본인 말에 따르면 소년수부터 지금까지 75년 넘게 살았단다. 중간중간 조금씩 쉰 간헐기 빼고 총수감기간 합산하면 그렇다 한다. 식사 잘하고 운동도 열심인데 지금도 팔굽혀펴기 10개 정도 하고 빠르게 걷기 20분가량 한다. 보통 체력 기준으로 칠순 지난 일반인 남자가 소화하기 적당하거나 조금 많은 운동량이다. 한마디로 놀라운 체력을 가진 특이한 사람인 건 틀림없다. 이야기 역시 청산유수 거침이 없다.

"내가 있잖어, 전국구래서 안 가본 형무소가 없는데 4·19로 이승만 정권 무너지고 박정희 정권 잡았을 때 뚝도 작업장에서 겨와 구웠다니깐. 그때 뚝섬 허허벌판 아무것도 없드랬어. 거기 한성형무소 뚝도 작업장 있었는데 처음엔 겨와 굽다 나중에 남새를 키웠댔지. 그때 거기다 땅 조금만 사놨어두 지금 강남에 빌딩 갖고 있을 건데…. 그 당시 뚝섬 땅 평당 60원 정도 했거던. 법무부 아마 그 땅 팔아 큰돈 벌었을 거야."

이렇게 호랑이 담배 피우던 시절 떠올리며 전설 따라 삼천리 시작하여 입에 침도 마르지 않고 계속한다.

"내가 스물 몇 살쯤 됐을까. 원천형무소 살 땐데 거기서 남양에 염전을 갖고 있드랬어. 지금 안산 아래 화성 쪽이야. 당시 갯가 염전 많았거던. 거리가 꽤 되는데 암튼 원천형무소 남양염업소 나가 염전 일 했다니깐. 소금은 한여름 더울 때 되잖어. 머리털 벗겨지게 뜨거운 뙤약볕 아래 써레질하며 염전바닥에 있는 소금 긁어내는 일 엄청나게 고돼. 염부가 얼마나 힘들면 옛말에 일 가운데 탄광, 염전, 숯막이 젤 어렵다 했겠어. 염업소 건물 일정(日政: 일제강점기) 때 나무로 지은 건데 오래된 데다 비바람 바래 갖구서 아주 못 쓸 정도로 낡았댔지. 거기서 직원들과 죄인들 묵었다니깐. 거리 때문에 출퇴근 못 하구 숙박했드랬는데 아무래도 형무소보단 나았어. 우리 고생한 거 직원 덜도 알고 있으니깐. 그리구 보름 가까이 밤낮으로 같이 지내는데 정도 들고 그러지. 누구든 모질게 하지 않더라구. 직원들도 무료하니까 막걸리 입에 달고 살았댔어. 원래는 근무 중에 술 마시면 안 되지만 누가 감독 나오지도 않고 비린내 나는 갯가에서 죙일 총 들고 감시하기 힘들 거 아냐. 아마 그날이 작업장에서 보름 일하고 귀소할 때였지. 직원 중에 술 엄청 좋아하는 양반 있었는데 글쎄 그날도 고주망태가 된 거야. 그때 도로가 지금 같지 않아 형무소 가려면 차에서 내려 한참 걸어야 했는데 직원 3명은 총 멘 채 우리 계호하고 한 사람이 술 포대 부축하고 걸으며 힘들어하길래 내가 고주망태 지게에 지고 걸었지. 다른 친구는 주태백이 총 들쳐 메고. 참 기막힌 일 아냐? 죄수가 직원을 지게에 지고 다른 이는 총까지 뗐으니. 지금 같으면 사고 났을 건데 그때만 해도 사람덜 순박했다니까. 허허!"

"대전 살 때는 경운이라고, 형무소 밖에서 큰 농장 운영했드랬는데 소 여러 마리 키웠댔어. 아침이면 농장에 나가 꼴도 베고 소 풀 뜯어 먹게 하는 일이야. 한 번은 일 마치고 저녁에 소 몰고 들어가는데 외정문 쪽 오니까 소장이 순시하더라구. 우사가 외정문 안에 있었거던. 그날따라 소장이 소 들어오는 것 한참 보고 있는 거야. 그때 사달이 벌어졌지. 글쎄 덩치 큰 암소 한 마리가 들입다 똥을 싸대는데 똥 속에 담배 뭉텅이로 나오고 말았어. 애새끼덜이 소 똥구녕에 적당히 넣어야 하는데 욕심대로 쑤셔 넣으니깐 이노무 소가 못 견디고 하필 소장 앞에서 담배 스무 갑을 꾸역꾸역 싸질러 버린 거야. 소장 노발대발하고 난리 났지 뭘. 계호직원과 담배 운반책 처벌받고 아주 시끄렀댔어."

"안길에선 어떤 줄 알아? 옛날엔 도시 개발되기 전이니깐 주변이 온통 허허벌판 황무지였어. 형무소 자리도 널널했드랬지. 딸린 땅도 많고. 안길형무소 뒷산 전체가 법무부 땅이야. 엄청 넓었다구. 소가 한 서른 마리쯤 됐을 거야. 마릿수 때문에 매일 끌고 들어올 수 없어 방목하는데 저 혼자서 풀 뜯어 먹고 잘 크더라구. 그래도 도망가지 못하게 농장 바깥을 가시철망으로 둘러쳐 놨는데 글쎄 어느 날 밤 못된 놈덜이 농장에서 젤 큰 암소 두 마릴 잡아간 거야. 도둑놈덜이 평소 눈여겨보고 있었나 봐. 근데 철조망도 있고 소 덩치가 너무 커 살만 발라갔다니까. 백정도 그런 백정 있을까 싶을 정도로 살 한 점 안 남기고 싹 발라갔는데 피도 눈물도 없는 작자들이지 뭐야. 직원들하고 도축한 자리 가보니깐 소머리와 가죽, 내장 남기구 귀신같이 살만 쏙 빼갔더라구. 안개 자욱한 산자락 이슬 맞은 풀숲 엎드려 있는 쇠가죽 두 장과 커다란 뿔 곤추

세우고 하늘 향해 눈 부릅뜬 모습 보니 짠하더만. 벗겨진 가죽은 망토 같더라니. 당시에도 황우는 값나갈 때니깐 관에서 초소 세워 직원 근무하게 했지. 소 잃고 외양간 고친 격이지만두."

 노익장도 이런 노익장 없다. 이만하면 건강상태, 기억력, 더듬거리지 않은 언변, 식사량, 운동능력, 모두 만점이다. 치아만 빼고, 다른 덴 몰라도 이는 90년 넘게 쓰면 온전할 리 없다. 그 세월이면 쇠라도 닳아 없어졌을 것 아닌가. 치아 대부분 탈구되고 몇 개 남아 있지 않다. 그래도 음식 먹는 데 큰 탈 없나 보다. 이 없으면 잇몸이 한다더니…. 구순 노인 보며 느낀 게 건강은 본인 노력과 상관없이 하늘에서 내려준 모양이란 생각 든다. 섭생과 운동, 생활습관 잘하면 건강에 이로운 건 틀림없으나 아무리 노력해도 아흔셋 노인 이토록 건강할 순 없지 않은가. 병동 사람들 하나같이 하는 말, 할아버지 소아성애 병만 고치면 만사형통이라는 거. 하지만 살아온 발자국 보면 기구한 노인 아닌가. 나이 93세, 전과 46범, 수감 기간 75년, 전국 교정기관 수형자 가운데 최고령, 계속 수감은 아니나 합산 수감 기간 최장기. 이쯤 되면 한국기록은 물론 기네스북 오를 세계기록보유자 아닐까. 이게 백발노인의 화려한 인생 성적표다. 그런데 이렇게 살아 구십이면 뭐 하고, 백이면 뭐 하며 팔굽혀펴기 100개, 1,000개 해서 어디다 쓰겠는가. 혈액검사 이상 없고 혈압, 고지혈증 정상이고, 복부 CT 촬

영 이상 없고, MRI 정상이면 뭐 하나. 신체 건강이 제일가는 재산이고 행복의 지름길이겠으나 머릿속 뇌의 사고체계 건강해야 진정한 건강 아니겠는가. 75년 동안 경찰서, 검찰청, 소년원, 구치소, 교도소, 청송감호소, 출소 후 다시 구치소, 교도소…. 말이라도 못하면 밉지나 않지. 항상 즐겨 쓰는 말이 "체력은 국력이라구 하잖어? 맞는 말이야. 근데 징역두 체력 없인 못 살아. 건강하지 않으면 여기서 죽어 나간대두. 옥사하지 않구 살아서 출소하려면 무조건 건강해야 하는 거라니깐. 그래서 내가 이리 용쓰며 운동하는 거 아니겠어." 이렇게 살아 구십인들 뭐 하고 백인들 뭐 하리. 환상방황(環狀彷徨)이라고, 산 다닌 사람들 쓰는 용어인데 짙은 안개나 폭풍우 만났을 때, 또는 밤중에 방향 감각 잃고 같은 지점 계속 맴도는 이상행동 일컫는 말이다. 노인은 소년수와 초년 징역부터 지금 이르기까지 삶 전반에 걸쳐 진지한 성찰 없이 마구잡이로 살며 정신 황폐해져 온전한 생활인의 나날을 보낼 수 없게 된 것이다. 상습절도로 여러 번 처벌 전력 있는 자가 교도소에서 징역 1년 6개월 살고 청송감호소 넘어가 5~7년 산 뒤 출소 보름 만에 동네 시장통에서 도라지 한 근 훔쳐 또 처벌받는 건 절도범 개인의 불행이자 우리 사회 어두운 단면이고 사회와 국가라는 공동체가 짊어져야 할 채무다. 이 가련한 노인의 죄와 벌로 얼룩진 환상방황 멈추는 길은 지금이라도 사회가 채찍으로 갈기기도 하고 따뜻하게 보듬어야 한다. 갈기기만 해도 안 되고 무턱대고 보듬는다고 해결될 문제 아니다. 이 수용자는 환자다. 아니, 병자다. 노인의 행동반경과 의식의 흐름, 사고체계 모두 범죄와 처벌, 구치소와 교도소 벗어나지 못한 채 75년 동안 그 자리 뱅뱅 도는 길 잃은 환상방황 미아, 골수 깊숙이 병변 틀어박혀 당장 산소호흡기 써야 하는 중환자인 것이다. 93년 묵은 종기에 고약 한 번 붙인다고 고름 쏙 빠지겠는가. 다 아는 얘기지만 그러게 사람에겐 해야 할 일 있고 해선 안 되는 일 있다. 길도 마찬가지다. 가야 할 길, 가선 안 될 길. 그쪽으로 걸어가면 안 되는 길 고집하다 해토머리 진창 빠져 나뒹굴며 평생 허우적대다 사라지는 비참한 말로, 각기 다른 색으로 각자 다른 생각 품고 있어도 진리는 하나 아니던가. 늙은 소아성애자는 동료들이 놀려대는 천연기념물도 아니고, 인간문화재는 더더욱 아닌 불쌍한 환자, 나이 든 금치산자, 회복 불가능한 상습 좀도둑이다. 그를 위해, 모두의 공동체를 위해 무엇을 할 것인가 생각하는 시간 가져야겠다. 더 나은 내일을 위해 전진하는 발걸음, 더불어 사는 인간세계 말이다. 작가 최서영은 《어른의 품위》에서 이렇게 말했다. "누구나 늙지만 누구나 어른이 되는 것은 아니다." 내일 퇴원하는데 밖에서 사업했다는 양반 두칠에게 슬쩍 말 건넨다.

"젊은이 저 양반 얘기 다 믿지 말어. 뻥이 세거덩. 전국 돌아다니며 징역 산 건 맞는가 분데 여기저기서 줘들은 말을 마치 자기가 겪은 것처럼 하는 거야. 나는 여기 1년 정도 있으면서 저 노인 똑같은 말 아마 백번은 들었나 봐. 인전 거의 외우게 됐다니깐. 자네 운칠기삼이란 말 들어봤나?"

"안 들어봤는데 무슨 뜻이나요?"

"거 고스톱 칠 때 쓰잖어. 도박은 운이 칠, 기술 삼이라구. 난 저 양반 얘기 운칠기삼이라 생각해. 칠할 정도는 허풍 아니겠어. 저 양반 처지도 이해는 돼. 여기서 무슨 낙으로 사나. 가족 면회도 안 오는 것 같던데 뭘. 저렇게라도 풀어야지 안 그러면 스트레스받아 죽을걸."

"어르신 말씀 들어보니 그도 그렇겠네요. 젊은 사람도 힘든 게 징역살인데 저 연세에 견디는 것만 봐도 대단하긴 합니다."

"그래도 오늘 빼먹은 거 있네. 접땐 자기가 마포형무소 살 때 최남선이하구 장길 뒀다는 거야. 거 최남선 알지? 조선에서 글쓰기루 제일가는 양반인데 이광순지 뭔가 하고 일정 때 일본넘 앞잽이 했다는 양반 있잖어. 그이가 해방되고 붙잡혀 마포형무소 들어왔댔나 봐. 근데 지가 무슨 재주로 최남선이하구 장길 두겠어. 모두 뺑치기지. 다른 방 사람이 듣다 듣다 지겨웠는지 냅다 소릴 질렀어. 그만 떠드라구. 그랬더니 그예 잠잠해지더라니깐…."

93세 노인 옆자리 차지한 중년 사내 발 퉁퉁 부어 있다. 운동하다 접질린 모양이다. 의무실 간병이 안티푸라민 얼마나 발라놨는지 냄새가 코를 찌른다. 이 양반 사연도 재밌다. 경기도 양평에서 군 생활 하다 제대했는데 몇 년 전, 팀스피릿 한미합동군사훈련장에 몰래 들어가 권총과 실탄 훔쳐 군용물 절도와 총포도검류소지법 위반으로 징역 2년 선고받고 6개월 후 만기출소 한다고 한다. 군 있을 때 소속 부대가 2년 연속 미군과 합동으로 팀스피릿 훈련하여 그쪽 사정 빠삭하게 알고 있는 사람이다. 미군 부대는 한국군과 달리 훈련 때 경계 엉성한 것 알고 있어 어느 날 밤 심야시간대 살금살금 군 야영장 침입하여 미군 막사 들어간 다음 거기서 권총 한 자루와 실탄 다섯 발 훔쳐 나왔다. 나중 재판 때 알았는데 권총 주인이 미군 대령, 연대장 것이었다 한다. 훈련 끝나고 한참 지나 호기심에 뒷산 올라 권총 한 발 쐈는데 그게 실수였다. 나물 캐러 산에 온 처녀가 총소리 듣고 신고하여 경찰이 탐문 수사 시작하고 범인 윤곽 좁혀지는 줄 까마득히 모르고 있던 청년, 여자 친구가 만나자는 전화 와 다방 나갔다 검거되고 말았다. 다방 들어가 자리 앉아 있는데 레지(옛날에 다방에서 차 날라 주고 손님 말동무도 해주던 여성 종업원)에게 차 시키고 기다리는데 남자 손님들 듬성듬성 앉아 있더란다. 시간 지났는데 애인 나타나지 않아 이상하게 생각하고 나가려는 순간 형사들 일시에 달려들어 범인 덮친 후 제압했는데 체포과정에서 넘어지며 무릎 까지고 다쳐 자기도 부상 입고 말았다고. 알고 보니 레지와 다방 안에 있던 손님 모두 경찰 수사관과 형사들이었다네. 그래도 자기는 미군

대령 고급 권총 소지하고 있다 발포까지 해본 사람이라며 멋쩍게 웃었다. 93세 노인도 얘기 재밌는지 옆에서 헤벌쭉 입 벌리고 듣는다. 맨날 자기 혼자 떠들다 때론 남의 이야기 듣는 것도 괜찮은 모양이다. 갑갑한 사람 많이 모여 있는 동백교정마을에서 미군 대령 권총 훔친 남자는 그래도 죄질 양호한 편인데 전과 46범, 합산 수감 기간 75년 할아버지에 비하면 양반도 이런 상 양반 없다. 권총 갖고 나왔으나 초범이니 꽈배기 집단으로 모여 있는 곳에선 그래도 단기형 받은 초범이 가장 낫지 않겠는가. 수많은 인격파탄자와 야비하고 잔혹한 다른 범죄자에 비하면….

루쉰이 말했다.

"희망이란 원래 있다고도 할 수 없고, 없다고도 할 수 없다. 그것은 지상의 길과 같다. 본디 땅에는 길이 없었다. 지나가는 사람 많아지면 길이 되는 것이다."

***

2주 후, 두칠이 퇴원하여 다시 일터로 복귀했다. 새해 되자 뜬금없이 교정마을에 클래식 음악 울려 퍼진다. 여태까지 '교정방송국' 음악 남진, 나훈아, 조용필, 이미자, 조미미, 하춘화가 꽉 잡고 있었다. 가끔 방송실에서 다른 노래 내보냈지만 뽕짝 말고 들어올 자리 없다. 송창식과 박인희, 쎄시봉 아무리 유명해도 여기선 도통 힘 못 쓴다. 어쩌다 냇 킹 콜의 〈투영〉과 패티 페이지 〈체인징 파트너〉, 숫제 울부짖는 듯한 폴 앵카 〈크레이지 러브〉, 너무 시끄러워 정신 사나운 이글스 〈호텔 캘리포니아〉 나오긴 했으나 그다지 인기 없었다. 그런데 새로 부임한 장관이 클래식 애호가로 수용자 정서 함양 위해 클래식 음악 들려주기로 한 모양이다. 《일상이 아름다운 음악》이란 제목으로 법무부 후원하여 제작했는데 이 음악 선집에는 베토벤, 슈베르트, 바흐, 하이든 등 클래식 명곡 84곡을 CD 14개에 담아 방송했다. 선집 구성은 28일간의 순차적 음악 프로그램으로 짜여 있는데, 첫 번째 일요일 아침 슈베르트 〈아다지오(야상)〉 E플랫 장조 D897로 시작하여 네 번째 토요일 저녁, 퍼셀 〈메리 여왕을 위한 장례 음악〉으로 끝난다. 이에 따라 전국 교정마을 입주해 있는 수용자들 매일 아침, 점심, 저녁 각기 다른 명곡을 1일 3차례씩 28일간 84곡 감상할 수 있게 됐다.

***

1월 어느 추운 월요일 아침, 달 표면처럼 거칠고 황량하기 그지없는 교정마을 확성기에서 웅장한 서양 고전음악 울려 퍼졌다.

첫 번째 곡 슈베르트, 〈아다지오(야상)〉 E플랫 장조 D897이다. 이어 로시니, 〈세빌랴의 이발사〉 보라 하늘에 미소지으며, 세 번째 베토벤, 현악 4중주 12번 Es장조 op. 127 2악장, 네 번째 하이든, 현악 4중주 op. 76-3 황제 2악장…. 이렇게 하여 방송 내보낼 음악 목록 다음과 같다.

- 브람스, 교향곡 1번 c단조 op. 68 4악장
- 다울랜드, 〈라크리메〉 옛 눈물, 새로운 옛 눈물

- 바흐, 〈평균율곡집〉 1부 전주와 푸가 8번 E플랫 단조 bwv853
- 슈만, 피아노 5중주 E플랫 장조 op. 44 2악장
- 헨델, 합주협주곡 op.6-6 뮤제트:라르게토
- 베버, 〈마탄의 사수〉 서곡
- 쇼팽, 연습곡 op. 25
- 모차르트, 클라리넷 5중주 A장조 k. 581 2악장

- 바그너, 〈로헨그린〉 서곡
- 메윌, 〈국가〉
- 라벨, 〈죽은 황녀를 위한 파반느〉
- 베토벤, 헨델 보아라 용사 돌아온다. 주제 12변주곡 WoO 45
- 페르골레시, 〈스타바트 마테르〉 첫 아리아, 두 번째 2중창, 두

번째 아리아
- 베를리오즈, 〈레퀴엠〉 상투스

- 로시니, 〈윌리암 텔〉 이제는 눈물의 벙어리 피난처
- 헨델, 합주협주곡 op. 6-1
- 모차르트, 현악 4중주 K4387 3악장, K421 2악장
- 모차르트, 현악 5중주 k515 C장조 1악장
- 브람스, 16개 왈츠 op. 39 9-16
- 베토벤, 현악 4중주 16번 F장조 op. 135 3악장

- 로시니, 〈윌리암텔〉 서곡
- 메시앙, 〈시간의 끝을 위한 4중주〉 1, 2
- 바흐, 골드베르크 변주곡 bwv988 아리아
  - 로시니, 〈신데렐라〉 1막 11-13장
  - 브람스, 〈하이든 주제에 의한 변주곡〉 op. 56a
  - 슈베르트, 현악 5중주 C장조 D. 956 2악장

- 요셉 캉틀루브, 〈오베르뉴의 노래〉 들판의 양치기 처녀 양치기 노래
- 슈만, 〈어린이 정경〉, op.
- 베토벤, 현악 4중주 15번 a단조 op. 132 3악장

- 베토벤, 3중 협주곡 2악장
- 가브리엘리, 〈1595년 베네치아 대관식 경축 음악〉 중 칸초네 a 12/15/10
- 슈베르트, 〈겨울 나그네〉 D 911 안녕 보리수 홍수
- 바그너, 〈신들의 황혼〉 장례행진곡
- 알레그리, 〈미제레레〉
- 드뷔시, 〈베르가마스크 모음곡〉 프렐류드 미뉴에트 월광
- 베르디, 〈진혼곡〉 중 눈물의 날이로다 봉헌송
- 쿠프랭, 〈최초 왕실 연주회〉
- 브람스, 클라리넷 5중주 b단조, op. 115 2악장

- 코렐리, 3중주 소나타 1번
- 프랑크, 〈서주, 코랄과 푸가〉 서주, 코랄
- 베토벤, 현악 4중주 13번 B플랫 장조 op. 130 5악장
- 브람스, 〈대학축전 서곡〉, op. 80
- 슈베르트, 교향곡 9번 C장조 D944 3악장
- 바르토크, 현악 4중주 1번 op. 7 1악장

- 마레, 작품 3권 D장조 사라방드 지그 플랭트 샤리바리
- 베르크, 바이올린협주곡 1악장
- 야나체크, 〈잡초 우거진 길로〉 1부 7-10

- 분델리히, 창, 안녕 나의 플랑드르 처녀여 꿈과 같이
- 베토벤, 교향곡 9번 D단조 op. 125 합창 3악장
- 소비에트 붉은 군대 합창단(Red Army Choir), 에니로리 오 아름다운 밤
- 모차르트, 현악 5중주 G단조 k516 1악장
- 쇤베르크, 〈변주들〉 op. 31
- 마레, 〈담석 수술대〉
- 헨델, 〈수상음악〉 안단테 알레그로/알레그로-안단테-알레그로
- 베토벤, 피아노 소나타 B플랫 장조 op. 106 함머클라비에 3악장
- 브람스, 첼로 소나타 2번 F장조 op. 99 2악장

- 모차르트, 교향곡 41번 C장조 k. 551 쥬피터 2악장
- 드뷔시, 12 연습곡 중 1-4
- 테버너, 〈오 영광의 광채〉
- 슈베르트, 교향곡 9번 C장조 1악장
- 샤르팡티에, 〈두 번째 트럼펫 선율〉
- 베토벤, 현악 4중주 14번 C샤프 단조 op. 131 4악장

- 리스트, 교향시 〈전주곡들〉 S97
- 륄리, 〈갈리아 예찬〉
- 드보르작, 교향곡 9번 E단조 op. 95 2악장

- 탈리스, 〈스펨 인 알리움〉
- 베베른, 오케스트라를 위한 소품 여섯 개, op. 6
- 메시앙, 〈프렐류드들〉 1, 2 & 5

- 베르디, 〈팔스타프〉 3막 2장, 내 입술에서 환희의 노래가 세상 만사는 농담
- 베토벤, 피아노 협주곡 5번 E플랫 장조, op. 73 황제 2, 3악장
- 질리, 창, 정결한 집 귀에 익은 그대 목소리
- 브람스, 현악 6중주 1번 B플랫장조 op. 18 2악장
- 슈베르트, 피아노 소나타 21번 B장조 op. posth. D960 1악장
- 포르크레이, 〈비올라 소품들〉 1권, 제1모음곡 1

- 베토벤, 피아노 3중주 B플랫장조 op. 97 대공 1악장
- 모차르트, 〈마적〉 Nr. 15-17
- 스메타나, 〈나의 조국〉 몰다우
- 바흐, 무반주 첼로 모음곡 1번 프렐류드 알레만드 쿠랑트 사라방드
- 야나체크, 〈꾀많은 꼬마 암여우〉 마지막 간주곡부터 끝까지
- 퍼셀, 〈메리 여왕을 위한 장례 음악〉

월요일 아침부터 토요일 저녁까지 1일 3회, 28일간 전국 교정

시설에 갇혀 있는 수용자 6만여 명이 좋든 싫든 84곡의 주옥같은 클래식 음악 초대되어 명곡 듣는 영광 누리게 됐는데 담장 안, 그곳이 운동장이건 감방이건 구금시설에서 단군 이래 처음 울려 퍼진 고전음악 소리 우렁찼다. 더구나 이 아름답고 거룩한 음악을 한 번으로 끝나는 게 아니라 반복해서 들으며 심신 안정시켜야 한다. 평생 남진, 나훈아, 조용필에 익숙한 친애하는 교정 가족들 태어나 처음 겪는 생소한 경험이라 뭐가 뭔지 몰라 어리둥절하고 귀 먹먹해 불편한 사람, 더러 신기해하는 이 있지만 거의 소음으로 치부하는 음악 무식쟁이(?) 많았는데 어찌 됐건 장관님 계실 땐 열심히 틀던 교무과 방송 담당 직원, 장관 바뀌자마자 부리나케 김정구 〈두만강 푸른 물〉로 돌아가고 말았다. 애초 수용자 정서 다독이려는 취지 좋았으나 유감스럽게 선생들 아직 준비돼 있지 않아 클래식 방송 실패하여 거의 폐지 수순으로 가고 있었다. 그래서 작은 정책이나 큰 정책이나 시행에 앞서 수요자 성향 파악하고 그들 눈높이에서 수용 가능한 정책 전파해야 한다. 초등학생한테 헤겔《정신현상학》읽게 하고 '미네르바의 부엉이' 어쩌고 하면 알아듣겠는가. 전문 지식 없인 쉽게 접할 수 없을 정도로 워낙 명곡 모음집이라 음악에 조예 있는 사람은 좋은 기회였을 터이니 세상 이치라는 게 어느 쪽이라도 기여하는 부분 있기 마련이다. 그렇게 하여 한겨울 밤의 음악 축제 끝나고 교정마을 식구들 제각기 자기 일 하느라 바쁘다.

***

올봄부터 목공장 작업품목이 변경됐다. 수년간 학생들 책상, 걸상 만들었는데 이번에 관으로 바뀌었다. 여기서 시신 들어갈 목관 만들게 될 줄 몰랐다. 뭘 제작하건 수용자들은 상부에서 작업지시 떨어지면 그대로 이행해야 한다. 관은 네 가지 종류로 제작했다. 첫째 오동나무 관으로 길이 190cm, 폭 60cm, 높이 20cm, 두께 반 치(1.6~1.8cm)다. 성인 다리 뻗고 넉넉하게 누울 수 있는 크기. 두 번째는 같은 오동나무 재질에 규격도 같고 목재 두께 한 치(3cm)짜리. 세 번째는 소나무 관인데 목재만 소나무로 바뀌고 규격은 오동나무와 같다. 화장용은 주로 저렴한 오동나무 반 치짜리 쓰고 매장용은 오동나무 한 치, 또는 소나무 재질 쓴다고 한다. 반장한테 작업지시서 복사본 건네받아 읽어보니 목관의 특성 나열돼 있다. 오동나무는 습기 저항성과 가벼움으로 가장 널리 사용되며 특히 화장용으로 적합하단다, 소나무는 향 은은하고 내구성 강하며 벌레 방지 효과 있다 하고 향나무는 고급재료로 내구성과 습기방지 뛰어난 재질이라 쓰여 있다. 다만 향나무는 가격 비싸 장례 치를 때 보통 오동나무와 소나무 관 쓴다고 한다. 두칠이가 작업과 기술 담당 직원에게 슬쩍 물어보니까 교도소에서 오동나무 납품단가 2만 6천 원인데 바깥 장례식장에서 8만 4천 원 이상, 소나무는 3만 8천 원 납품에 9~12만 원 정도 받는다니

사회 업자들 법무부 교도작업 잘 뚫으면 수입 짭짤하겠다. 징역형 받은 수형자는 본인 의지와 상관없이 일해야 하고 질병 등 특별한 사유 없이 작업 거부하면 징벌 먹는다. 징벌 처해지면 장기수가 누리는 혜택인 사회견학, 귀휴*, 가석방 불이익받고 지방 교도소로 이송 가는데 수용자들 아주 싫어하는 게 이송이다. 있던 데서 나름 자리 잡고 생활하다 낯선 곳 가서 신참 생활 다시 한다는 거 고역이기 때문이다. 가족들 지방으로 멀리 면회 다니는 것도 그렇고. 형사처벌 받아 근로기준법 적용할 수 없는 수형자는 임금이 없다. 법에 나와 있어 주고 싶어도 못 준다. 대신 작업상여금이라 하여 출역 초임 수용자—형 확정판결 받고 수형자 신분된 뒤 작업장 나가 처음 일 시작한 경우—한 달에 약 500~800원가량(1980년대 초반 기준으로 작업 경력 길거나 조·반장은 1,000~1,200원가량) 받고 있었다. 이런 무임금 때문에 교도작업 활성화되고 바깥 사회업체와 경쟁하여 수주 딸 수 있던 것이다. 정상 임금 주고 이토록 낮은 단가 상상이나 할 수 있겠는가. 이것은 수형 노동의 구조적 조건 때문에 가능한 것으로 무기수 같은 경우 무기에서 징역 20년으로 감형**되고 18년 정도 복역한 뒤 출소하면 당시 물가 기준으로 집에 갈 여비와 부모님 산소 찾아 속죄하며 부어드

....

* 귀휴(歸休): 모범수가 일정한 형기 채우고 부모상, 자녀 결혼 등 불가피한 사유로 3~5일 정도 집에 휴가 갈 수 있는 제도로 고려 시대부터 있었음. 1982년 칸영화제에서 황금종려상 받은 터키 반체제 영화감독 이을마즈 귀네이 〈욜〉에 귀휴 이야기 잘 그려져 있음. 최근에는 김태용 감독의 현빈, 탕웨이 나온 영화 〈만추〉에 여주인공 애나(탕 웨이)가 어머니 부고로 3일간 휴가 나온 내용 있음.

** 개인에 따라 다르겠으나 현재는 최소 30년 넘게 살아야 하고 35~37년 복역한 이무기들도 감형 기약 없음. 우리나라 사형집행 안 하는 사실상 사형폐지국으로 가석방 없는 무기징역 형태로 나아가는 듯함.

릴 청주 두어 병 살 수 있는 금액이었다.

　이번 목공장에서 제작할 목관 수량 월 300개인데 오동나무와 소나무 비율 3:7 정도다. 그만큼 매장 수요 많다는 뜻이다. 관 만들기는 책·걸상보다 간단했다. 재료공급은 바깥 제재소에서 목재 수관(水管)에 낀 기름 성분 제거하고 건조한 후 재단하여 널빤지로 켜서 들어오기 때문에 여기선 가로세로 규격대로 잘라 못질하면 그만, 무슨 장식 달린 것도 아니고 특별히 조각할 일도 없다. 전체 공정에 난이도 높은 거 하나도 없어 부둣가에서 인부들 갈치 상자 만드는 것처럼 뚝딱 해치울 수 있는 단순 작업이다. 두칠이는 조원들과 함께 열심히 관 만들었다. 어디 큰 장례식장 계약 따냈는지 일감 계속 밀려들었다. 일과 시간 외 거의 매일 잔업 하고 급할 땐 밤 12시 심야 작업할 정도로 일감 많았다. 그렇게 관 만드는 일을 1년 넘게 했는데 비 내리는 어느 날 우천으로 운동 취소되어 구매시킨 오징어, 땅콩 먹으며 쉬고 있었다. 근데 아까부터 성동이 보이지 않는다. 면회 간 것도 아니고, 의무실 진료도 아니고, 교무과 상담도 아니다. 계속 안 보이면 담당 직원에게 보고해 행방 알아봐야 한다. 그런데 윤성동 뜻밖에 관 뚜껑 열고 나오는 거 아닌가. 녀석 관에 들어가 늘어지게 한숨 자고 기지개 켜며 나온다. 정말 별놈 다 있다. 쉴 데 많고 많은데 하필 재수 없게 관에 들어가 자다니. 그날 저녁 예불시간이다.

"색불이공 공불이색

색즉시공 공즉시색

수상행식 역부여시

아제아제 바라아제

바라승아제 모지사바하"

색불이공 공불이색

색즉시공 공즉시색

색불이공 공불이색

색불시공 공불이색

갑자기 송곳으로 정수리 찌르듯 섬광 같은 깨우침 번쩍했다.

"아! 이거였어. 이거였나니…. 그토록 찾아 헤매던 부처님 법어 바로 이거였다고."

두칠이 오매불망 그토록 찾아 헤맨 화두 이제야 받은 것이다. 행려승 법운이 받은 화두는 호리병에 든 새 병 깨지 않고 꺼내는 일이었는데 술과 고기에 여자 가까이하며 초심 버리고 구도(求道)에서 멀어진 뒤 파계당한 지산 다비식에서 깨달음 얻을 수 있었다. 죽은 사람 장례식에서 뒤늦게 깨달으면 그걸 어디에 쓰겠는가. 어금니 지그시 깨물고 볼따구니 씰룩대며 연신 고개 끄덕이던 두칠, 다시 독경 이어가며 삼귀의(三歸依) 시작한다.

"거룩한 부처님께 귀의합니다.
거룩한 가르침에 귀의합니다.
거룩한 스님들께 귀의합니다."

무기, 그것도 모자라 쌍무기 받은 사람이 가야 할 길 정해져 있다. 하늘 두 쪽 나도 두칠에게 석방이란 단어는 없다. 무기징역 하나도 어려운데 2개 가진 놈을 누가 내보내 주겠는가. 재주껏 걸어 나가기 전에는. 아예 이번 생 글렀다 포기한 후 여기서 순응하며 살다 늙어 죽든지, 아니면 자유와 밝은 햇살 찾아 도망치든지. 두칠은 자꾸 후자 쪽에 정이 간다. 교도소 담벼락 넘는 건 불가, 징역 살아보니 거긴 도저히 안 될 장소다. 첫째, 수직으로 된 담 너무 높고 가파르다. 사다리와 줄 없으면 불가능하다(사다리, 줄 있어도 체력과 순발력, 운 없으면 어려워 보인다). 영화에선 특공대가 적진 침투하여 통쾌하게 제압하며 성공하지만 현실에선 그럴 수 없다. 둘째, 초소 근무자가 실탄 장전한 총 들고 있다. 높은 데서 아래 내려다보며 조준 사격 할 것이니 명중률 높을 것이다. 더구나 저격용 총이라 한다. 동서남북 네 군데 초소에 근무자 있어 어느 방향이건 사각지대 없다. 정교한 작전 없이 덤볐다가 초소에서 발사하는 총탄 집중사격 당해 벌집 될 일 있겠는가.

경건한 마음으로 사홍서원(四弘誓願) 부른다.

"중생무변서원도
번뇌무진서원단
법문무량서원학
불도무상서원성"

그럼 다른 계책 없겠는가. 안에서 방법 찾지 못하면 시선 밖으로 돌려야 한다. 병원 진료와 출정, 선택 딱 두 가지다. 출정은 추가사건으로 조사할 거 있어 검찰청 출두하거나 재판받기 위해 법원가는 건데 쌍무기 받은 두칠에겐 추가사건으로 검찰·법원 갈 일 없어 그것도 매력적인 대안 아니다. 그럼 마지막 남은 한 가지, 사회병원 진료 노려보는 게 가장 타당해 보인다. 두칠이 현재 건강상태 양호해 당장 나가긴 그렇고 교도소 의무실에서 판정 어려운 난치성 질환 창조하거나 고의로 부상당해 바깥 의료기관에서 치료해야 할 상황 만들면 되지 않을까. 교도소 의무실에서 할 수 있는 것은 엑스선 검사 정도다. 다른 건 비치된 의료기기 없어 사회병원 나가 해결해야 한다. 의사가 문진과 촉진하고 혈액검사

정상소견 나와도 환자 본인이 머리나 심장 쪽 아파 죽겠다며 고통 호소하여 바깥 진료 원하면 의사 입장에선 질환이 눈에 보이는 것 아니라서 무턱대고 불허하기 곤란하다. 환자가 극심한 고통으로 죽을 만큼 힘들다 했는데 무시했다가 만약 상태 나빠져 의식불명이나 사망하면 의사에게 책임 돌아가기 때문이다. 그래서 진짜 아픈 환자인지 나이롱환자인지 가려내야 하는데 그게 말처럼 쉽지 않다. 특히 무기, 사형, 15년, 이렇게 중형 받은 환자들 무슨 생각 갖고 있는지 알 수 없기 때문에 관에서 의심증 발동하며 깐깐하게 굴어 쉽게 허점 찾기 어렵다. 범죄자 구금하고 형벌 집행하는 기관에 구멍 숭숭 뚫려 있으면 다 도망가고 없지 멍청하게 누가 남아 있겠는가. 국가형사시스템과 구금시설 보안체계 촘촘한 그물망에 둘러쳐져 작은 물고기 하나 빠져나갈 수 없다는 사실 누구보다 잘 알고 있는 두칠은 관 속에 들어가 죽은 척 누워 있다 탈출하는 송장 작전, 아니면 사회병원 나가 튀는 것 목표로 하되 서두르지 않고 침착하게 차근차근 진행하기로 마음먹었다. 그래도 최종안은 인명 피해 최대한 줄일 수 있고 유혈사태 없이 평화적으로 해결될 송장 작전이 성공률, 안전성에서 더 나을 것 같다. 송장으로 결심 확정 지은 두칠이 더욱 간절한 마음으로 부처님께 반야심경 올린다.

"마하반야바라밀다심경 관자재보살 행심반야바라밀다시

조견오온개공 도일체고액 사리자 색불이공 공불이색
색즉시공 공즉시색 수상행식 역부여시 사리자 시제법공상
불생불멸 불구부정 부증불감 시고 공중무색 무수상행식
무안이비설신의 무색성향미촉법 무안계 내지 무의식계

무무명 역무무명진 내지 무노사 역무노사진 무고집멸도
무지역무득 이무소득고 보리살타 의반야바라밀다고
심무가애 무가애고 무유공포 원리전도몽상 구경열반
삼세제불 의반야바라밀다 고득아뇩 다라삼먁삼보리
고지 반야바라밀다 시대신주 시대명주 시무상주 시무등등주
능제일체고 진실불허 고설 반야바라밀다주 즉설주왈

아제아제 바라아제 바라승아제 모지 사바하
아제아제 바라아제 바라승아제 모지 사바하
아제아제 바라아제 바라승아제 모지 사바하"

***

다음 날 아침 목공장 출역한 두칠 눈빛 달라졌다. 하루 차인데 어제의 두칠 아니라 이제 환골탈태, 껍데기 벗어던진 뉴 두칠, 완전히 새로워진 혁신의 아이콘 이노베이션 두칠로 변모했다. 송

장 탈출작전 확정한 두칠이 동백교정마을에서 목공 경력 7년, 아니 8년 차라 구참(久參)이고 조장 자리 맡고 있어 부리는 아랫것들 많다. 더구나 두칠에게 천군만마는 작년에 여기서 만난 폭력조직 똘마니 3명이다. 밖에서 두칠이 한창 날릴 때 챙겨준 애들인데 보자마자 죽은 지아비 만난 것처럼 눈물 글썽이며 감격에 겨운 모습 영 맘에 든다. 사나이 우정 이럴 때 발하는 법인가 보다. 두칠이는 똘마니 셋 가운데 믿을 수 있는 둘을 찍었다. 그리고 지기 조로 데려와 늙은 할아버지 코흘리개 손주 살피듯 동생들 살뜰하게 챙겼다. 바깥 금고에 돈 두둑이 들어 있어 자금 넉넉하다. 빵, 우유, 오징어, 땅콩, 메리야스, 우루사, 연질캡슐 영양제 비나폴로, 청심환까지 먹는 것 입는 것 해결해 주고 아프면 약도 시켜줬다. 일 또한 슬슬 놀아가면서 할 수 있도록 부조장에게 일러 동생들 완벽하게 손아귀에 넣었다. 밖에서 나대던 건달, 깡패들 그렇게 일을 싫어한다. 빈둥빈둥 놀다 시장 나가 할머니 좌판 엎으며 깽판 치던 양아치 습성 몸에 배어 땀 흘려 일하는 것 싫어하는데 일하다 조상 급살이라도 맞았는지 일하면 마치 암 걸릴 사람처럼 질색한다. 두칠인 허접한 동네 건달 아니다. 비교적 큰 조직에서 활동하여 이 바닥 계보와 흐름을 어느 정도 파악하고 있다. 얘들 잘 길러 요긴하게 써야 한다. 하늘이 내린 천재일우 기회 놓치면 그대로 끝이고 안 그래도 종친 인생 장례미사곡 울려 퍼질 만큼 끝 좋 아니면 임종 치고 말 것이다. 두칠인 절대로 다비식 독경 소리와 장례미사곡 종소리 듣지 않겠노라 굳게 다짐한다. 양아치 건달 두 놈 네댓 달 먹였더니 감읍하여 두칠 앞에서 설설 긴다. 건달 두 녀석에게 충성 서약받았다. 백날 공들여 계획 세워봤자 얘네들 변심하면 그만 아닌가. 밀고(密告) 들어가는 순간 지옥문 열리는 거다. 그땐 다른 거 생각할 겨를 없이 그냥 죽어야 한다. 미련 따위, 망설임 따위 갖고 있다 더욱 처참한 결말 보게 되니까. 두칠은 동생들 조용한 데로 불러 입조심시켰다. 첫째도 둘째도 보안유지, 비밀은 입안에 있을 때 내가 주인이지만 입 밖에 나오는 순간 내가 비밀의 노예 되어 옴짝달싹 못 한 채 코 꿰어 질질 끌려다니게 된다고, 너희들도 발설하는 순간 무사하지 못할 것이니 각오 단단히 하라고. 건달들 역시 두칠 형님이 여태 잘해준 것도 있지만 아직 바깥조직에서 버린 것 아닌 줄 알기에 두칠이 말 허투루 듣지 않는다. 두칠이 마지막으로 쐐기 박는다. "세 치 혀로 무덤 파지 말 것!" 앞날 기약 없는 무기수가 동생들 먹이고 입히고, 만약 중국 가게 된다면 거기서 살 방도까지 마련한 것은 믿는 구석 있기 때문인데 상당량의 비자금 갖고 있어서다. 조직 생활 2~3년 된 초창기 시절 따르던 형 있었는데 그 형이 외국에 서버 구축하고 한국에서 불법도박 하는 인터넷 사이트 통해 눈먼 돈을 숫제 쓸어 담았다. 하루는 형이 일 좀 도와달라 해 집에 갔더니 집 안에 돈다발과 금괴 산처럼 쌓여 있었다. 경천동지, 기절초풍할 풍경인데 여긴 아파트라서 위험하니까 다른 곳으로 이

동시켜야 한단다. 그리하여 1kg 골드바와 5만 원권 돈다발 대형 가방 담아 한밤중 비밀리에 서울 외곽 외진 농가 창고로 옮겼다. 차량 두 대로 서너 번 왕복하며 옮겼는데 셀 수 없을 만큼 어마어마한 금액이었다. 형 혼잣말로 200억, 300억 어쩌고 했으니까. 근데 그 재벌 형이 한 달 후 꿈에도 생각 못 할 교통사고로 갑자기 세상을 떠버렸다. 두칠은 형수에게 형이 남긴 거라며 100억 주고 나머지 100억 꿀꺽 삼켰는데 배포도 이런 왕 배포 없다. 아무리 불법자금이라 해도 감히 남의 돈 100억을 눈 하나 깜박 않고 도둑질할 수 있단 말인가. 날강도 아니면 생각 못 할 일이다. 형수도 이 돈 남편이 불법도박으로 챙긴 것 알고 있다. 현찰과 금괴 100억이면 엄청난 금액인데 애초 피 묻은 돈이다 보니 정당하게 쓸 수 없는 것이다. 번듯한 집을 살 수도 없고, 거창한 외제 차 살 수도 없다. 수상한 낌새 눈치채고 세무서나 수사기관에서 조사 들어가면 끝장난다. 그래서 뭉텅이 돈 어디 깊은 데 숨겨놓고 조금씩 빼내 쓰는 방법밖에 없다. 그런데 불법도박에 전혀 관여하지 않음은 물론 어떤 역할이나 기여 않은 두칠이가 하루아침에 꿈에도 생각 못 할 거액 손아귀 넣고 돈방석 앉아 벼락부자 된 것이다. 그는 가로챈 100억 자기만 아는 은밀한 장소에 숨겨놓고 곶감 빼먹듯 야금야금 쓰고 있다. 금전 관리에 대하여 형에게 배운 게 있는데 상대에게 돈 있는 척도 말고 없는 척도 마라는 것. 돈 있다 내색하면 달라 하고 안주면 서운해하며, 너무 없다고 우는소리

하면 상대가 얕보고 무시한다는 것. 그래서 있다, 없다, 도통 표정에 나타내지 말고 가만있으라는 거. 친구나 지인들 밥 사 줄 때도 떠들지 말고 조용히 사 주고 어쩌다 얻어먹어도 가만히 먹고 나오라는 것. 백번 지당한 말씀이라 그대로 실행하고 있다. 이렇듯 두칠이 재력가인 줄 상상이나 하겠는가. 부모나 조상으로부터 재산 물려받지 않고 갑자기 하늘에서 뚝 떨어진 돈 받은 로또 당첨자와 두칠이 같은 사람 까딱하면 일 그르치는데 그건 부자들처럼 재산형성과정과 기업 성장 기간 거치지 않고 갑자기 큰돈 거머쥔 졸부들이 흔하게 하는 실수다. 재산 물려받았건 하루아침 돈벼락 맞아 부자 된 졸부건 평정심 유지하고 침착하게 자금 보관 및 재산증식 하면 아무 탈 없이 있는 사람 대열 합류하여 그들과 당당히 겨룰 수 있는 것이다. 누구든 돈 앞에서 흔들리기 마련인데 두칠이는 돌아가신 형님 가르침 따라 시키는 대로 하니 아무 말썽 없이 잘 유지되고 있다. 세상살이 어느 한구석 돈 필요하지 않은 곳 없으니 살아서도 돈, 죽어서도 돈이 현실이다. 지갑에 현찰 든든히 들어 있어 경제적으로 여유 있고 조직에서도 인심 잃지 않아 중국에만 가면 천국 펼쳐질 것이라 믿고 그저 자나 깨나 탈출 생각뿐이다. 두칠이는 오직 그 생각 하나 붙들고 하루를 버틴다. 밖에 있는 돈다발과 꿈같은 미래. 남의 눈에는 쌍무기 받은 살인범 죄수 두칠이 영원히 교도소에서 썩을 것 같이 보이겠지만 실상은 100억대 자산가 무기수로 큰 그림 그리는 중이라 그저 하루가 설레기만 한다는 것 알아주면 좋겠다.

　교도소 비치된 수형자 명부(수용자 신분 카드, 일반 국민 호적과 같은 것)엔 쌍무기 만기일 공란이지만 변동성 많은 세상에서 사람 운명 바뀔지 어찌 알겠는가. 옛말에 막히면 뚫으라 했거늘 세월 삭이며 일심 정진하다 보면 언젠가 철옹성 무너질 때 있지 않을까. 동굴 속 물방울 수만 년 떨어져 단단한 바위 구멍 내지 않던가. 맘먹기 따라 다르겠으나 세상사 불가능 없다고 본다. 두칠은 6개월 전부터 운동 열심히 하고 있다. 여태 안 한 건 아니지만 이번엔 운동강도 올려 세게 한다. 특히 심폐기능 높이려 오래달리기 집중적으로 하는데 이젠 속도 올려 1시간 가까이 뛰어도 거뜬하다. 운동 시간 되면 운동장 나와 가볍게 몸푼 뒤 처음 5분은 중간속도, 그리고 20분간 전력 질주한다. 그런 다음 나머지 5분 천천히 회복 운동 한다. 이렇게 하면 심폐기능과 지구력, 근력 향상되어 운동 효과 극대화되는 것이다. 그리고 공장 들어와 틈틈이 생수통 2개씩 묶어 만든 아령 든다. 일과 종료 후 방 들어갈 때도 밤에 마실 식수라 둘러대고 생수병 그대로 가져가 감방에서 두어 시간 아령 운동한다. 6개월간 10kg 감량 목표로 고강도 훈련하며 체중 줄이고 지구력과 심폐기능 올리고, 이게 큰 그림 그리는 두칠이 비장의 카드이자 장기 마스터 플랜인 셈인데 작전명 '토낀다 이거야!'. 운동장에 오래된 버드나무 한 그루 있는데 성인 3~4명 두 팔 벌려야 보듬을 수 있어 수령 꽤 된 것 같다. 버드나무 뒤쪽 공장 벽면에 낡은 시계 걸어져 있고 그 옆 액자에 한자로 '愚公移山'이라 써져 있다. '어리석은 영감이 산을 옮긴다.' 꾸준한 사람, 무던히 성실한 사람이 목적 이룰 수 있단 뜻이다. 의미심장한 글귀라 가슴에 새긴다. 두칠인 운동 나가 철공 아는 친구에게 부탁하여 줄톱 토막 구해 쉬는 시간 틈틈이 갈아 예리한 칼 2개 만들어 볼펜 속에 넣은 뒤 아무도 모를 은밀한 장소에 숨겨뒀다. 볼펜 속 숨길 정도로 작지만 날 길이 5cm인 데다 면도날처럼 잘 들게 갈아 맘먹으면 사람 해칠 수 있는 치명적인 도구로 쓸 수 있다. 그리고 소나무로 칼 손잡이 만들었다. 칼집에 날 끼우면 15cm짜리 살상용 단도로 변신할 것이다. 단도 작업 마친 두칠이 창밖에 음식물 끼운 낚싯줄 던져놓고 기다리고 있다. 여기선 비둘기 총으로 잡을 수 없으니 낚시로 잡는다. 우선 강성 좋은 철사 이리 구부리고 저리 구부리며 갈고 다듬어 낚싯바늘 만드는데 바늘 완성될 즈음 날카로운 쇠로 바늘 안쪽 끝부분 살짝 내리쳐 미늘(Barb) 만든다. 바늘에 미늘 없으면 물고기는 물론 비둘기도 미끼만 따먹고 빠져나가기 일쑤다. 낚시와 낚싯바늘 역사 예상보다 긴데 고고학자들은 고대 혈거인이 뼈에 남긴 도구 흔적과 뼈 무더기 위치 등을 근거로 낚시가 약 150만 년 전 호모에렉투스 시대부터 행해졌다고 추론한다. 물론 인류의 본격적인 낚시 행위는 약 4만 년 전으로 보지만, 돌과 달리 뼈는 다른 물체로 치며 쪼개는 박편(剝片, knapping) 기술 통해 뾰족한 도구 만들어 냈고, 이는 손질, 절단 등 다양한 작업에 이상적인 도구가 되었다. 이렇게 하여 탄생한 낚시는 짐승 사냥하기보다 훨씬 쉽고 덜 위험했을 것이다. 그들은 고지(Gorge: 날카로운 뼈와 조개껍데기로 만든 양날형 도구로 가운데에 구멍 뚫어 실 묶을 수 있게 돼 있다)나 창 만들었고 긴 세월에 걸친 시행착오 끝에 미늘 고안하지 않았을까. 미늘은 낚싯바늘 끝 뾰족한 부분 안쪽에 있는, 거스러미처럼 되어 고기가 물면 빠지지 않게 만든 꺼끌꺼끌한 작은 갈고리다. 육식동물이 먹다 남긴 고기나 나무 열매 먹던 그들에게 싱싱한 물고기는 축복이었을 것이고, 농경 시작되기 훨씬 전부터 그들은 물가 누비며 낚시하고, 개울 만나면 한데 어울려 물고기 쫓기도 했을 것이다.[*] 그러나 뼈와 조개껍데기로 물고기 잡는 건 한계 있어 어로 도구로서의 형태와 효용성 갖추기 시작한 것은 지금으로부터 2,700여 년 전, 초기 철기시대로 보고, 낚싯바늘에서 미늘로 발전하기까지 약 300~500년 정도 걸린 것으로 추정하는데 만약 낚싯바늘 발명하고 미늘의 원리 찾아내지 못했다면 물고기잡이 쉽지 않아 오랫동안 어로 작업 힘들지 않았을까 생각한다. 두칠이 비둘기 포획 작업은 처음에 새우깡으로 유인하여 입질 오면 마른오징어 물에 불려 바늘 끼어놓으면 직방이다. 녀석들 오징어 먹으러 코 벌름거리고 달려드는데 가장 골치 아픈 방해꾼 고양이다. 그렇게 잡

....
* 《한국일보》 2012. 11. 02.

은 비둘기 삶으면 된다. 취사장에 부탁해도 되는데 비밀유지 때문이기도 하지만 접때 취사장에서 고양이 중탕 사건 일어나 난리 났었다. 인쇄 반장이 늙은 이무기(무기수)다. 머리와 눈썹 하얗게 세어 수용자들 사이에선 산신령으로 불린다. 그 영감 들고양이 몇 마리 키우는데 사방 막힌 그곳에 들고양이 어떻게 들어왔는지 불가사의한 일이다. 근데 다른 공장 애들이 고양이 두 마리 잡아 취사장에 부탁하여 끓여 몸보신하고 말았다. 산신령 건지 모르고 한 짓인데 영감 길길이 날뛰어 고양이 중탕해 준 취사장 애들하고 먹은 놈들 모두 징벌방 가고 말았다. 그래서 보안유지도 그렇거니와 중탕 사건으로 뒤숭숭해 차라리 혼자 끓이는 게 나을 성싶어 그리 한 것이다. 목공작업 하는데 목재 접착용(공업용) 풀 반드시 필요해 항상 풀 끓이는 그릇 있다. 거기서 풀 끓여 작업할 때 쓴다. 두칠인 작업 마치고 혼자 있을 때 풀 그릇에 비둘기 삶아 살 발라낸 다음 소금 짭조름하게 뿌려 창가 매달아 말렸다. 비둘기 두 마리 말리자 일주일 치 식량 확보된 것 같다. 일부러 딱딱하게 말려 입에 넣은 뒤 한참 불려야 먹는데 그렇게 차돌처럼 말리지 않으면 쉽게 변하고 냄새 풍겨 쓸 수 없게 된다. 만약 탈출 성공한다면 음식물 때문에 민가 골목 어슬렁대다 붙잡힌 경우 많은데 그럴 때 대비하여 비둘기 육포 잘게 썰어 준비한 것이다. 음식물 등 모든 사항 밖에서 동생들이 알아서 하겠으나 만에 하나 차질 생길까 봐 비상용 칼과 비둘기 육포 마련하며 대비하고 있다.

수용복 벗어 던지고 입을 옷은 평범한 점퍼와 바지, 혹여 사람들 눈에 띄어도 의심 사지 않을 정도로 무난한 모양과 색깔 구해 거사 날 아침, 두칠이 입관 직전 똘마니들이 동료 눈 피해 관 바닥에 살짝 깔아놓을 것이다. 5만 원권 현찰 100만 원과 함께. 며칠 전 바깥 애들이 관 싣고 나가는 화물차 경로 따라가 봤는데 갑산군, 거기서 승용차로 이동하면 대풍항 10분 내 도착할 거라 했다. 옷, 돈, 칼, 육포, 6개월간 피나는 운동으로 10kg 이상 뺀 탄탄한 근육질 몸매. 어렵게 마련한 조건들이 두칠이 지옥문 열고 나와 목적지 향할 때 허기 벗어나게 하고 체력 유지시켜 대한민국 교정 역사상 가장 웅장하고 드라마틱한 엑시트 서사(敍事), 자유를 향한 야생의 몸부림 연출하는 데 기여하게 될 것이다. 두칠은 벅차오르는 감정 억누를 수 없어 오른손으로 가슴 툭 치며 자신 앞에 펼쳐질 화려한 성공을 확신했다. 기분 같아선 샴페인이라도 한잔 마시며 동생들과 축포 터뜨리고 싶은 마음이다.

사실 두칠에게 일기일회, 결정적인 순간 있었다. 1심 미결 땐데 법원에 오후 출정 나가다 출정 차에서 계호직원 실수로 최루탄 발사된 것이다. 구치소 호송직원은 M16 소총, 권총, 최루가스 분사기(가스총) 휴대하고 다니는데 직원이 호송차 안에서 작동 잘못하여 오발 사고 나버렸다. 갑자기 탕! 하고 총소리 울리더니 최루가스 퍼지며 차 안에 가스 가득 차버린 것이다. 누가 먼저랄 것 없이 콜록대며 기침하기 시작하는데 직원, 수용자 가리지 않고 여기저기 콜록대며 눈물, 콧물 흘리고 숨 답답하다 소리 지르고 난리도 이런 난리 어딨을까 싶었다. 거기다 근접거리에서 뒤통수에 직접 최루탄 맞은 직원 밀가루 한 바가지 뒤집어쓴 것처럼 머리카락 하얗게 변하고 두통 호소하며 드러눕고 출정차 운전하는 기사마저 운전대 잡은 상태로 콜록대니 비상상황 직감한 호송 책임자가 이러다 사고 날까 두려운 나머지 승객을 도로 중앙 삼거리에 있는 조그마한 교통섬에 모두 내리게 했다. 수갑에 포승줄 차고 굴비처럼 엮인 죄수 한 무더기 밖에 쏟아져 나오자 지나가는 차와 도롯가 행인들 신기한지 발걸음 멈추고 모두 구경한다. 수용자 20여 명, 직원 7~8명. 모두 30명 가까이 되는 인원이 교통량 많은 번잡한 삼거리 비좁은 교통섬에 갇혀 연신 콜록대기 바쁘니 가는 차, 오는 차 서행하며 세상 더없는 진풍경 구경하느라 정신없다. 도로에도 인파 가득하다. 지나가는 사람들 걸음 멈추고 구경하느라 복잡한 길거리 사람으로 가득 찼다. 직원들이 구치소에 무전으로 긴급구조 요청하고 무전 접수한 구치소에선 경찰에 알려 순찰차 현장으로 출동하도록 요청했다. 구치소에서 급히 무장 직원과 차량 급파하는데 소에서 사고 현장까지 거리 있어 금방 당도하기 어렵다. 직원들은 수용자 에워싸고 M16 소총과 45구경 권총에 탄창 끼워 만약의 사태를 대비했다. 수용자 도주할 때 발포해야 하기 때문이다. 전혀 예상하지 못한 돌발사태 벌어졌는데 지금 같으면 튀었겠으나 당시 두칠이는 구속되어 1심 재판 중이었고 검사 구형 나오기 전이라 튈 생각 하지 못했고 최루탄 사고도 엉겁결에 벌어진 일이라 도로에 앉아 재채기하며 호송차 오기만 기다렸다. 아까 차에서 도로에 쏟아지며 정신없을 때 연승줄 풀어져 단독포승 상태라 마음먹었다면 기회 있었다. 교도소·구치소 같은 교정기관에서 수용자 호송 때 먼저 손목에 수갑 채우고 거기에 포승줄 덧대어 묶는다. 그런 다음 도망가지 못하도록 3명, 5명 단위로 포승줄 연결하는데 이것을 이어 묶는다 하여 연승(連繩)이라 한다. 연승줄 풀려도 수갑과 포승 그대로 남아 있지만 일단 몸이 혼자니까 어떻게 움직여 볼 여지 있는 것이다. 도롯가 앉아 한참 기다려도 구치소 호송차 오지 않는데 차 많이 막히는 모양이다. 그때 차량 사이 지나가던 오토바이 한 대 두칠이 쪽으로 가까이 접근하여 멈추더니 헬멧 벗고 눈짓한다. 탈 거냐 묻는 표정이다. 두칠과 오토바이 거리 2~3m 정도, 근데 어딘가 낯익은 얼굴이다. 자세히 살펴보니 이게 웬일인가. 조직 막내 세영이 아닌가. 손목 수갑 채워지고, 포승줄 묶였다 해도 오토바이 올라탄 다음 세영이 등에 몸 밀착시키고 고목에 매미 붙은 것처럼 찰싹 엉겨 개 허리띠 꽉 붙잡으면 위험지역 벗어나는 데 문제없다. 일단 사격 거리 이탈하면 나머지는 적당한 장소에서 수갑 풀고 포승 풀어 자유의 몸 된 다음 멀리 사라지는 퍼펙트게임 완성되는 것이다. 두칠이 지금 이거 타고 내빼면 경찰과 교도관 차 막혀 쫓아오지 못한다. 날렵한 오토바이 비좁은 차량 사이 헤집고 요리조리 곡예 운전하며 전속력으로 달리다 골목 들어간 뒤 샛길로 해서 멀리 달아나 숨어버리면 거기서 경기 끝인 것이다. 훗날 그 녀석 면회 와서 하는 말이 그날 시내에서 친구들과 약속 있어 다녀오는 길이었는데 최루가스 냄새나고 사람들 많이 모여 있어 무슨 일인가 싶어 가까이 가보니 형님이었다고. 자기도 대가리 굴리고 이것저것 계산할 겨를 없이 나 보는 순간 태워야겠다는 거 외 아무 생각 없었다며 일부러 만들려 해도 만들 수 없는 우연도 이런 우연 어디 있겠냐고, 그때 왜 타지 않았냐고 물었다. 직원들 총 들고 있긴 했으나 그때 세영이 오토바이 탔더라면 어떻게 됐을까. 집중사격 받아 현장에서 사살됐거나 아니면 탈출 성공해 외국으로 내뺐거나 둘 중 하나였겠지. 우연에 우연이 겹치면 필연이 된다. 총기 관리 엄격하기로 소문난 교도소 호송차에서 비록 가스 분사기라 해도 오발 사고 났다. 보통 그런 일 벌어지지 않는데 사고 나 살인범 포함하여 수용자 20명 넘게 길거리 나와 앉아 있고 그때 그 많은 사람 중에 하필 우리 세영이가 기동성 좋은 오토바이 타고 두칠 앞에 나타났다. 이거야말로 하늘이 내린 천재일우 아니면 무엇이겠는가. 탈까, 말까. 타야 하나, 말아야 하나…. 그 짧은 순간 두칠 머리에 삼라만상 수천 번 지나갔다. 시간 되돌려 만약 지금이라면 어떤 희생 치르더라도 도주 실행했을 것이다. 총 맞고 그 자리 죽어 자빠지며 장렬하게 전사

(?)한다 해도 결코 가만히 있지 않았을 것이라 확신한다. 사람에겐 누구나 기회와 순간이 있다. 기회는 공간 개념으로 뭐든 추구할 수 있는 가능성 영역이고, 순간은 시간 개념으로 주어진 짧은 찰나의 시간 효율적으로 활용하여 결과 도출해 내는 창조 영역이다. 그날 두칠에게 찾아온 기회와 공간 어떻게 사용하는 게 가장 좋았을까. 영원히 풀지 못할 숙제로 남아 있다. 얼마 후 경찰순찰차 출동해 수신호로 정차된 차량 빼내고 무장경찰 여럿이 교도관과 합세하여 수용자 포위망 구축하며 경계강화 들어갔다. 그리고서 20여 분 더 기다리자 이제야 구치소 구조대 온다. 사이렌 울리며 달렸는데 도로 많이 막혔단다. 검찰청 구치감 도착하여 수돗가에서 씻으니 이제 좀 살 것 같다. 나중에 직원들 우스갯소리 하는 것 들으니 동료들이 그날 가스총 발사한 직원 '발포 공무원'이라 부르며 놀려대니 당사자 얼굴 빨개지고 직원들에게 커피 돌리며 사과한 모양이다. 그런데 발포 직원은 혹독한 뒤풀이 감당해야 했다. 평소 성질 고약하고 뒤끝 있는 출정책임자 계장한테 거의 빈사 상태 이를 만큼 코피 터지게 깨졌는데 얼마나 심하게 닦달하는지 옆에서 보기 안타까울 정도였다. 두칠이 20대 초반으로 징역 막 들어왔을 때니까 까마득하게 오래된 얘기인데 지금도 그때 생각하면 온몸 전기 통하는 것처럼 저릿해진다.

가을이다. 다음 주 '추계수용자체육대회' 한다는 현수막 큼지막

하게 붙어 있고 운동장에 만국기 펄럭인다. 1년 농사 가운데 가장 큰 행사 치르기 위해 직원들 분주하게 뛰어다니고 교정마을 시끌벅적하다. 씨름, 달리기, 배구, 모래주머니 오래 들기, 장기자랑. 더욱이 밖에서 유명 연예인 초청하여 노래 들려주고 수용자 사기 앙양 차원에서 늘씬한 밸리 댄서 데려와 배꼽춤 추며 엉덩이 흔들어 대면 하루 서너 번 화장실 들락거리며 딸딸이 표 엔진오일 빼내야 하는 젊은 새끼들 못 견디고 그 자리에 질질 싼다. 체육대회 전 마지막 상차 일정표 보니 화물차 두 번 들어올 예정이다. 두칠이는 거사 날을 8톤 차 들어오는 목요일로 잡았다. 오늘이 수요일, 거사 하루 전인데 예상치 못한 대형사고 발생했다. 목공 바로 옆 교도소 시설 보수와 관리 담당하는 영선부 작업반장 용식이가 인질극 벌인 것이다. 이게 무슨 날벼락인가. 다 된 밥에 코 빠뜨려도 유분수지 미치고 환장할 노릇이네. 개자식, 많고 많은 날 가운데 하필 오늘이란 말인가. 오늘 오전 용식이 면회 다녀오더니 갑자기 자기 목에 작업용 커터칼 들이대고 애인 데려오지 않으면 칼로 자기 목 긋고 죽어버린단다. 교도소에 비상 발령되고 기동타격대 진압복 차림으로 출동하여 박용식과 대치 중인데 보안과 간부들과 과장까지 나와 설득해 보지만 요지부동, 큰 소리로 고래고래 악다구니 쓰며 빨리 애인 데려오라 외치며 목에 칼 대고 있다. 자기에게 전화기 먼저 달라고 해 관용 전화기 건네주자 애인과 통화 시도한 모양이다. 인질범과 거리 있어 자세히 들리지 않은데 느낌이 대화 잘되지 않은 것 같다. 급기야 악써대며 전화기 바닥에 팽개쳐 버리니 사태 예사롭지 않게 돌아간다. 기동타격대 가스 분사기와 최루탄, 방패로 무장하고 녀석 덮칠 기회 노리지만 좀처럼 틈 보이지 않고 용식이 점점 더 흥분해 날뛰는데 이러다 사고 날까 봐 걱정된다. 안 되겠다 싶어 관에서 급히 용식이 가족과 애인에게 전화해 상황 설명하고 급히 교도소로 와달라 부탁하니 가족들 뛰어왔다. 먼저 면회실에 애인 들여보내 설득할 예정인데 용식이 태도 돌변하여 면회실 안 갈 테니까 휴대전화 연결해 달란다. 민원실 대기 중인 가족이 교도소 공용전화기로 전화 걸어 통화하는데 엄마가 달래도 막무가내, 아까 면회 때 무슨 일로 애인과 다투다 여자가 헤어지자 한 모양이다. 여자 설득시켜 흥분한 수용자 달래야 한다. 기동대는 한 발짝도 전진하지 못하고 대치 중이다. 극도로 흥분한 인질범 무슨 짓 할지 모르니 신중하게 접근해야 한다. 상담실, 조사실, 보안과 총출동하여 여자 설득했다. 나중에 헤어지더라도 오늘은 용식이 진정시켜야 한다고. 1시간 이상 설득하여 가까스로 여자 승낙 받아냈다. 엄마가 그렇게 애원해도 꿈쩍 않더니 여자 한마디에 좀 풀어진 듯하다. 일단 목에 댄 칼 치우고 장소변경접견실(칸막이 없어 손잡아 볼 수 있는 접견 장소)에서 애인 만나라 했더니 그건 안 되고 흉기 휴대한 상태로 접견하겠단다. 그건 교도소 측에서 절대 용납할 수 없는 조건이다. 보안과 내부에서 강제 진압하자는 의견 제시했으나 흉기 소지한 수용자 안전 고려하여 조금 더 인내하기로 한 후 정문 봉쇄하고 무장 직원 배치한 다음 장소변경접견실로 셀프 인질범 데려갔다. 밖에서 들어온 애인 먼저 입장시킨 후 접견실 문 앞에서 마지막 설득을 했다. 애인 앞에서 목에 칼 대고 있으면 되겠냐고. 10여 분 실랑이하다 어찌어찌 달래서 칼 수거하고 용식이 들여보냈다. 여자가 웃는 얼굴로 살살 설득하니 좀 풀어진 것 같다. 접견실에서 애인과 1시간 이상 진솔한 대화 나누며 상당 부분 오해 푼 다음 여자 헤어지지 않기로 약속하고 면회 마쳤다. 가족 안심시켜 귀가하게 한 후 기동대 달려들어 범인 제압했다. 수갑과 포승으로 결박하여 독방 처 넣으니 어린애처럼 울음보 터뜨린다. 내일이 기다리고 기다리던 거사 날이고 일주일 후 수용자 추계체육대회인데 영선작업반장 잔치에 초 쳐버린 것이다. 두칠이는 인질극 보며 그만 패닉 상태에 빠져버렸다. 이렇게 되면 내일 상차 여부 불투명하고 거사 물거품 되는 거 아닌지 걱정 태산이다. 우거지상 되어 있는데 동생 녀석들도 적잖이 당황한 모양이다. 이튿날 교도소 반격이 시작됐다. 인질범 박용식을 아랫녘 깊은 산골에 있는 교도소로 이송조치한 것이다. 원래 규율위반 수용자 해당 기관에서 징벌 먹인 뒤 이송 보내야 하는데 법무부 특별 승인받아 날 새자마자 새벽같이 모두 가기 싫어하는 오지 중의 오지로 날려버린 것이다. 녀석 성질 한 번 부렸다 톡톡히 대가 치르게 됐다. 용식이는 거기서 출소 때까지 독방생활 하며 고생할 것이다. 징벌 먹어 가족 면회도 한동안 못 하고…. 아무리 철딱서니 없기로서니 불혹 지난 사람이 애인 문제로 볼썽사나운 행패 부리면 되겠는가. 그런 태도와 정신으로 사니 평생 이 모양 이 꼴인 게지. 평소 직원 지시 잘 따르고 동료들과 원만하게 지내며 묵묵히 일 열심히 해 착실한 줄 알았던 영선작업반장 용식이가 동백교정마을 한 번 들었다 났다 하고서 멀리 산골로 수양 떠났다. 거기서 맑은 공기 마시며 썩은 영혼 깨끗이 씻어낸 뒤 사회 나가면 좋겠다. 전혀 예상하지 못한 돌발사태 벌어져 간 콩알만 해지고 속 시커멓게 탔는데 천만다행으로 오늘 상차한단다. 업체에서 급하게 납품해야 하는데 물건 반드시 실어 가야 하나 보다. 두칠이 안도의 한숨 내쉬었다. 소장 열받아 성질부리고 상차 일정 변경되면 도로 아미타불 된다. 어차피 신기야 하겠지만 일이라는 게 한번 얼크러지면 안 되는 법이다. 맘먹었을 때, 계획 세웠을 때 해치워야지 다음에 다시 도모하여 성공한단 보장 없지 않은가. 그리고 조직 동생 애들 지금은 잘하고 있지만 사람 마음 언제 어떻게 될지 모르는데 이런 일은 대개 늦추면 실패하는 법이다. 두칠이 십년감수했다. 가슴 쓸어내리고 다시 전열 정비한다. 목요일 오전, 우여곡절 끝에 드디어 화물차 들어와 상차 준비한다. 두칠이 목공장과 운동장 들락거리며 체육대회 예선 참여하는 흉내 내며 시선 분산시키다 어느 순간 공장 들어와 쥐도 새도 모르게 슬며시 관에 들어가 바닥에 드러누웠다. 목관 차에 실을 사람 똘마니 녀석들인데 그들은 미리 분필로 살짝 표시해 둔 관 찾아 차량 바닥에 조용히 싣는다. 그렇게 되면 두칠이 누워 있는 관 위에 차곡차곡 빈 관 쌓이고 관 뚜껑 덮여 있는 데다 줄로 포박되어 교도소 정문 통과할 때 보안검색직원 눈 피할 수 있다. 화물차에 잔뜩 실린 관 줄로 칭칭 묶어놨으니 검색직원인들 그걸 어떻게 다 확인하겠는가. 물론 의심 살 만한 정황 발견하거나 비상상황 벌어지면 공장 원위치하여 정밀 수색하겠지만 평상시엔 업무 효율상 차에 실린 짐 모두 풀어 하나씩 검색할 수 없는 것이다. 다만 보안과 소속 정문 직원이 목관 반출 시 모든 공장과 사동 인원점검을 한다, 목관 들어가 탈주 도모하는 음험한 범죄자 색출하기 위해. 목공장부터 순차적으로 전화하여 현재원 몇 명인지 묻고 이상 없으면 통과, 인원 맞지 않으면 인원 맞을 때까지 통과 보류하는 식이다. 그런데 목공 포함하여 철공, 인쇄, 옵셋, 안테나 조립, 조화와 취사장 이르기까지 개방에서 폐방 사이 인원 변동 수시로 생겨 담당 직원이 세심하게 확인하지만 접견, 종교집회, 교화 상담, 의무과 진료, 분류과 심사, 출정 등 종류 너무 많고 출입 빈번하여 정원 이상 없는데도 하나 빈 걸로 나올 때 있고, 한 명 부족한데 서류엔 이상 없는 걸로 나와 담당 직원 인원확보 하느라 애먹는다.

두칠인 체육대회 예선 치르러 나간 것으로 동생들과 입을 맞췄다. 완벽하게 보이기 위해 실제로 예선 경기 참석하여 열심히 뛰는 시늉 하다가 잠깐잠깐 화장실 다니며 직원 동태 살피곤 했다. 계획한 대로 운동장 복작복작한 데다 직원이 누구 찾으러 오면 방금 여기 있었는데 화장실 간 모양이라 둘러대는 게 가장 안전한 방법이다. 드디어 살인에 무기징역 두 번 받은 흉악범 조두칠 누워 있는 소나무 송장관 차에 실리고 채 1분 되지 않아 정문 도착했다. 국가 형벌 집행 현장인 교도소 최후 보루가 정문이다. 뚫리거나 함락되면 절대 안 되는 난공불락 철옹성 앞 도착한 것이다. 목숨 담보하고 사선에 선 두칠이 솔향 풍기는 한 치짜리 좁은 소나무 관에 누워 터질 듯 심하게 벌렁대는 심장 움켜쥔 채 죽음을 넘어 시대의 어둠을 넘어 타는 목마름으로 기도한다.

"나무관세음보살!"
"나무석가모니불!"

"나무관세음보살!!"
"나무석가모니불!!"

산소 희박한 히말라야 8,000m급 자이언트봉 죽음의 지대 지나가기보다 더 어렵다는 지구상에서 최고로 삼엄한 보안검색 자랑하는 동백교정마을 마지막 저지선 돌파해야 하는 두칠이도 어김없이 정문 보안검색직원의 인원확인 차례다. 일각여삼추(一刻如

三秋)라는 말 떠오른다. 일각은 15분이고 여삼추는 가을 세 번 오는 것이니 얼마나 시간 더디게 가면 이런 표현 쓰겠는가. 두칠 조상님 보호 아래 일각여삼추 부디 찰나처럼 지나가야 한다. 찰나(刹那)는 오늘날 시간 개념으로 1초를 75로 나눈 0.013초의 매우 짧은 순간이다. 남이 몰라 그렇지 입 바싹바싹 마르고 똥줄 타들어 가며 일생일대 목숨 걸고 대사 치르는 탈주범에게 0.013초는 얼마나 아득한 시간이겠는가. 그러나 미리 짠 각본대로 체육대회 예선 경기 들먹이며 넘어가 개미 새끼 한 마리 빠져나갈 수 없는 마의 정문 통과하는 데 성공했다. 두칠인 철커덕하고 무거운 철문 닫히는 소리와 앵앵거리며 구급차 지나가는 소리 듣고서야 비로소 성공을 확신했다. 이제부터 시간 싸움이다. 교도소 정문 빠져나왔으나 언제든 인원점검에서 발각되어 비상 걸고 화물차 수배 내리면 힘 한번 못 써보고 잡히고 만다. 그러기 위해선 최대한 빨리 관에서 탈출해야 한다. 화물차 운전기사는 쌍무기 받은 살인범 차에 타고 있는 줄 꿈에도 모른 채 목적지 향하고 있다. 이미 확인한 대로 교도소에서 제작한 나무 관 실은 화물차가 가까운 부둣가 창고에 짐을 하역했다. 두 번째 관문은 사람들 눈 띄지 않게 창고 빠져나가는 일이다. 앞으로 30분 정도면 탈옥 사실 발견하여 경찰 비상 걸어 검문검색 강화하고 공항, 항만, 철도 차단한 뒤 이 잡듯 뒤지기 시작하면 잡히는 것 시간문제다. 두칠인 마의 시간대를 20분으로 잡고 필사의 탈출작전을 감행했다. 관 야적창고에서 잽싸게 빠져나온 뒤 준비한 사복으로 갈아입고 대기하고 있던 승용차로 갈아탄 뒤 갑산 대풍리로 향했다. 도착하자 동생들이 마련해 둔 소형 낚싯배 기다리고 있다. 목적지는 대롱개섬, 육지에서 65km쯤 떨어진 서해 무인도로 거기서 낚싯배 위장한 고속정 타고 공해상 진입한 다음 중국 옌타이로 가는 것이다. 중국 도착하면 나머지는 조직에서 감쪽같이 처리할 것이다. 파도 잔잔해 1시간 30분 만에 대롱개섬 도착했다. 괭이갈매기 무리 탈옥수 보고 놀랐는지 깃 펄럭이며 꽥꽥거린다. 고속정 올라탔다. 어선처럼 생겼는데 최신식 디젤 모터 기반 고속엔진 달고 듀얼 스크류 프로펠러(선박 뒤쪽에 스크류 프로펠러 2개 장착된 것. 제트분사 방식 아니지만 강력한 모터 힘과 쌍날 스크류 고속회전하는 추진력으로 물살 밀어내면 선박 속도 매우 빨라짐) 장착하여 바다 위 떠서 날아다니는 수중익선에는 미치지 못하지만 해안경찰 경비정으론 따라잡기 힘든 시속 35노트 속도로 힘차게 수면 가르며 내달린다. 두칠이는 시간 널널한 감방에서 무위도식 그냥 보내지 않았다. 산악 책도 보고 선박 관련 도서 꽤 읽었다. 거기 보면 다양한 선박 이야기 나오는데 고속정은 속도 비례하여 물의 저항 심해 선체 균형 잡는 것이 필수라 반드시 선박 바닥의 중앙을 받치는 길고 큰 재목, 사람으로 치면 등뼈와 척추에 해당하는 용골(龍骨) 위 평평한 부분에 평형수나 바닥짐(Ballast) 실어야 한다. 흘수선[吃水線: 선박과 물의 경계선 따라 선체 잠기는 한계선을 말함. 흘수선 기준으로 위쪽 물에 잠기지 않는 부분을 건현(乾舷), 흘수선 아래 물 잠기는 부분을 흘수라 함] 적당히 잠기도록 바닥짐 실어야 고속으로 운항해도 배 균형 잡혀 전복되지 않는다. 짐 필요 이상으로 많이 실으면 너무 가라앉아 속도 느려지고 반대로 조금 실으면 선박 균형 잡히지 않아 고속항행, 파도 등 어려운 바다 환경에서 원심력 잃어 배 뒤집혀지는 위험 초래하므로 바닥짐 적당히 실어 안정성 유지해야 한다. 아까까진 괜찮더니 큰 바다 나오자 파도 거칠게 인다. 배는 전속력으로 물살 가르며 한국영해 벗어나기 위해 거침없이 나아간다. 선박이 앞으로 나아갈 때 받는 물의 저항에는 선체와 물의 마찰로 인해 생기는 마찰저항과 파도 만들면서 생기는 조파저항 있는데 이 배가 마찰저항, 조파저항 모두 극복하고 무사히 감시자 시야에서 벗어나길 두칠이는 조상님께 빌고 또 빌었다.

  그렇게 두어 시간 지났을까. 엔진 과열 걱정할 정도로 전속력 직진하는데 뒤에서 해안 경비정 따라붙는다. 큰일 났네, 이를 어쩐다. 탈옥 발각됐거나 아니면 한국 영해 벗어나려는 수상한 선박 레이더망에 걸려 해상검문 하려고 정선 명령 내리는 것 같다. 그러지 않길 바라지만 교도소 목공장에서 인원점검 하다 들통나 법무부와 경찰 비상발령 떨어지고 관 운반한 화물차 추적해 그새 서해 대롱개섬 바깥 공해상 부근까지 쫓아온 것일까. 두칠이는 입 바작바작 마르고 총이 센 머리카락 뻗두룩하게 일어선 채 발포와 선박 침몰 걱정에 속이 타들어 갔다. 지금 이 순간 죽느냐 사느냐 절박한 상황, 두칠이가 긴 세월 각고의 노력 끝에 만들어 낸 기회 아니던가. 그동안 오직 오늘을 위해 뼈 깎는 고통 이겨내며 이 악물고 견디었다. 죽으면 죽었지 여기서 이대로 물러설 순 없지 않은가. 두칠은 경비정 추격하고 총 쏘아대도 끝내 해경 선박 따돌리고 중국으로 갈 수 있다는 신념 재확인하며 젖 먹던 힘까지 짜내어 최고 속도로 전진, 또 전진하고 있다. 탈주 범인 탄 것으로 의심되는 선박 추격하는 경비정도 속도 엄청나게 빠르지만 고속엔진 장착한 낚싯배 속력 막강해 경비정 쉽게 접근하지 못하고 있다. 무엇보다 파도 거칠어 가까이 온다 한들 뱃전에 붙이기 어려워 경고방송만 반복하고 있다. 멈추라고, 그러지 않으면 발포한다고…. 이쪽에서 들은 척 않고 도망가자 실제 사격을 가했다. 조타실 유리창 깨지고 여기저기 실탄 파편 박혔다. 경비정에서 계속 경고방송 이어진다. 그러다 어느 순간 시커먼 연기 내뿜으며 기관 멈추고 만다. 무리하게 낚싯배 뒤쫓던 해안 경비정 엔진에 과부하 걸려 기관 멈춰버린 것이다. 이제 살았다 싶었는데 갑자기 하늘에 헬리콥터 떠 뱃머리 돌리지 않으면 침몰시키겠다 경고한다. 헬리콥터 두 대 낚싯배 위로 빙빙 돌더니 해경 특공대원 침투 시도한다. 그런데 파도 거칠어 여러 번 하강 줄 내리며 침투 작전 반복시도 하는데도 배에 닿지 못한다. 풍랑으로 고무보트도 띄울 수 없는 상황이라 경고방송 계속하더니 기총소사 갈겨댄다. 위에서 내려다보며 기관총으로 드르륵, 드르륵 갈겨대니 선박 여기저기 파손되고 항행 불능 상태 빠지게 생겼다. 두칠이 운 여기까지인가 보다. 돈 주고 매수한 선장은 아까 대롱개섬에서 배 옮겨탈 때 낚싯배에 남게 하고 죽음의 밀항선엔 두칠이 혼자다. 이제 두칠이와 공격헬기 싸움. 이미 마음 비우고 죽음 각오한 두칠이가 엔진 속도 임계치까지 올려 미친 듯 파도를 갈랐다. 현재 위치 북위 36도61, 동경 123도01. 여기서 5분, 더도 덜도 말고 5분만 달리자. 마지막 힘 쏟아부어 조금만 더 가면 공해, 이 바다 운항하는 세계 모든 선박의 항행 자유 보장되는 국제영역 공해상 들어서는 순간 한국군 군사작전 멈춰야 한다. 두칠인 사력을 다해 한국영해 벗어나 공해로 나가기 위해 이 악물고 몸부림쳤다. 이번 도주 사건 계획하며 두칠이가 결정적인 실수 한 가지 했는데 총기구입 빠뜨린 부분이다. 동생들 얘기로 돈만 주면 무기브로커 통해 청계천 세운상가나 러시아 선박 들어오는 부산 쪽에서 어떻게 구해볼 수 있을 것 같다고 했다. 쉽지 않은 작업인데 무기브로커와 협상 잘하면 전혀 불가능하진 않을 것 같단 얘기다. 그리고 만약 구매 성공한다면 물건은 신품 아니라 중고란다. 전문적으로 총 쓸 일 없는 두칠이 새것 사서 어디 쓰겠는가. 오히려 중고품이 길 나서 총알 잘 나가고 사용하기 훨씬 편하지. M60 기관총이 화력에서 최고인데 그건 군부대나 무기고에서 훔치기 전엔 불가능하고 러시아 선원들도 주로 리볼버 같은 권총 취급하여 AK47도 구하기 어려우니 기관총은 포기하고 일단 M16 시도하는데 소총값 정당 천만 원이고, 실탄 스무 발들이 탄창 5개 해서 모두 1,300만 원에 훌륭한 자동소총 구할 수 있을 거라는 전언이다. 돈은 얼마 들어도 상관없고 무기성능 확인과 구입만 할 수 있으면 되는데 산더미처럼 현찰 쌓아놓고 그 생각 못하다니 바보천치가 따로 없다. M16 같은 경우 화력 막강하고 유효사거리 500m 남짓이라서 헬리콥터 이렇게 근접 작전할 때 이쪽에서 사격하여 작전 저지시키거나 잘하면 격추시킬 수도 있다. 지금 두칠이 소총 한 정 손에 쥐고 있다면 대공사격으로 상호 교전 주고받아 해경 헬리콥터 공격 돌파하고 별 탈 없이 공해상 들어갔을 것으로 예상한다. 두칠인 땅을 치고 후회했다. 그 많은 탈출작전 매뉴얼 가운데 가장 필요한 핵심장비 빼먹어 버린 것이다. 당시 동생들과 농담 비슷하게 한 말인데 그때 진지하게 검토하여 무기 손에 넣었으면 100% 작전 성공이다. 총 구입 확신은 못 하지만 무기브로커에게 값 후하게 쳐준다 하고 매달리며 신신당부 애원했으면 어느 정도 가능성 있었을 것이다. 몇 날 며칠 비지땀 뻘뻘 흘리며 줄톱 갈아 만든 주머니칼과 비둘기 육포 부스러기 아무짝에도 쓸모없는 헛수고, 괜히 시간과 공력만 낭비한 꼴이다. 그때 조금 더 창의적인 생각 했다면 지금 이렇게 고전하며 생사 넘나드는 상황 없었을 것이다. 두칠이 만약 총기로 무장하고 있다면 탈주하다 붙잡혀 절체절명 위기 처한 지금 끝장 보고 말 성격이다. 기왕지사 이렇게 된 마당에 내가 죽거나 헬리콥터 추락하여 조종사와 승조원 잘못되거나 어차피 건곤일척, 같은 동포라도 지금 이 순간만큼은 죽기 아니면 살기 싸움 아니겠는가. 두칠이는 흉악한 살인 범죄 저지르고 탈옥한 무기수, 헬리콥터에서 중범죄자 탈출저지 작전하는 해양경찰은 공무 수행 중인데 지금 이 상황에서 합법, 불법 가리기 어렵고 오직 싸워 이기느냐, 아니면 패배하여 죽느냐는 생사의 기로에 서 있는 것 아닌가. 살기 위해선 본의 아니게 상대 제압해야 하는 비정한 투쟁의 현장이니 여기에서는 살고 죽는 것 외 다른 정답 없다. 이곳 핏빛 선연한 죽음의 바다에서 자신의 판단 미숙과 어리석음 뼛속까지 사무치는 냉혹하고 야멸찬 순간 맞은 두칠이 안타까운 마음과 그토록 중요한 총기 생각하지 못한 자신의 불찰에 치 떨며 자기 발등 도끼로 내리찍고 싶을 정도로 아쉬워 계속 입맛만 다시고 있다. 어느덧 저녁 시간 됐나 보다. 서편 하늘에 예쁜 석양 깃들기 시작한다. 붉은 노을 하늘 수놓아 그지없이 아름답다. 조금 있으면 어둠 깔리고 깜깜한 밤 되면 두칠이 다소 유리해지지 않을까. 아무래도 해양경찰 어둠 속에서 작전하기 어려울 테니. 드디어 일몰이다. 캄캄한 데다 바람 강하게 불고 바다에 사나운 파도 몰아치고 있어 헬리콥터도 작전하기 만만치 않을 것이다. 헬기에서 불빛으로 도주선 찾더니 여의치 않은지 조명탄 발사한다. 하지만 사방에 어둠 깔려 잘 보이지 않는다. 헬리콥터에서 연속 조명탄 터트리며 선박 찾는데 어디 숨었는지 찾을 수 없다. 높은 파도 때문에 낚싯배 찾기 쉽지 않은 것이다. 헬기와 두칠이 칠흑 같은 바다에서 숨바꼭질하고 있다. 여기저기 조명탄 터트리며 밤바다 헤매다 어떻게 발견했나 보다. 위험한 야간작전 마다하지 않고 공격 감행하는 헬리콥터 공중 두세 번 돌며 마지막 투항 방송한 후 그래도 응하지 않자 선박 조타실과 기관실에 맹렬하게 기총소사 퍼부었다. 하지만 탈주자 탄 배 멈추지 않고 전속력으로 공해상 향해 달아나자 이번에는 로켓포 발사했는데 어둠 때문에 시계 제로라 번번이 빗나가 맞추지 못하다 어렵게 발견하여 다시 발사한 게 기관실 명중시키며 폭발해 선박항행 불능 상태로 만들어 버렸다. 배 불길 휩싸이고 금방이라도 침몰할 것처럼 비틀거린다. 두칠인 가슴과 복부, 대퇴부에 파편 박혀 큰 부상 당하고 말았다, 피 철철 흐르는데 무너지는 몸 이끌고 비틀대며 갑판 나와 불붙은 하의 벗었다. 마치 소신공양이라도 하려는 듯 상의 불타는 상태로 허공 향해 울부짖으며 크게 외치더니 절룩거리는 다리 질질 끌고 선수(船首) 쪽으로 몇 걸음 기어가다 갑판에 그대로 쓰러졌다. 맹렬한 화염 휩싸인 배 활활 타오르고 좌현 쪽으로 기우뚱거리며 넘어질 듯 춤출 때 거대한 파도 한 덩이 갑판에 엎드려 있는 남자 쓸어내려 깊게 삼켰다. 두칠이는 한·중 중간수역 목전, 그러니까 그가 그토록 원하던 공해 2km 지점, 낚싯배 35노트 전속력으로 달리면 2~3분 거리 다다랐으나 끝내 꿈 이루지 못한 채

범죄로 점철된 한 많은 생 마감하고 말았다. 두칠 가슴에 파편 박혀 마지막 거친 숨 몰아쉴 때 희미한 의식 속에 흐릿하게 떠오르는 잔상, 북한산 아래 수유리 낡은 목조건물 마당 심겨져 있는 사과나무 한 그루, 그 아래 땅속 차곡차곡 쟁여 놓은 1kg짜리 골드바 수십 덩이와 셀 수 없을 정도로 수북이 쌓여 있는 5만 원권 돈다발, "아! 거기로 가야 하는데, 수-우-유-리-사-아-과-나-무-가-아-야…." 두칠이는 마지막 끝말 잇지 못하고 숨을 거두었다. 바다가 남자 데려간 지 5분 지나지 않아 기관실 유류 탱크 폭발하여 배 산산조각 나며 바다 한가운데 시커먼 심연 속으로 빨려 들어갔다. 갈기갈기 찢어진 널빤지와 불탄 선박 잔해 몇 조각과 유류 탱크에서 흘러나와 연하게 번진 기름띠 파도에 춤추며 이리저리 떠밀리고 남자 삼켜버린 바다가 크게 울었다. 이윽고 캄캄한 밤이 바다 삼키며 세상을 칠흑 속으로 밀어 넣었다.

서울 살아도 괜히 바빠 꽤 오랜만에 시내 나온 은녀는 눈 하얗게 쌓인 명동길 걷고 있다. 한국은행 본점 건너편 자리 잡은 신세계백화점 벽에 울긋불긋 빛나는 네온사인 곱게 장식해 놨다. 산타 할아버지 루돌프 사슴이 끄는 마차 타고 아이들에게 선물 주러 떠나는 모습 재밌게 표현했다. 조금 돌아가면 미도파백화점, 처녀 때 직장 동료들과 가끔 오던 곳이다. 지하도 끼고 골목 따라 올라가면 코스모스백화점과 전국에서 땅값 가장 비싸다는 상업은행 나오고 야트막한 언덕배기에 명동성당 우뚝 솟아 있다. 은녀는 여기 오면 반드시 명동성당 들러 성당 여기저기 살피고 본당 건물 한 바퀴 돈다. 가톨릭 신자 아니고 따로 믿는 것 없는데 성당 바라보는 것만으로도 마음의 위안 얻는 기분 들어 그렇게 하고 있다. 찻집은 YWCA 건물 옆이다. 문 밀치고 들어가자 머리 허옇게 센 노인 앉아 있다. 오랜 세월 지났어도 첫눈에 알아볼 수 있을 정도로 얼굴 크게 변하지 않았다. 자리에 앉았다. 늙은 남자가 반가운 내색 없이 그녀를 그윽이 바라본다. 남자가 차 시켰다. 뭐 하겠냐 묻는다. 여자 나직이 대답한다.

"아·인·슈·페·너!"

자긴 버지니아 블랙이란다. 오래 먹어 입에 밴 모양이라며 멋쩍게 웃는다. 은녀가 찻잔 입가로 가져간다. 악마처럼 검은 커피에 몽글몽글 피어난 하얀 뭉게구름 같은 휘핑크림 듬뿍 올려져 있다. 검고 쓴 커피와 그 위 얹어져 있는 희고 부드러우며 달콤한 생크림 일품인데 뜨거운 커피잔에서 은은한 향 올라와 마음 편안해진다. 은녀가 아인슈페너 마시는 건 특별히 어떤 맛 때문이라기보다 검고 쓴 커피와 희고 달콤한 형상을 시각으로 체현한 이질적 부조화가 마치 우리 삶처럼 느껴지기 때문이다. 검은색과 흰색, 뜨거움과 차가움, 쓴 것과 달콤함. 우리도 외형상 다르게 비추어진 모순과 색깔, 요소 수없이 겪고 극복하며 살아오지 않을까.

소장 오늘 기분 좋아 보인다. 과거 원수처럼 헤어졌는데 도대체 무정한 세월 무슨 조화부려 적대와 증오 걷어내고 이렇게 같은 자리 앉혔을까.

"내가 왜 버지니아 블랙 시킨 줄 알아?"
"제가 알 턱이 있나요?"
"그걸 헤밍웨이가 즐겼나 봐."
"아! 그랬군요. 근데 소장님은 그걸 어떻게 아셨어요?"
"나 학창 시절 때 문학 소년이었어. 교내 백일장에서 우수상 받은 적도 있고 신문사와 방송국에 글 보내 라디오, 냄비 같은 상품 받은 것 많아. 선생님 칭찬도 듣고."
"그럼 그쪽으로 가시지 어떻게 공직에 오셨을까요."
"아버지 성화 못 이겨 법학과 갔는데 사실 법대라는 게 사법고시 합격하여 판·검사 못되면 꽝이잖아."
"설마 그럴 리가요."
"아냐, 우리 땐 그랬어. 사시 합격하여 판·검사 못되면 부모님께 고개 들 수 없는 불효자였지. 일가친척한테 망신살이고…."
"그래도 국가공무원 3급까지 올랐으면 공직에서 성공한 거잖아요."
"성공이고 뭐고 영감 나으리만 하겠어? 난 사시 두 번 떨어지자 미련 없이 털고 공무원 간부시험 본 건데 부이사관까지 했으니 그런대로 만족해야지 뭘."

소장은 정년퇴직 후 문학에 대한 갈증으로 방송통신대 문예창작과 진학하여 졸업한 뒤 문예지 공모전 당선되어 정식으로 등단한 수필가라 한다. 방통대 문창과 교수 어찌나 잘 가르치는지 열심히 해서 배운 게 많다며 한참 너스레 떨었다.

"아까 헤밍웨이 얘기하다 말았는데 교수 얘기 듣고 헤밍웨이 따라 한다고 버지니아 블랙 마셔봤는데 내게 잘 맞더라고. 그래서 커피 애호가 되고 말았어. 허허!"

소장 가지런한 치열 드러내며 너털웃음 짓는데 나이 비해 치아 관리 잘했는지 위아래 모두 건치다.

"그런데 헤밍웨이와 조지 오웰이 스페인에 함께 있었더라고. 스페인 내전 때 프랑코 파시즘 맞서 국제의용군으로 세계 각국 지식인 모였는데 헤밍웨이와 조지 오웰도 미국과 영국에서 히틀러 나치와 무솔리니 파시즘 지원받는 프랑코 맞서 공화파 지원하겠다며 거길 간 거야. 헤밍웨이 《누구를 위하여 종은 울리나》와 《무기여 잘 있거라》 모두 스페인 내전 때 자신과 동료들이 전선에서 총 들고 싸운 경험 소설로 쓴 거 아니겠어."
"그런 일 있었군요. 전 아무것도 모르고 있었네요."
"결국 그 사람들 실패하고 말았지만 정신만큼은 대단하지 않아?"

"그렇네요. 작가들이 목숨 걸고 남의 나라 전쟁터 가는 일 쉽지 않을 텐데…."

"그렇지. 그래서 헤밍웨이 좋아하다 조지 오웰까지 섭렵하고 말았어. 사람들은 조지 오웰 하면 흔히 《동물농장》과 《1984》, 그리고 스페인 내전 참전 경험 바탕으로 쓴 수기 《카탈루냐 찬가》 정돈데 사실 조지 오웰 진가는 르포르타주 문학의 기념비적 작품이라 할 《위건 부두로 가는 길》이야. 영국 탄광 노동자들의 비참한 상황을 적나라하게 폭로한 작품으로 작가 자신이 탄광 들어가 광부 생활 하며 직접 보고 느낀 것 그대로 묘사하여 커다란 반향 일으켰지."

"저는 《동물농장》, 《1984》만 있는 줄 알았는데 그렇게 다양한 작품 활동 한 작가군요."

***

다소 들뜨고 상기된 표정의 이 남자, 과거 소장이란 사람 아니던가. 밤낮 가리지 않고 바람피우느라 정신 피폐해진 난봉꾼이었는데 언제 문학 공부하여 이토록 진지해졌는지 그저 놀라울 뿐이다. 세월 흘러도 그대로인 사람 있고 나이 들며 자기 계발 하여 좋은 방향으로 나아가는 사람 있다더니 소장 개과천선하여 그렇게 됐는가 보다.

"오웰의《나는 왜 쓰는가》읽고 큰 깨달음 얻었어."

"무슨 깨달음인지 말씀해 주실 수 있어요?"

"거기 보면 글쓰기에 대한 작가의 치열한 정신 오롯이 담겨 있는데 특히 인상적인 대목 이거야. '책을 쓴다는 건 고통스러운 병을 오래 앓는 것처럼 끔찍하고 힘겨운 싸움이다.' 그리고 오웰의 작가 정신에 대한 발언 들어보면 그의 글쓰기에 대한 방향성 알 수 있지. '어떤 책이든 정치적 편향으로부터 진정 자유로울 수는 없다. 예술은 정치와 무관해야 한다는 의견 자체가 정치적 태도인 것이다.' 어니스트 헤밍웨이와 조지 오웰, 둘 다 종군기자 출신인데 글 쓰는 뚜렷한 이유와 역사의식·시대정신 오롯이 담겨 있다고 봐야지. 그가 강조한 것은 레종 데트르, 그러니까 문학의 존재 이유를 명징하게 표현한 말이라 생각해. 어느 시대, 어느 하늘 아래서도 작가는 풀잎에 맺힌 이슬과 뒷산 고사리 뜯어 먹으며 바람과 별과 시냇물만 얘기할 순 없잖아. 우리가 살아가고 있는 세상과 세상 사람들이 겪는 기쁨과 절망, 희망과 아픔 직시하고 고민하며 사회 제도의 모순, 인간에 의해 저질러진 거악, 그리고 우리 삶에 대해 끊임없이 통찰하며 구조화된 모순 극복하기 위해 싸워나가는 게 작가의 본령 아니겠냐고. 그런 의미에서 오웰의 글쓰기에 대한 태도는 매우 옳은 방향이라 생각해. 그리고 집필 노동이 얼마나 힘들었으면 글쓰기에 이력 난 도사님들이 이토록 고통스럽게 묘사하겠어. 글쓰기의 고단함을 분만 여성이 겪는 산고의 고통에 견주는 이들 있으니 그 심정 이해할 만하지. 안 그래? 건강해지기 위해 운동 근육 필요하듯 독서 근육도 꼭 있어야 해. 아무리 몸 건강해도 머릿속 비어 있으면 그 사람 건강하다 할 수 없는 거잖아.

세계보건기구에서도 건강을 '육체와 정신의 온전한 상태'라 정의했는데 그만큼 몸 건강 못잖게 정신도 건강해야 한단 뜻이지. 그리고 독서 산맥 오르기 위해선 좋은 책과 나쁜 책 확실히 구별하는 안목 길러야 해. 무턱대고 많이 읽는 게 능사 아니거든. 좋은 책, 나쁜 책 감별법(?)은 다양한 서적 많이 읽고 사색과 성찰하며 내공 쌓아야 해. 사람마다 추구하는 가치관 달라 어떤 이에겐 양서가 다른 이에겐 불필요한 책 될 수 있거든. 내 독서원칙은 간단해. 무협지와 추리소설, 내용 없는 삼류 애정소설 가까이하지 않는 것. 그게 확고한 나의 독서관이야."
"소장님 읽은 책 가운데 특히 마음에 와닿거나 인상적인 문구 그런 거 있으세요?"
"그럼. 있고 말고. 근데 많은 양서 가운데 한두 권 특정해서 얘기하기 쉽지 않아요. 도서마다 갖고 있는 특징 있거든. 좋은 책, 나쁜 책은 분명 존재하고 가려낼 수 있는데 양서 수백, 수천 가지 가운데 어느 것 콕 집으라 하면 바로 이거야! 하면서 내놓기 어렵단 말이지. 그거 얘기하려면 오늘 밤새도 부족하지만 굳이 알고 싶다

하니 두어 가지만 말할게. 하나는 전대미문의 역작 미하일 숄로호프《고요한 돈강》인데 한마디로 너무 잘 써서 감동과 충격 함께 받은 책이야. 개인적으론 동서양 통틀어 대하소설 가운데 단연 최고라 생각하고 있어. 다른 건 프랑스 혁명에 대하여 찰스 디킨스가 한 말이야. '최고의 시절이자 최악의 시절, 지혜의 시대이자 어리석음의 시대, 믿음의 세기이자 의심의 시대, 빛의 계절이자 어둠의 계절, 희망의 봄이면서 절망의 겨울….' 인류사 대격변이라는 프랑스 혁명을 이토록 간결하게 정곡 찌르는 문장 있겠어? 내 개인적으론 프랑스 혁명에 대한 최고의 평가 아닐까 생각해."

"혹시 글쓰기 입문하는 데 도움 되는 책 있을까요?"

"있지. 같은 글 써도 사람마다 취향과 지향점 다르니까 콕 집어 이 책이다, 이렇게 말하기는 어렵겠으나 나 같은 경우 방통대 문창과 다니며 맨 처음 아리스토텔레스《시학(詩學)》접하게 됐는데, 알다시피《시학》은 아리스토텔레스가 저술한 인류 최초의 문예 비평서로, 시의 본질과 창작 원리, 그리고 비극과 서사시의 구성 원칙을 체계적으로 분석한 고전이잖아. 아리스토텔레스가 말하는 시에는 서정시, 서사시, 비극, 드라마 모두 포함되어 있으며, 당시에는 문학 장르가 지금처럼 시, 소설, 수필, 동화, 희곡으로 세분화되어 있지 않아 시에 대한 이론이 모든 문학에 해당되는 이론이었지. 그는 사람이 모방을 통해 강렬한 쾌감을 느낀다고 주장했으며, 모방 행위를 모든 예술 활동에 있어 매우 중요한 원리로 여겼어. 도구만 다를 뿐 모든 예술은 모방, 즉 재현이라고 본 거야. 이 모방론은 문학의 기원과 발생을 설명하는 일에서부터 창작방법 모색하는 자리에까지 두루 활용된 거니까 사실 시학이야말로 서양 문예이론의 창시자라 할 만하지. 그러니까 제목은 '시학'인데 사실상 '문학이론서'라 해야 맞지. 좀 두서없는 얘길 한 것 같아 간단하게 정리할게.《시학》이란, 아리스토텔레스가 그리스인의 삶에 중요하게 자리 잡은 비극을 탐구하여 시의 본질과 원리 제시한 책이다."

"너무 어려운데요."

"어려운 게 아니라 글쓰기 입문 도전하기 전에 이런 이론 알아두는 게 필요해서 그러지."

"본격적으로 문학을 하려는 게 아니라 그냥 일반인이 글 쓰는 데 도움되는 방향 그런 게 궁금해서요."

"지루해도 내 설명 조금만 더 들어봐. 내가 지금 제대로 말하고 있는지 모르지만. 아무튼 인간의 욕망 자체에는 전염병 같은 본질적 모방 경향 내재해 있어 중국 송나라 사람 황정견은 무일자무래처(無一字無來處)라는 말 남겼거든. 그 뜻은 '단 한 글자도 출처 없는 것이 없다.'는 거지. 그러니까 책에 나와 있거나 우리가 사용하는 글자는 누군가에게서 배운 남의 글이라는 의미야. 이것은 모방이나 표절과는 성격이 다른 말이지. 황정견이 말하고자 했던 건 고전을 읽고 우아한 어휘와 문장 따라 하면 훗날 훌륭한 글 지을 수 있다는 가르침 들어있다고 봐야 해. 나중에 황정견의 '무일자무래처'가 모방 합리화하는 궤변으로 일부 비판받았지만….

"아까 서양 문예이론은 아리스토텔레스《시학》에서 출발했다고 하셨잖아요. 그럼 동양에는 그런 분 안 계세요?"

"그걸 굳이 동서양으로 구분할 필요 없겠으나, 중국 사람 유협이 저술한《문심조룡(文心雕龍)》평가할 수 있는데 그 책은 당시 동아시아 최고(最古)이자 대표적 문학이론서로 중국 근대문학의 아버지라 일컫는 루쉰이 동아시아에는《문심조룡》, 서양에는 아리스토텔레스《시학》을 대표적인 문예 이론서로 꼽았어."

"소장님께서 만약 글 쓰게 된다면 어떤 글 쓰고 싶으세요?"

"글 읽는 것하고 쓰는 건 전혀 다른 문제니까 아직 생각해 보지 않았는데 혹여 쓰게 된다면 틀에 박힌 기승전결 그런 것보다 '의식의 흐름 기법*'으로 쓰고 싶어. 내가 글 쓸 능력 되나 모르는데 만약 쓴다면 그렇게 하고 싶단 말이야.《연인》이란 소설로 노

----

* 의식의 흐름(Stream of Consciousness)은 1910년대 영국 문학에서 처음으로 시도되어 모더니즘 문학 및 예술 전반에 센세이션 불러일으킨 실험적 표현법으로, 자동기술법과 유사하다. 인물의 내면 생각과 감정을 시간의 흐름이나 논리적 연결 없이 자유롭게 서술하는 문학·예술 기법으로, 인간의 심리적 동요와 무의식적 흐름을 생생하게 드러내는 데 중점을 둔다. 내면의 직관적 표현인 이 기법은 인물의 의식이 떠오르는 대로, 즉흥적이고 비논리적으로 전개되며, 시간의 순서나 인과관계에 구애받지 않는다. 내적 독백, 무의식적 기억, 연상 작용 등 다양한 심리적 경험이 가감 없이 묘사되며 대표 작품으로는 제임스 조이스《율리시스》, 버지니아 울프《댈러웨이 부인》, 윌리엄 포크너《소리와 분노》, 마르셀 프루스트《잃어버린 시간을 찾아서》, 이상의《오감도》,《날개》, 박태원《소설가 구보 씨의 일일》등이 있다. 프로이트 정신분석학, 베르그송 '지속' 개념 등 심리학적 이론이 기법 발전에 큰 영향을 미쳤다. 글쓰기 치료, 저널 치료 등 심리치료에서도 활용되며, 내면의 검열 없이 생각을 자유롭게 기록하는 방식으로 사용된다. 독자는 인물의 복잡한 심리를 직접 체험하며, 작품의 심층적 의미를 깊이 있게 이해할 수 있다. 이처럼 의식의 흐름 기법은 인간의 내면을 가장 직관적으로 표현하는 문학적·예술적 방법이다.

벨상, 부커상에 이은 세계 3대 문학상 가운데 하나라는 공쿠르상 받은 프랑스 작가 마르그리트 뒤라스가 내뱉은 말이 머릴 떠나지 않아."

"그분이 뭐라 했는데요."

"'작가는 위험해야 한다. 위험한 사람이어야만 한다. 금지된 것을 펼쳐 보이고 처박아 두었던 어둠을 꺼내 말하지 않는 걸 말해야 한다. 금지된 걸 똑똑히 드러내는 게 작가의 임무다. 작가는 그 자체로 위험한 사람이어야 한다. 삶을 돌보지 않는 누군가여야 한다.' 이렇게 말했다는데 이게 작가 지망생들 가위눌리게 하는 돌덩이거든. 작가는 위험해야 하고 어둠을 꺼내 말하지 않은 것을 말해야 한다는 건 굉장히 훌륭한 말씀이지. 하지만 그런 자세로 글쓰기 임하는 게 간단치 않아 보여 좀 저어하게 된다니까. 마땅히 옳은 일인데도. 근데 사람 헷갈리게 하는 것이 미국 작가 로버타 진 브라이언트는 초보자를 위한 글쓰기 입문서에서 이렇게 말한단 말이야. '여러분이 글을 쓰고 싶다면 종이와 펜 혹은 컴퓨터, 그리고 약간의 배짱만 있으면 된다. 학벌도 필요 없고, 우수한 두뇌도 필요 없다. 맞춤법을 알아야 할 필요도 없다. 이런저런 낱말을 알아야 할 필요도 없다.' 물론 로버타 말을 곧이곧대로 믿으면 안 되겠지. 그런 요소 정말 필요 없다는 게 아니라 글쓰기 전에 미리 주눅 들지 말란 뜻이니까."

은녀는 인생이라는 험한 산줄기 타고 넘으며 간난신고, 우여곡절, 온갖 풍상 다 겪은 후 오랫동안 소식 끊겨버린 기구한 사연 끝에 만난 사람이 당신 핏줄인 두칠이 소식 한마디도 묻지 않은 채 장황하게 문학 얘기 늘어놓는 소장 보며 원망스럽고 야속한 생각 들었지만 내색하지 않고 가만히 남자 바라보고 있다. 흰머리 성성하고 주름 자글자글한 소장은 마치 과잉기억증후군에 빠진 사람처럼 한참 떠들어 기운 빠졌는지 조용해지고 두 사람 말없이 커피 홀짝거리며 눈 내리는 명동 거리 바라보고 있다. 소장 과거에도 말 잘했는데 오늘 보니 정말 달변가다. 말 조리 있게 잘하면 달변, 뚜렷한 주제나 내용 없는데 쓸데없는 허언 쉴 새 없이 지껄이면 다변. 소장은 특유의 언변으로 버지니아 블랙에서 출발하여 단숨에 헤밍웨이와 조지 오웰까지 거침없이 내달렸다. 인문학으로 여물지 않고선 설파하기 어려운 내용을 구름에 달 가듯 술술 풀어낸다. 법 배우건 의술 익히건 인문학 공부 필수인 까닭 여기에 있다. 그래서 교양인이 되기 위한 리버럴 아츠는 언제나 유효하다고 본다. 토마스 아퀴나스는 인문학 필요성 언급하며 이렇게 말했다. "지식을 향해 맞춰져 있는 기예들만을 우리는 자유롭다고 부른다. 반면 행위를 통해 이득을 얻는 데 맞춰져 있는 것들은 노예적 기예들이라고 부른다." 찻집에 고요한 정적 흐른다. 얼마나 지났을까. 커피 식어 차가워져 있을 때 가느다란 선율 울린다. 고요하며 경쾌하고 흉중 깊은데 도달하여 감정 건드린 뒤 후

벼 파 결국 심장 찢어지는 통증 느끼게 하는 저주스러운 음악 소리 들리기 시작한 것이다. 기억의 재생, 다시 돌아가고 싶지 않은 아픈 날의 선명한 등장에 은녀 몸서리친다. 그날 필규 선배가 자리 비우지 않았다면, 수용자에게 소포 전달할 때 대위와 동행했다면, 사건 즉시 법대로 처리했다면…. 모두 부질없이 나부끼는 상념의 조각들, '했다면'의 가정법 유효기간 지나 어디에도 쓸모없는 기억의 찌꺼기 되어 표류하다 바다 깊은 곳 다다를 수 없는 심연에 침잠해 있는 뇌관 제거된 지뢰, 수뢰, 폭뢰로 웅크리고 있다. 조용히, 냉정하게 마음 가다듬고 노래 듣는다.

"Take it easy with me, please
Touch me gently like a summer evening breeze
Take your time, make it slow
Andante, Andante
Just let the feeling grow

어렵게 생각 말고 천천히 해줘요
여름날 저녁에 부는 산들바람처럼 날 부드럽게 어루만져 줘요
서두르지 말고 천천히
느리게, 천천히 느낌이 커지도록 해주세요

Make your fingers soft and light

Let your body be the velvet of the night

Touch my soul, you know how

Andante, Andante

Go slowly with me now

당신의 손끝으로 부드럽고 가볍게

어두운 밤의 벨벳처럼 부드럽게 몸을 느끼게 해주세요

나의 영혼을 어루만져 주세요

어떻게 하는지 알고 있잖아요

천천히, 느리게

이제 나와 함께 천천히

I'm your music(I am your music and I am your song)

I'm your song(I'm your music and I am your song)

Play me time and time again and make me strong

(Play me again 'cause you're making me strong)

Make me sing, make me sound

(You make me sing and you make me)

나는 당신의 음악

나는 당신의 노래

날 계속 희롱해 줘요

내가 노래하고 소리 지르게 해주세요

Andante, Andante

Tread lightly on my ground

Andante, Andante

Oh please, don't let me down

천천히, 서서히

나의 세상을 조심스럽게 걸어보세요

느리게, 천천히

오 제발 날 실망시키지 말아줘요

There's a shimmer in your eyes

Like the feelin' of a thousand butterflies

Please don't talk, go on, play

Andante, Andante

And let me float away

마치 수천 마리 오리가 있는 느낌처럼

당신 눈 속에 가물거리는 빛이 있네요
제발 아무 말도 하지 말고 계속해 주세요
느리게, 천천히 날 기분 좋게 해줘요"

***

"아바〈맘마미아〉만 있는 줄 알았는데 이 노래는 좀 야하네."
멋모르는 소장 음악평 한다.
"노래 제목 알아?"
"네."
"뭐야?"
"〈안단테 안단테〉란 노래예요."
"들을 만하네. 근데 농도가 좀 짙구만. 사랑 갈구하는 여자가 더 적극적인 것 같아."

은녀 아무 말 없이 눈 감았다. 20여 년 전 금계동 모란교정마을 정문 무기고 2층에 있는 영치품 창고에서 대위에게 몹쓸 짓 당할 때 세찬 빗소리와 몽롱한 꿈속에서 아바 음성 들었는데 세월 한 없이 흘러 다 늙은 오늘, 같은 노래 또 듣다니 멀리 우주 아득한 공간에서 보이지 않는 힘 작용하여 기어이 듣게 만드나 보다. 음악 소리 끝나자 남자 독백하듯 중얼거린다.

"이제 나 혼자야."

그러면서 10여 년 전 아내 암으로 세상 뜨고 무남독녀 딸 하나인데 스스로 생 마감했다고. 눈이 깊게 팬 주름과 얼굴에 지문처럼 여러 갈래 붙어 있는 실금 사이로 듬성듬성 돋아난 검버섯이 나이 든 남자를 더욱 쓸쓸하게 만들었다. 은녀는 그토록 당당하고 끊임없이 야망 분출하며 하늘의 별이라도 딸 것마냥 활동적이던 소장 기세 어디 가고 힘없고 초라하게 앉아 있는 가녀린 노인이 영 낯설어 보였다. 은녀가 대위와 그렇게 되고 임신까지 하며 어쩔 수 없이 직장 그만두게 되었는데 소장은 은녀 뱃속 아이를 단 한 번도 자기 자식이라 인정하지 않았고 은녀가 울고불고 애원해 겨우 생활비 조금 받았지만 대위 면회 다닌단 소식 들은 소장 그것마저 끊어 연락 두절에 남남으로 산 지 20년 넘었다. 여자 이렇게 고생할 때 소장 승승장구 올라가 공무원 부이사관하고 퇴직했으니 성공적인 공직생활 마친 것이다. 그러나 그것 또한 지난 일에 불과하고 지금은 주름투성이 노인 아니겠는가. 궁금했던지 소장이 먼저 묻는다. 그동안 어떻게 지냈느냐고…. 은녀가 여태 겪은 피눈물 나는 모진 세월 보태지도 빼지도 않고 사실대로 얘기했다. 어디서 은녀 연락처 알았나 몰라도 20여 년 만에 소장 전화 받고 만약 만나게 되면 모두 얘기하리라 다짐했었다. 은녀는 두칠이가 L 씨 성 가진 당신 자식인데 저세상 사람 된 지 오래

됐다 알려줬다. 노인 눈가 파르르 떨리는 것 보니 적잖이 충격받은 모양이다. 좀 자세히 얘기할 수 없느냐 묻는다. 소장은 두칠이란 청년이 자기 친자라 하는 것에 바싹 신경 곤두세우더니 의자 끌어 은녀 쪽으로 상체 내밀고 정색한다. 은녀가 물었다. 오래전 대룡개섬 무기수 도주 사건 아느냐고. 소장이 안다고 고개 끄덕인다. TV 뉴스 나와 자기도 봤다며. 은녀 얘기 계속된다. 천벌 받아 마땅한 그 흉악범, 무기수 두칠이 당신 아들이고 관 속에 들어가 탈옥해 중국으로 도주하다 헬리콥터에서 쏜 로켓포 맞고 낚싯배 침몰하며 물에 빠져 죽었다고, 지금껏 시신마저 찾을 길 없어 그 애 기일 되면 갑산 대풍리 방파제 가서 술 한잔 따라주고 온다고. 아까부터 골똘히 뭘 생각하던 소장이 은녀에게 묻는다.

"혹시 두칠이란 아이 법무부 직업훈련소에서 교육받은 적 있어?"

은녀가 고갤 끄덕였다. 노인이 관자놀이 심줄 불거져 지렁이처럼 꿈틀대는 얼굴 찡그리더니 다시 묻는다.

"거기서 무슨 사고 친 것 없어?"

은녀는 두칠이가 직업훈련소 선생 겁탈하고 무기징역 추가된 사실 낱낱이 얘기했다. 그런데 은녀 얘기 듣고 있던 소장 갑자기 머리 움켜쥐더니 자리에 푹 쓰러진다. 놀란 은녀 그쪽으로 넘어가 부축하는데 영감 부르르 떨며 눈자위 돌아가 있다. 은녀 급한 마음에 구급차 부를까 하는데 비척대며 일어나 보리차로 목 축인 후 한참 만에 정신 차린 소장이 놀라운 사실 얘기한다. 두칠에게 당한 여선생이 세상 뜬 소장 딸 아리라고…. 이럴 수가, 이럴 수가. 이번에는 은녀가 쓰러져 부들부들 떨다 정신 잃고 말았다.

 피해자 아리는 소장 외동딸이고, 두칠이 또한 소장 아들이니 둘은 같은 성 쓰는 혈육, 이복형제다. 두칠 오빠, 아리 동생, 어떻게 이런 천인공노할 사달 벌어진단 말인가. 소장은 은녀 어깨 부둥켜안고 울기 시작했다. 자기가 두칠이 부양하고 아비 노릇 잘했으면 이런 비극 일어나지 않았을 거라며 오열했다. 평생 두칠이 돌보지 않은 소장 아들 비극적으로 생 마감했단 소리 듣고 미안함과 죄책감 밀려들었다. 그때 은녀가 대위와 살림 차렸어도 병원에 가 친자 확인 후 아들로 밝혀지면 부양했어야 한 것이다. 이제 후회해도 소용없는 일. 귀하디귀한 외동딸과 대 이어줄 아들 잃었으니 장차 이 일을 어쩐단 말인가. 천수 누리지 못하고 세상 떠난 두 자식한테 천추의 한 남기고 이렇게 살아 있으니 내가 사람이란 말인가…. 소장은 처절하게 몸부림치며 땅을 치고 자책했다. 너무 늦은 후회는 차라리 안 한 것만 못할 때가 있다. 대위에 대한 오해와 분노로 은녀 적대적으로 대하고 경제지원 끊으며 멀리할 때 조금만 신중했다면, 조금 더 어른답고 사려 깊게 생각했다면 귀밑머리 서리 내린 지금 생때같은 자식 잃지 않고 아리, 두칠이와 오순도순 살며 손자 재롱 보고 매일 웃음꽃 피울 텐데 이리되고 말았으니…. 은녀도 아들 장래와 두 사람 인생 걸린 문제라 소장에게 소상히 설명하고 오해 푼 뒤 어떡하든 애 아빠 설득하여 병원 데려가 의사 앞에서 유전자 검사지 들고 친자 확인 시켰어야 했다. 지금 생각하니 하나에서 열까지 모든 게 잘못이라 어디서 어떻게 풀어야 할지 모를 일이다. 은녀도 두 눈 퉁퉁 붓게 울었다. 찻집에서 나이 든 노인네 하도 흐느껴 우니까 손님 가운데 가끔 이쪽 흘깃거린 사람 있었지만 아랑곳하지 않고 둘은 서로 부둥켜안은 채 오래도록 자리에서 일어나지 못했다.

아리는 산세 좋고 아늑한 승화장에 모셔져 있었다. 은녀는 한 송이 꽃봉오리처럼 피어나 활짝 웃으며 당장 사진 밖으로 뛰어나올 듯 곱고 선한 아리 눈동자 바라보다 사진 쓰다듬으며 펑펑 울었다. 평소 아리가 유별나게 좋아했다는 안개꽃 한 송이 걸어주고 아이 얼굴 오래오래 바라보다 무거운 발걸음 옮겨 자리를 떴다. 아리는 너무 젊고 예뻤다. 이렇게 떠나서는 안 될 아이였다. 꿈 많은 처녀가 고운 꿈 펼쳐보지 못한 채 몹쓸 범죄 당하고 그 충격으로 오랫동안 정신병원 다니며 심리치료와 투약, 병원 입·퇴원 반복하며 치료했는데 약간 호전되는 듯하더니 점점 나빠져 나중엔 바깥출입 어려울 정도로 심해져 다시 입원 예약 잡고 기다리는데 그만 다리에서 투신했다고…. 얼마나 절망스러웠으면 목숨으로 범인에게 복수했을까. 얘기 듣고 있던 은녀 가슴 미어져 눈물 하염없이 흘러내렸다. 아리 이렇게 만든 악마가 다름 아닌 두칠이, 소장과 은녀 사이에서 태어난 오빠가 지 여동생인 줄 모르고 그토록 무참한 범죄 저지른 뒤 끝내 수중고혼 되어 불귀의 객으로 바닷속 떠돌고 있으니 소장과 은녀, 아리 모두 한 가족이며 공동 피해자다. 극악무도한 범죄 저지른 두칠 세상 떠나고, 눈에 넣어도 아프지 않을 아리 또한 이 세상 사람 아니다. 한번 늑대가 되기로 작정하면 다시 선량한 양으로 돌아오기 어렵나 보다. 출소 후 월급 제대로 갖다주지 않고 빈둥대며 불성실하게 살던 대위는 술주정 심해지고 급기야 손찌검 일삼더니 유부녀와 눈 맞아 불륜 저지르다 어느 날 가족 팽개치고 가출하여 행방불명 된 지 십수 년, 대위와 은녀 사이 자식 없는 그는 집 떠날 때까지 조두칠을 자기 아들로 알고 있었다. 그러나 두칠의 생물학적 아버지는 L 소장이고 호적에만 조씨 성 가진 대위 아들로 올라 있으니 그 사람 역시 혈육 한 점 남기지 못하고 외롭게 지낸 셈이다. 말 안 해서 그렇지 어느 가정인들 딱한 사연 하나쯤 없겠는가. 모두가 그러려니 생각하고 견딜 뿐. 지방에 살다 낯설고 물선 팍팍한 서울 길 소금 땀 흘리며 올라채 험한 고개 넘어 눈물로 이겨내고 이제 남은 건 늙은 소장과 같은 속도로 늙은이 뒤쫓는 은녀, 이렇게 둘뿐이다. 승화원 부근 찻집 들어가 얘기 나누다 여자 쪽으로 고개 돌린 노인이 은녀 바라보며 슬쩍 묻는다.

"다 떠나고 달랑 우리 둘 남았는데 이제 합치면 어떨까?"

 은녀는 아무 말 없이 미소 지은 후 노인 손 잡고 밖으로 나왔다. 그동안 내린 눈 쌓여 신발 푹푹 빠진다. 둘은 팔짱을 끼었다. 그리고 하얀 신작로 한없이 걸었다. 사람들 눈에서 멀어질 때까지 오래도록….

소장

"인제 가믄 언제 오나 원통혀서 못 살것네!"

구성지다. 어디서 들었더라. 그래, 창기 엄니 아들 군대 보내고 호미로 푸석한 밭고랑 긁어대며 내뱉는 소리였지. 군부대 많은 강원 전방지역 인제·원통 일컫는 말인데 소장은 군 생활도 이쪽에서 하고 젊은 시절 설악산 오르느라 수시로 드나들어 한 같은 거 서려 있지 않다. 지금은 사통팔달 길 뚫렸으나 소장 산 다닐 땐 도로 단순했다.

서울서 속초 가는 버스 타고 인제에서 내려 차 갈아타는 왕복 2차선이고 길은 원통에서 갈린다. 44번 국도에서 오른쪽이 한계

소장 · 243

령, 왼쪽이 미시령·진부령이다. 갈림길에서 남교리·용대리 지나 46번 국도 따라 울산바위 뒤로 빠지는 천 길 낭떠러지가 미시령인데 운전대 똑바로 잡고 집중하면 영랑호, 정신 줄 잠깐 놓으면 황천길 떨어지는 험로다. 44번 국도 직진하면 꼬불꼬불 구절양장 한계령. 약수로 유명한 오색과 양양거처 홍련암 파도 소리 들리고 해수관음상 우뚝 선 천년고찰 낙산사와 여름철 피서객 미어터지는 낙산해수욕장 보이는데 설악산 가는 승객 대부분 양양군 물치해변에서 내린다. 차 속초 대포항까지 가지만—원통 갈림길에서 운전대 왼쪽으로 돌리면 십이선녀탕 초입 남교리, 조금 더 가면 백담사 입구 용대리와 미시령. 거기 지나치면 진부령 나오는데 굽이굽이 고갯길 콧노래 흥겹게 나물 캐는 아가씨 구경하느라 언제 간성 도착한지도 모른다. 지금은 터널 뚫려 빠르고 편안하고 밋밋하게 다니고 있으나 전에는 한계령·미시령 넘을 때 아찔했다. 풍경 일품이나 까마득한 급경사 내려가며 어질어질, 일부 심약한 아녀자 비명 지르고 더러 소피 찔끔 저리기도 하고.

  소장과 은녀는 용대리에서 내렸다. 황태덕장으로 유명한 곳이다. 묵직한 배낭에 사흘 치 생존 음식 들어있다. 거기서 백담사까지 8km 걷는다. 발아래 개울 흐르고 경사 완만하여 걷기 편하다. 두어 시간 후 백담산장 도착하여 등짐 내려놓는다. 여울 건너편이 백담사, 외나무다리 건너 살며시 고찰 둘러본다. 어느 핏빛 가을, 혁명에 실패하고 서릿발 같은 한 품은 채 조용히 가람 숨어든 사내 있었다. 봉기 가담했다가 공주 우금치에서 통한의 패배 당한 뒤 어디론가 사라진 만해 한용운 그가 여기 들어와 머물며 여울 거닐다 가끔 10여 리쯤 떨어진 오세암 다녀오곤 했는데 백담사와 수렴동 물길 따라 키 작은 단풍나무숲 우거져 있었다.

"님은 갔습니다.
아아, 사랑하는 나의 님은 갔습니다.
푸른 산빛을 깨치고 단풍나무숲을 향하여 난
작은 길을 걸어 차마 떨치고 갔습니다."

만해 시에 등장하는 바로 그 예쁜 단풍나무 산장에서 하룻밤 묵고 일찍 일어났다. 100여 년 전 한용운 걷던 길 100년 후 귀밑머리 허옇게 서리 내린 소장과 아직 흑발 반지르한 은녀, 노인 손잡고 걷는다. 만해는 무슨 생각 하며 걸었을까. 붉디붉은 단풍나무숲을…. 잘 모르겠으나 관점의 차이 별반 다르지 않을 거 같다. 사람 사는 세상 만들어 보겠다며 불의에 맞섰으니. 감히 하늘 같은 만해와 비교하는 것 자체가 불경스러우며 크게 잘못된 일이지만 사람 의식 저변에 깔려 있는 본질은 비슷하지 않을까 하는 생각한다. 만해는 단풍나무숲 지나 오세암까지 4km 남짓 솔향 맡으며 천천히 걸었을 테고 소장과 은녀는 거기서 북동 방향으로 틀어 우뚝 솟은 옥녀봉 보이는 수렴동 대피소에서 목 축인 뒤 봉정암으로 향한다. 해발 1,200m 봉정암 가는 길 높고 가파르다. 산길 이골난 사람도 무릎에서 비파소리 날 정도. 그런데 허리 낭창 꼬부라진 할미 걷다 기다 가랑가랑 숨넘어갈 듯 거칠게 몰아쉬며 오른다. 등에 괴나리봇짐 하나 지고서. 바랑에 공양미 몇 됫박 들었을까. 마음엔 비단 자락 깔렸을까. 봉정암은 젊은이도 만만찮은 길인데 여명 머지않아 보이는 할머니, 부처님 전 기도드리려 흰 구름 실려 솔바람 밀려 하염없이 오른다. 공양미 적어도 여정 자체가 고행이라 석가세존 바라보는 그윽하고 참된 향기 아니겠는가. 무교인 소장도 봉정암 비탈길에서 꼬부랑 보살님의 청량한 깨우침 받는다.

조고각하((照顧脚下), 더 낮게 겸손하게 주변 살피며 선하게 사라고. 가르침은 책과 교실에도 있지만 너덜길에도, 할미 바랑에도, 해우소 나서는 주지 스님 기침 소리에도 들어 있나 보다. 우리나라 사찰 가운데 가장 높은 곳에 자리 잡은 봉정암. 부처님 진신사리 모신 적멸보궁답게 병풍처럼 둘러쳐진 산과 능선 그림 같다. 굽이치는 산하 아름답기 그지 없구나. 사진으로 아무리 남겨도 눈동자만 하겠는가. 기억의 공간에 차곡차곡 저장한 것만 하겠냔 말이다. 아직 봉정암 오르지 않은, 아니면 오를 기회 못 잡은 형제자매들, 언젠가 오르길 빌어본다. 아마 굉장한 충격과 감탄,

정신의 사변 얻을 것 믿어 의심치 않으니…. 다시 걷는다. 소청·중청 거쳐 드디어 대청. 가없는 수평선 품에 안긴 동해 바다 물결 따라 일렁이고 고요히 떠 있는 조각배, 가깝게 멀리 겹겹이 에워싸 굽이쳐 흐르는 능선, 수려한 산하, 울끈불끈 근육 뽐내며 옹골지게 치솟은 울산바위 자태 눈부시다.

　설악산은 해발 2,000m 미만으로 높이는 별것 아니나 대청봉 올라 풍경 살펴보면 흰 구름 머리에 동이고 굽이쳐 흐르는 고산준령 시선 압도한다. 대청봉 정상에서 동해 쪽빛 물감 눈동자 담뿍 적셨으니 이제 내려가자. 어디로 갈까. 보통은 희운각 대피소, 금강굴, 비선대로 이어지는 천불동계곡으로 간다. 천불동계곡은 설악산의 대표적인 비경(특히 가을에)으로 양양과 속초 나가는 데 교통 좋아 양양, 화진포, 경포해수욕장 접근성 편하기 때문에 휴가 마치고 서울로 돌아가는 등산객과 해변 찾는 피서객은 대부분 천불동 선호한다. 그러나 설악산 최고 풍경은 단연 용아장성·공룡능선이다. 유네스코에서 희귀식물 보존지구로 지정하여 '비탐지역'인 화채능선도 아름답기 그지없고. 그래도 오늘은 털진달래 유명한 귀때기청봉 거쳐 대승령으로 간다. 거기서 쭉 내려가면 설운 단풍 뚝뚝 떨어지는 십이선녀탕 나오지 않던가.

　1968년 10월, 갑자기 쏟아진 폭우가 기온 급강하로 인해 폭설로 변하며 빚어진 참변, 9명 조난 7명 사망. 대개 산악사고는 암벽등반 중 자일 엉켜 끊어지거나 하켄과 볼트 뽑히고 부러져 생긴다. 그런데 평지와 다를 바 없는 계곡, 그것도 한겨울 아닌 가을에 다수 인원 저체온증으로 동사할 줄 뉘 알았을까. 비통한 마음 금할 길 없다. 젊디젊은 나이에 세상 떠난 가톨릭의대 산악대원 일곱 분 여기 잠들어 있다. 아까운 영혼 머무는 선녀탕 내려가 그들 못다 핀 사랑 어루만지자. 이름 새겨진 동판 보듬고 따뜻하게 위로해 드리자. 존경하는 산악인들께 인사하고 떠나야 착한 동포 아니겠는가. 행여 누가 단풍 구경 가자며 십이선녀탕 꼽으면 기꺼이 동행하시라. 설악에서 알아주는 비경이니. 다만 경치 감상하며 비극적인 사고로 스물둘 셋 꽃다운 청춘 누워 있는 거 알아차려 고개 한번 숙여준다면 사람 도리 아니겠는가. 산 핑계로 자주 신발 끈 조이는 사람이라면 설악산 대승령 모를 리 없지. 만약 잊었다면 선녀탕 입구 돗자리 펴고 상추에 삼겹살 볼 미어지게 밀어 넣으며 소주 홀짝거린 행락객일 테고…. 걷고 걸어 느린 걸음으로 20여 리 깊은 골짜기 삭신 쑤시게 걸어, 발가락 피나게 빠져나와 남교리 도착했다. 숲에서 내쳐져 도시로 추방되는 건 슬픈 일이다. 그러나 어쩌랴. 번다한 저잣거리 들어선 뒤 다시 맞아야 하는 일상의 아침인 것을. 하지만 설악, 널 잊지 않겠다는 다짐 간직하고 서울 그 야만의 거리로 돌아간다.

***

　명동 YWCA 부근, 깔끔 세련된 예쁜 다솜 찻집에서 소장과 해후한 은녀는 얼마 지나지 않아 남현동 집으로 들어갔다. 2층 단독주택인데 넓지도 좁지도 않은 아담한 크기로 둘이 살기 딱 좋아 보였다. 처음 소장이 합치자 했을 때 굉장히 망설였는데 상대 의지 확고하여 그렇게 하기로 했다. 슬플 땐 슬픈 음악 들어야 한다. 슬픈 사람에게 신나는 음악 들려주면 감동 일겠는가. 사람도 마찬가지. 한 그리움이 다른 그리움 기다리듯 상처 입은 이가 상처 입은 사람 처지 가장 잘 아는 법이다. 은녀와 소장은 특별한 인연도 그렇거니와 둘 다 참척(慘慽)의 한 지닌 사람들이다. 인간이 느끼는 슬픔 가운데 가장 비통하게 와닿는 참척, 부모 돌아가시면 청산에 묻어드리고 자식 죽으면 가슴에 묻는다 했으니 창자 끊어지는 고통인 단장지애(斷腸之哀) 어찌 이겨낼 수 있겠는가. 소장은 눈에 넣어도 아프지 않을 아리와 연 끊고 지냈어도 틀림없이 친아들인 두칠, 이렇게 두 자식 잃었다. 은녀 또한 남들 눈엔 흉악범으로 낙인찍힌 살인범 무기수지만 자기 배 아파 낳아 젖병 물리고 기저귀 갈아 끼우며 엄마 체온으로 키운 귀한 아이 아니던가. 그러나 자식 가진 죄인이라고 아들 허물 대신하여 죽을 때까지 속죄하는 마음으로 산다는 다짐 변함없으나 세상 어느 부모가 자식 엇나가기 바라겠는가. 러시아 사회주의 리얼리즘 문학의 거장 막심 고리키는 부부란 "쇠사슬에 함께 묶인 죄수와 같다."
라 했다. 여기서 부부와 부모는 명사 동어 아니겠는가. 다소 과격
하게 들리는 '쇠사슬 묶인 죄수'란 표현도 속 썩인 자식 가진 세상
모든 부모의 아픈 가슴 위로하는 말이라 본다. 이렇듯 자식은 지
극정성 진자리 마른자리 보살펴도 본인 따라오지 않으면 방법 없
는 것. 항우장사도 어떻게 해볼 비책 없다. 나귀 강가까진 끌고 갈
순 있지만 물은 나귀 스스로 먹어야 한다. 주인이 나귀 입 벌려 억
지로 먹일 수 없는 이치다. 더욱이 두칠이는 아직 시신을 못 찾고
있다. 두칠은 서해 대롱개섬 부근 공해상 실종되어 해안 경비정
과 공군초계기까지 동원되어 몇 달째 수색했으나 끝내 찾지 못하
고 말았다. 차가운 바닷속에 자식 잃은 부모 마음 아직도 감당하
기 힘든데 애 어디 있는지조차 몰라 부모 속 타들어 간다. 시신이
라도 찾아야 화장을 하든 양지바른 곳에 묻어주든 하고 보고 싶
을 때 찾아가 만날 것 아닌가. 이런 사정 때문에 소장과 은녀 악연
과 필연으로 엮어졌어도 한배 타기로 했다.

　소장은 젊었을 때 모습과 확연히 다른 온화한 성품으로 은녀 존
중하며 보살폈다. 저 사람 알고 보니 은근 효자다. 오래전 홀로된
노모 지극정성 모시며 살았단다. 노친이 요양원 탐탁지 않게 생
각하자 5년 동안 직접 어머니 대소변 받아내며 보살폈다니 대단
하지 않은가. 물론 자식이 해야 할 당연한 도리이긴 하지만 이런

저런 사정으로 인해 대부분 요양원 모시지 않은가. 요양보호사 도움받는다 해도 5년 동안 미음 떠먹이고 대소변 받아내는 일 보통 아니다. 아무리 자식이라 해도 어머니며 여자다 보니 그게 말처럼 쉬운 일 아니란 얘기다. 부인 살아 있을 땐 그분이 했지만 돌아가신 후 소장이 잘 모셨다는 얘기 듣고 사람을 어떤 편견이나 선입관, 생김새 보고 판단해선 안 된다는 사실 깨닫게 됐다. 소장이 은녀 아끼니 그녀 또한 노인 살뜰히 챙겼다. 둘은 비슷한 연령대 비해 건강상태 양호하여 틈만 나면 산으로 간다. 설악산, 지리산, 오대산, 치악산···. 산 다니면 육체 건강도 좋아지지만 정신건강에 매우 이로울 것 같다. 팍팍한 도시에서 부대끼며 살다 보면 마음의 여유 없어지고 별일 아닌 것 갖고 신경 곤두세우게 된다. 양보와 타협보다 눈앞의 이익 집착하는 경향 생기게 되는 것이다. 그간 산 다니며 깨달은 소장의 등산예찬론은 고소사상(高所思想)이다. 사람이 태어나 일생 영위하며 대부분 높은 데 바라보는 구조 속에 살고 있다. 건물도 높고, 부모님도 높고, 부장·전무도 높기만 하다. 눈 뜨면 쳐다봐야 하고 모든 게 올려다보는 구조로 이루어져 있지 않은가. 그처럼 구조적으로 고착화된 현상을 나약한 개인 힘으로 바꿀 수 없다. 국가와 사회 전반에 구축된 기존 질서는 오랜 세월 역사적으로 이어온 문명발전과 진보의 결과물인 까닭에 일부 모순 있을지언정 전체를 혁명적 발상으로 바꿀 수 없다. 합리적이고 미래지향적으로 개선할 순 있어도 함부로 뒤엎을 수 없는 수천 년 발전한 인류문명의 산물이다. 소장은 산에 올라 높은 곳에서 아래 내려다보며 성냥갑같이 오밀조밀 모여 있는 아파트와 거미줄 모양 실금처럼 보이는 도로에 장난감 같은 차들 기어다니는 도시 찬찬히 바라보곤 한다. 하늘 닿을 듯한 고층빌딩과 아름드리 노송 우거진 성북동 저택, 100억, 200억 부르는 게 값이라는 한남동·청담동 고급 아파트, 여기선 모두 점으로 보인다. 한낱 티끌 같단 뜻이다. 맨날 올려다보던 시선 가끔 내리깔 필요도 있다. 세상사 별거 있겠는가. 있는 사람 부러워할 일 없고 없는 사람 업신여길 필요 없다. 그저 중심 똑바로 잡고 불법과 반칙 하지 않으며 묵묵히 갈 길 가면 되는 것이다. 여기서 소장의 개똥철학 고소사상 싹텄고 이젠 그것 숭상하며 산다.

은녀도 직장 초년생 때 겪은 끔찍한 기억 벗어나 이제 안온한 거처에서 평화 누리고 있다. 떠날 사람 떠나고 남을 사람 남아 골목 모퉁이 지키고 있는 것 또한 세월이 남긴 기억의 상흔이다. 가끔 친구 집으로 초대하기도 하고, 친구 집 놀러 가기도 한다. 그도 싫으면 산에 가거나 섬에 가거나. 나이 든 사람의 자유란 어떤 것에 속박되는 것보다 어떤 것도 추구하지 않은 게 진정한 자유 아닐까 생각한다. 법정 스님 말씀대로 무소유라 하여 숟가락 하나 가져선 안 된다는 뜻으로 곡해하면 안 되듯 비우고 채우는 것 또한 자신이 추구하는 가치와 신념의 반영, 그걸로 충족하면 되리라 본다. 강남에서 90평 아파트 사는 사람이 모임 때 친구가 100평 산다는 말 듣고 기분 상한다든지 좌절한다면 자본주의에 대해 크게 오해하거나 사회공동체 구성원으로서 결격이라 할 것이다. 세상 누구든 원하는 것 모두 가질 수 없다. 그거 애당초 불가능한 일이다. 자본주의 체제에서 적정한 소유란 존재하지 않는다. 자신이 소유욕 절제하고 물질에서 어느 정도 자유로워지는 것이다. 요즘 세상에 물질에서 완전히 자유롭다는 건 새빨간 거짓말이고 재물과 소유 어떻게 조화롭고 합리적으로 조절하느냐 하는 게 관건이다. 이 또한 득도한 도사 아니면 어려운 일일 것이다. 그래도 답 찾고자 한다면 톨스토이 《사람에게는 얼마만큼의 땅이 필요한가》라는 책 일독하면 어떨까. 당신과 성실한 농부 파홈 가운데 누가 더 현명한지 욕심경쟁 한 다음 결과 보면 답 나올 테니. 단언컨대 누구든 파홈 이기기 쉽지 않을 터, 눈앞에 있는 이익 절제하거나 포기하는 일 만만치 않을 것이다. 영화 이름처럼 '욕망이라는 이름의 전차'에 한 번 올라타면 내리기 쉽지 않은 게 인지상정이다. 2,000년 전 로마 권력자 시저도 정치하는 데 돈 필요하여 빌려 썼다. 그때나 지금이나, 아니면 영원히 인간은 돈과 물질에서 자유롭지 못할 것이다. 세상 아무리 타락하고 돈에 눈 돌아가 위아래 가리지 않는다 해도 돈은 항상 필요하다. 그것(돈)으로 행복 살 수 없는 것 분명한데 불행 어느 정도 막을 수 있기 때문이다. 예기치 못한 사태로 생사기로 처했을 때 급한 불 끄는 것 말이다.

돈이 인간 정신 좀먹는다는 사실 일찌감치 꿰뚫은 음유시인 김병연(김삿갓) 이렇게 읊었다.

(중략)

周遊天下皆歡迎(온 세상 다녀도 가는 곳마다 모두 반기며)

苟苟壯士終無力(힘깨나 쓴다는 장사도 이것 앞에선 도통 맥 추지 못하며)

生能捨死死能生(산 사람 죽일 수도, 죽은 사람 살릴 수도 있도다)

지금으로부터 180년 전이면 자본주의가 우리 영혼 지배하지 못할 때인데 이처럼 치밀하게 자본과 인간의 애증 관계 분석하다니 그저 놀라울 뿐이다. 랭보와 보들레르 울고 갈 퇴폐·향락주의 미학 종결자. 조선판 데카당(décadent)의 진정한 시조. 풍자와 해학으로 유쾌하게 한 방 날린 미스터 김삿갓! 칠언절구 8행시, 절창은 '생능사사사능생(生能捨死死能生)', 명예도 권력도 금전 앞에 무릎 꿇는 현실 명백하나 "산 사람 죽일 수도, 죽은 사람 살릴 수도 있다."는 일갈. 인간의 길흉화복·생사여탈 거머쥔 악마의 유혹, 돈이란 놈의 가공할 위력, 급소 이토록 잔인하게 찌르는지. 예나 제나 돈 오는 데 싫어할 사람 있겠는가. 의도하건 의도치 않건 물질 만능 사회에선 사람의 운명이 돈에 연결되는 순간 자주 있는 법이다. 악마의 얼굴로 인간 위에 군림하지만 죽어가는 사람 살리는 유일한 방법이 돈이라는 물질의 순기능에 대하여 소장은 늘 지지하는 편이다.

 소장은 고등학교 때부터 태권도로 단련되고 군에서 수색대 복무했으며 공직 들어가 비교적 젊은 나이 테니스 코트 자주 나가 탄탄한 근육질이다. 나이 들어 예전 같진 않아도 산 다니는 건 무리 없어 몇 년 전이긴 해도 구례 화엄사 출발하여 노고단 올라 주능선 타고 천왕봉 간 다음 대원사(경남 산청군에 속한 사찰) 유평리 하산한, 지리산 서쪽 끝에서 동쪽 끝까지 횡단하는 46km 코스로 산꾼들 로망이라 할 수 있는 화대 종주도 무리 없이 해냈다. 종주보다 더 소중하게 와닿는 게 풍경인데 등산로에서 살짝 벗어난 곳 위치해 산꾼들 사랑 덜 받는 편이지만 샛노란 반야봉 원추리꽃 잊을 수 없는 장관이다. 한여름 뜨거운 열기로 도시 들끓고 있을 때 반야봉엔 방금 물기 털어낸 듯 청아한 원추리꽃 무리 지어 피어 있는데 뭐라 표현하기 어려울 정도로 아름답다. 거기서 직진하면 법정 스님이 혼자 걷기 너무 아깝다 극찬한 임걸령 숲길 나오는데 창창한 낙락장송과 세월 겨워 이리 굽고 저리 기운 노거수 나그네 반기는 비인간 선계 펼쳐진다. 산티아고 순례길 아직 안 가봐 모르겠으나, 단단한 유명세와 감히 종교적 의미 가늠하기 어렵겠으나 소장에게 위로와 영감 건넨 건 임걸령 숲길뿐이다. 조금 더 전진하면 기다리던 벽소령대피소인데 그가 산에서 가장 아끼는 장소다. 푸른 달빛 감도는 벽소령 가보지 않고 어찌 지리산 입에 올릴 손가. 푸르스름한 그놈의 달빛 얼마나 사무쳤으면 어린 빨치산 엄마 보고 잡어 울고, 엄니는 아들 보고 잡어 두 낮 두 밤을 두루미처럼 울었을까. 1950~52년 사이 빨치산 소년돌격부대 문화부에서 활동하다 체포당했으나 가까스로 살아남아 훗날 서울대 경제학과 교수하며 《민족경제론》 집필한 박현채도 벽소령 달빛 보고 눈물짓지 않았을까 생각해 본다. 소장은 한때 돌이킬 수 없는 잘못 저질렀으나 크게 뉘우친 후 더 이상 망가지지 않은 까닭이 8할은 선하게 살지 않고는 못 배길 정도로 처연한 벽소령 달빛 때문이라 믿고 있다. 그러고 보면 풍경과 소나무는 몸에 좋은 피톤치드만 뿜어내는 게 아니라 눈에 들어와 정신 안정시키고 가슴 파고들어 땟국 꼬질꼬질한 허파 깨끗이 씻어내며 무엇보다 자신도 모르는 사이 독초처럼 자란 교만과 허영, 낮추고 또 낮추는 하심(下心)으로 걷어내 더는 나락에 떨어지지 않도록 마음 붙잡아 주는 것 같다.

산에 푹 빠져 산꾼 반열 오르게 된 소장은 각기 다른 길로 지리산 여러 바퀴 돌다 북쪽으로 방향 달리해 향적봉에서 남덕유산까지 겨울 덕유산 22km 종주 성공했으며, 눈보라 심하게 몰아칠 때 이 악물지 않고선 절대 못 넘을 사나운 치악산 사다리병창길에서 고둔치 거쳐 상원사까지 20km 거뜬히 해냈다. 오대산도 월정사·상원사에서 시작하여 비로봉 오른 뒤 진고개 산장 지난 후 노인봉 흔들바위 앉아 숨 돌리고 소금강으로 하산한 다음 주문진에서 오징어회 먹고 왔다. 소백산은 친구들과 희방사 출발하여 천체관측소, 주목 군락지 지나 풍기로 내려왔는데 강화·금산 인삼만 유명한 줄 알았는데 거기 가니 인삼 엄청나게 있어 놀랐던 생각 난다. 소장이 우리나라 산 가운데 가장 아끼는 설악산은 천불동계곡에서 대청봉 올라 수렴동계곡으로 내려와 백담사에서 목 축이는 길과, 한계령 출발, 정상 거쳐 오색으로 내오는 길, 서북능선, 화채능 등 여러 번 다녔는데 이제 가고 싶은 한 코스 남았다. 남교리 출발하여 귀때기청봉→한계령→대청봉→소청→희운각 대피소→공룡능선→마등령→비선대→소공원(설악동)으로 이어지는 38km 설악대종주 성공하면 희망이 족할 듯하다. 혼자일 때는 이렇듯 종횡무진 활동했지만 이젠 은녀와 함께 다녀야 하니 속도 조절해야 한다. 올가을엔 단풍명소인 점봉산 주전골과 삼척 죽서루, 삼화사 둘러보고 두타·청옥산 오를 예정이다. 그리고 내년 봄엔 도봉산 망월사로 올라 포대능선 타고 자운봉, 신선대, 선인봉에서 암벽등반 하는 바위꾼 응원하다 오봉 거쳐 솔향 그윽한 옛 그린파크 호텔로 하산한 뒤 휴식 없이 곧장 우이동 도선사 쪽으로 해서 깔딱고개와 백운대 올라챈 뒤 대동문, 북한산성 능선길, 대서문 지나 구기동으로 하산하는 도봉·북한산 15km 논스톱 연속 산행 도전해 보고 싶다.

공직에서 은퇴하여 인생 2막 시작되는데 주변 살펴보면 많은 이들 직장 다니고 있다. 몸 건강하고 일할 수 있는 상태라면 하는 게 좋겠지. 집에 죽치고 있는 것보다 가계에 조금 보탬 되고 성취욕 이룰 수 있으니까. 그런데 소장은 무급 봉사활동은 할 수 있어도 월급 받고 어디 나가 일하는 건 반대다. 공직생활 40여 년 하고 정년퇴직한 사람이 또다시 직업전선 나가는 게 좋아 보이지 않기 때문이다. 사람마다 자신이 처한 입장과 여건 달라 좋다, 나쁘다 단정 지을 수 없는 일이나 인생 2막엔 돈 버는 거 말고 무언가 마음의 밭 경작하며 생명 키우고 싶다. 누군 그것 몰라 일터 나가는 것 아니겠지만. 그래도 뜻 있다면 인생 2막 또한 본인 의지대로 꾸리면 된다. 일할 사람은 일하고, 산이나 들에 나갈 사람은 나가고. 자유로운 영혼 훨훨 날아 각자 꿈 펼치는 것 아니겠는가. 은녀는 요리 솜씨 좋아 요새 입맛 살아난다. 전처 오랫동안 병상 누워 있어 반찬 제대로 먹어본 지 오래. 소장은 다른 거 다 괜찮은 사람인데 요리는 빵점, 아무것도 할 줄 모르는데 솜씨 발휘하여 겨우 만든 게 파 송송 달걀 탁! 라면 끓이는 일, 그 하나뿐이다. 소장은 해산물 좋아하고 육식은 조금 섭취하지만 술·담배, 즉석식품, 탄산음료 입 대지 않고 저염식 한다. 모임 같은 데서 상에 나오면 조금 먹는 정도. 대신 생선 엄청나게 좋아한다.

소장네 냉장·냉동고엔 웬만한 어물전 명함 못 내밀 만큼 물고기 많은데 농어, 민어, 부시리, 우럭, 감성돔, 서대, 병어, 간자미, 뱅에돔, 장어, 볼락, 자연산 홍합, 뿔소라. 여기까지 어류창고 비축분이고 이번엔 젓갈 창고다. 새우젓, 멸치젓, 황석어젓, 밴댕이젓, 까나리젓, 어리굴젓, 꼴뚜기젓, 낙지젓, 전어젓, 갈치속젓, 명게젓, 명란젓, 창난젓, 민어부레젓, 전복젓, 홍합젓, 해삼내장젓, 오징어젓, 칠게젓, 박하지젓, 대합젓…. 헤아릴 수 없을 정도다. 다양한 해물 요리 가운데 소장이 가장 즐기는 건 명태 이리로 만든 내장탕이다. 이리는 명태 수컷 정소의 순우리말로, 정액 자체가 아니라 정자 만드는 기관인 정소에 해당한다. 즉 물고기 고환이라 보면 된다. 체외수정 하고 알 많이 낳는 물고기 특성상 많은 수의 정자 필요하므로 체적 대비 정소가 매우 크다. 생김새는 꼬불꼬불한 모양으로 얼핏 보면 라면 사리 뭉쳐놓은 듯하다. 보통 새하얀 빛깔에 뇌처럼 쭈글쭈글한 주름 가지고 있는데, 주름진 외관 때문에 싫어하는 사람도 있지만 고소하고 비리지 않으며 단백질 풍부하고 히스티딘(성장기 아동에게 필요한 필수 아미노산) 함유량 높은 식품으로 알려져 있다. 여기에 암컷 난소인 알집 곤이와 명란, 생선 간, 그리고 명태 살 조금 넣어 채소와 다진 마늘, 청양고추 썰어 끓인 뒤 간 맞추면 특유의 부드러운 식감에 얼큰한 풍미와 혀끝 감기는 달보드레하고 엇구수한 맛 일품인 한국판 푸아그라 탄생한다. 이렇듯 싱싱한 생선 매운탕 그만이지만 그래도 물고기 좀 안다는 도사들은 싱싱한 것보다 마른 게 몸에 좋다 여긴다. 그렇다고 맛 떨어지는 것도 아니다. 맛은 맛대로 있고 영양은 날것일 때보다 세 배 정도 많다. 꾸둑꾸둑 반 건조한 것보다 해풍에 딱딱하게 말린 것, 아는 친구한테 부탁해 생선 올라오면 건어·선어로 분류하여 차곡차곡 비축하는데 물고기 대하는 자세 독일 사람 포도주 만드는 것보다 더 진심인 것 같다. 젓갈은 짠맛 때문에 한 번에 많이 먹지 않고 조금씩 덜어 맛만 본다. 어린 시절 섬마을 살며 엄마 솜씨로 만들어 맛깔스럽게 먹었던 기억 음미하며 먼바다 유영하던 황금투구 머리에 쓴 석수어(조기)와 배때기로 기름진 남도 뻘바탕 북북 밀어 다니며 덥석덥석 입갑(미끼) 물어댄 순둥이 문저리(망둥어)까지 물고기 친구, 젓갈 형제 모아놓고 흐뭇해한다. 소장은 먹기도 좋아하지만 나눠주는 것 또한 즐겨 구입한 생선 절반 정도는 친구나 이웃과 나누고 있다. 은녀는 살림 합치고 나서 소장의 태도에 주목하며 배운다. 항상 책 곁에 두고 인문학 대하는 자세와 등산 임하는 부지런함과 꼼꼼한 준비성, 시기 맞춰 청정해역 물고기 구매에서 배달·분배하는 정성까지 어디 하나 버릴 것 없이 능숙하게 처리한다. 이이는 모든 분야에 진심 다하는 것 같다. 깔끔한 성격 탓이기도 하지만 본인이 잘하려고 노력하는 자세 눈에 보인다. 매사에 최선 다하는 것 분명 배울 점이다. 다만 은녀는 생선 먹긴 해도 소장 정도 아니라서 열심히 요리하고 이웃과 나누며 즐기지만 어족 지식과 정성 한참 아래다.

은녀는 황혼 근처 와서야 세상 태어나 가장 안정되고 행복한 나날 보내고 있다. 오늘도 설레는 마음으로 여행 준비한다. 차에 이것저것 싸 트렁크 넣고 간단한 요깃거리 만들었다. 오늘 동해 화진포 놀러 가는데 남현동 출발하여 하남 쪽으로 달리다 홍천휴게실 도착하여 잠깐 쉬고 죽 달리면 인제 나온다. 늘 하던 대로 거기서 원통으로 나아가 갈림길에서 좌회전, 오른쪽으로 가면 한계령과 오색약수, 양양, 낙산사, 속초로 이어진다. 거기서 핸들 왼쪽으로 꺾어 북으로 올라가면 남교리다. 십이선녀탕 갈 사람 여기 내리라. 계속 갈 의향 있다면 안전띠 단단히 조여 매고 급경사 대비하여 마음의 준비하는 게 좋다. 조금 더 가면 용대2리, 백담사 가실 분 이쯤에서 하차해야 한다. 마지막 기회니 놓치지 말고 백담사와 수렴동, 봉정암 가실 분 어여 내리시고 하차할 승객 없으면 계속 간다. 드디어 용대3리, 미시령 들어가는 초입이다. 우리나라 산악도로 가운데 군사작전용이나 강원도 오지 벌목과 산불 진화하기 위한 임도(林道) 아닌 일반도로에서 미시령이 가장 험하고 그다음 한계령이지 싶다. 혼자 보기 너무 아까운 기암괴석 울산바위 펼쳐지고 삐쭉빼쭉 비대칭으로 솟은 산세 수려한 설악산 비경 구경하느라 아슬아슬 위험한 급경사로 이루어진 미시령 까딱하면 소홀할 수 있는데 잘못하면 지옥행이라 큰코다치기 전 미리 조심하여 안전운전 명심해야 한다. 구절양장 꼬부랑길 무사히 빠져나와 평지 다다라 속초 도착하면 푸른 바다 춤추며 일렁이고 소금 냄새 풍기는 바닷가에서 아이들 뛰놀고 있다. 속초 멈추지 않고 곧장 북쪽으로 향하는데 짙푸른 영랑호 반긴다. 송지호, 거진항 거쳐 목적지 화진포 도착하여 1박 한다. 아침에 일어나 정해진 시간 맞춰 군인 인솔 아래 버스 승차하여 민통선(민간인 통제구역) 안에 있는 명파마을 지나 통일전망대 도착한다. 해금강 손에 잡힐 듯 가까이 있고 발아래 명사십리 펼쳐지는데 백사장 중간에 북한 병사 근무하는 초소 있다. 총 메고 있는 북한군도 보이고. 저기가 휴전선인가 보다. 초소기점으로 위쪽은 북, 아래쪽은 남. 쪽빛 바다와 눈부신 백사장, 끝없이 밀려드는 잔물결…. 강원도 최북단 휴전선에서 남북한 군인 대치하고 있는데 우리 눈엔 그렇게 평화로울 수 없다. 군사 긴장 높고 일촉즉발 위험한 곳이지만 적어도 이 순간만큼은 평화와 고요 그 자체다. 구경 마치고 화진포 숙소 돌아오는데 그때서야 다리 풀리고 피로 몰려오기 시작한다. 훗날 동해안 북부 관광 거점 도시 강릉에 KTX 개통되고 험준한 미시령 아래 뚫린 터널로 차량 신나게 달려 서울에서 2시간 반 만에 속초 도착할 줄 상상이나 했겠는가. 다만 절벽도로 설설 기어오르던 그 시절 아찔한 운전 맛 느낄 수 없어 추억의 아쉬움 조금 있을 법하다.

그간 수십 번 다닌 길이고 잊지 못할 추억 많은 곳이라 콧노래 흥얼거리며 강원도 북면 용대3리 진입했다. 몸 상태 최상이고 차도 말 잘 듣는다. 이보다 더 좋을 수 없다. 소장 운전 경험 풍부해 걱정할 일도 없고. 그래도 길이 길인 만큼 여기선 조금 긴장한다. 한 번 실수가 생사 가르기 때문이다. 드디어 고대하던 미시령 도로 올라탔다. 소장 정면 응시하며 주위 집중하여 요리조리 좁아터진 길 능숙하게 빠져나간다. 그런데 아까부터 커다란 덤프트럭 짐 잔뜩 싣고 난폭하게 운전하며 따라와 은근 신경 쓰인다. 꼬부랑길 중간쯤 왔을까. 저만치 거리 두고 따라오던 트럭 갑자기 속도 내더니 우리 차 추월하려 시도한다. 이게 뭐야, 위험한 2차선 산악도로에서 추월이라니 저 사람 정신 나갔나 보다. 대형 덤프트럭 운전자 보면 젊은 친구 많던데 저이도 그냥 객기 한번 부리나 하고 정해진 속도로 나가는데 이번에는 굉음 내며 미끄러지듯 달려오더니 그만 소장 차 들이받고 말았다. 일부러 그럴 리 없고 제동장치 이상 아니면 운전자 신상에 무슨 일 생긴 것 아닐까. 가파른 비탈길에서 거대한 트럭에 추돌당한 승용차 붕 뜨며 떨어져 떼굴떼굴 구르더니 계곡으로 추락해 시야에서 사라지고 말았다.

***

그야말로 눈 깜짝할 새 일어난 끔찍하고 비극적인 사고였다. 은녀는 중환자실에서 3일 만에 의식을 회복했다. 코에 호스 박혀 있고 머리는 붕대로 칭칭 감겼다. 무엇보다 통증 심하게 느껴져 움직이는 것은 물론 말도 못 하고 손가락 까딱할 수 없을 정도로 심한 중상 입었다. 그녀는 급히 간호사를 찾았다. 소장 어떻게 됐는지 그것 알아야 한다. 간호사 머뭇거리더니 겨우 입을 연다. 피해 운전자 사고 현장에서 사망했다고…. 은녀는 충격으로 혼절해 버렸다. 얼마 후 정신 돌아와 집중 치료 받는데 장기손상 심해 여기선 어렵고 서울로 가야 한단다. 바로 구급차 실려 서울에 있는 대학병원 외상센터 입원하여 수술 시작했다. 입원 3개월 후 휠체어 타고 움직일 정도 되자 의사가 퇴원하란다. 큰 고비 넘겼고 예후 좋아 외래진료 해도 되겠다며. 사고 순간 은녀도 딱 죽게 생겼는데 조수석 문 부서지며 구급대원 진입 가능해 구조할 수 있었다 한다. 골절 심해도 천만다행 타박상 외 뇌에 출혈 없어 목숨 구할 수 있었는데 은녀 살린 건 소방대원과 에어백 덕택이라 한다. 조수석 에어백 터지며 신체, 특히 뇌 손상 막는 역할 한 것 같다고. 최근 10년 내 교통사고 가운데 미시령 낭떠러지 굴러떨어져 살아남은 사람 한 명도 없는데 은녀 기적적으로 목숨 건졌다. 죽지 않고 살아남은 것도 대단한 일인데 골절만 있지 장기도 정밀검사 결과 심각하지 않은 데다 머리 쪽 치명상 입지 않아 꾸준히 치료하면 향후 일상생활 지장 없겠다는 의사 소견 듣고 안도할 수 있었다. 어느 정도 시간 지나고 정신 차리게 된 후 담당 경찰에 물어보니 가해 차량 운전자 구속되어 재판 넘겨졌는데 음주측정 결과 면허취소 수치 나와 중형 받을 것이라 한다. 가해자 징역 100

년 받건 사형받건 죽은 사람 돌아오겠는가. 다른 건 몰라도 음주 운전은 살인행위다. 하루빨리 법 개정하여 언론에 많이 등장하는 미필적 고원지 뭔지 적용하여 가해자 엄벌에 처해주길 간절히 빌었다. 트럭 기사 일부러 사람 죽인 것 아니라지만 음주 상태에서 운전대 잡은 게 자기도, 타인도 죽음 염두에 둔 살인 아닐까. 일면식도 없는 낯선 사람이 마신 술 몇 잔 때문에 마지막 남은 두칠, 아리 아빠마저 빼앗겼으니 장차 이 일 어쩐단 말인가. 하늘 아래 천애 고아 홀로 남아 험한 세상 어찌 살아간단 말인가. 앞 캄캄하고 살고 싶은 생각 손톱만큼도 없다.

퇴원하여 집에 돌아오니 아무도 없다. 소장 장례는 일가친척과 동료 지인들이 치렀다 한다. 가만히 거실 들어가 서재 바라보는데 다양한 서적 눈에 띈다. 모두 그이 아끼던 책이다. 알베르 마티에 《프랑스 혁명사》, E.M. 번즈 《서양 문명의 역사》, 미하일 숄로호프 《고요한 돈강》, 홍명희 《임꺽정》, 김성동 《그리운 등불 하나》, 조정래 《태백산맥》, 황석영 《무기의 그늘》, 김훈 《흑산》, 가스통 레뷔파 《별빛과 폭풍설》…. 그 가운데 익숙한 책 한 권 눈에 띈다. 재레드 다이아몬드의 문화 이론서 《총·균·쇠》, 표지 넘기자 자필로 이렇게 써놨다. 면면(綿綿: 가늘고 길게 이어짐), 밀밀(密密: 고요하고 깊음), 유유(幽幽: 그윽함), 미미(微微: 있는 듯 없는 듯). 허균이 쓴 호흡법이란 설명 덧붙였다. 그리고 백석 시 한 소절 자필로 적어 책상 위

올려놨다. 맘에 쏙 드는 대목 있어 자주 읽은 모양이다.

늙은 갈대의 독백(獨白)/백석

해가 진다
갈새는 얼마 아니하야 잠이 든다
물닭도 쉬이 어뉘 낯설은 논드렁에서 돌아온다
바람이 마을을 오면 그때 우리는 설게 늙음의 이야기를 편다

보름밤이면
갈거이와 함께 이 언덕에서 달보기를 한다
강(江)물과 같이 세월(歲月)의 노래를 부른다
새우들이 마름 잎새에 올라 앉는 이때가 나는 좋다

어늬 처녀(處女)가 내 닢을 따 갈부던을 결었노
어늬 동자(童子)가 내 잎닢을 따 갈나발을 불었노
너늬 기러기 내 순한대를 입에다 물고갔노
아— 어늬 태공망(太公望)이 내 젊음을 낚어갔노

이 몸의 매딥매딥
잃어진 사랑의 허물자국

별 많은 어늬 밤 강(江)을 날여간 강다리ㅅ 배의 갈대피리
비오는 어늬 아침 나루ㅅ 배 나린 길손의 갈대지팽이
모다 내 사랑이었다

해오라비 조는 곁에서
물뱀의 새끼를 업고 나는 꿈을 꾸었다
— 벼름질로 돌아오는 낫이 나를 다리려 왔다
달구지 타고 산(山)골로 삿자리의 벼슬을 갔다

 백석 시 원문 그대로 필사하여 혼자 읽은 건데 평안도 억양에 현대문으로 알아듣지 못할 용어도 꽤 보인다. 그래도 백석이 말한 그대로 일 자 일 획 고치지 않고 원문 그대로 간직한 거 보면 백석 시인 얼마나 존경하고 문학 얼마나 사랑한 사람인지 미루어 짐작하게 된다. 당신이 쓴 문서 몇 장도 출력해 놓았다. 초등학교 다닐 때 시골에서 처음 본 연극 이야긴데 얼마나 재밌는지 이 시국에 그만 깔깔대며 웃고 말았다.

『**연극**』

"난 여태까지 연극을 딱 두 편 봤다. 영화는 꽤 봤는데 연극엔

흥미 없어서다. 첫 관람은 초등학교 1~2학년 무렵 섬마을이고, 두 번째가 서울 충무아트센터에서 본 극작가 피터 쉐퍼 작품〈에쿠우스〉다. 하룻밤 사이 쇠꼬챙이로 말 일곱 마리 눈 찌른 17살 소년과 그를 치료하는 정신과 의사 이야긴데, 문화방송에서 오랫동안 방영된 '전원일기' 최불암 선생 둘째 아들로 나온 유 아무개 벌거벗은 채(완전 나체 아니고 거의 나체) 열연했다.〈에쿠우스〉도 내가 원해서 본 게 아니라 성악 전공하고 고등학교 음악교사 하던 지인에게 끌려가 보게 됐다. 아, 반쪽짜리 하나 더 있다. 젊은 시절 동숭동에서 시국 풍자극 구경하던 중 경찰 들이닥쳐 공연진 끌려가며 난장판 된 것까지 포함하면 연극 관람 두 번 반이다. 난 엄니 손 붙잡고 학교로 갔다. 교실에 들어서자 이미 좌석 꽉 차 있다. 육지와 멀리 떨어진 외도(外島)라 공연 귀했으며 섬사람들 무지하여 문화·예술 관심 없었다. 그런데 섬 생기고 처음 연극공연 한 것이다. 육지에서 낙도 순회공연 하며 우리 마을 들렀는데 호기심으로 많은 인파 몰려들었다. 연극 시작됐다. 너무 오래전 일이라 자세히 떠오르지 않고 이 대목만 생각난다. 젊은이들 싸우다 한 사람이 단도 던지자 상대방 가슴에 꽂히며 피 흘리고 쓰러진 장면…. 순간 객석에서 난리가 났다. 생전 처음 보는 연극이라 진짜 사람 죽은 것으로 착각한 관중들 비명 질러댔다.

'오매 오매, 이것이 뭔 일이랑가. 사람이 죽었당께!'

'그라께 말이요.

쩌어그 뽀마드 보른 놈이 칼 던져 갖고 아자씨 심장에 맞쳐 부렀어라.

이 일을 워짠다요.'

'오월아! 오월아!

언능 수건으로 피잔 막아봐라.

그라고 똥수야! 너는 뛰가서 된장 퍼 온나.

피 난 데 된장 볼라야제.'

날아온 단도 가슴에 꽂힌 사내의 하얀 와이셔츠 선홍색 피 번지고 쿵! 하고 무대 쓰러진 남자 파르르 떨자 아낙들 발 동동 구르며 울부짖었다. 엄닌 날 끌어안더니 낮게 엎드렸다. 그리고 귀에 대고 속삭였다.

'아가 아가! 놀래지 말어라. 괜찮을 것잉께.'

사태 예사롭지 않게 돌아가자 극단에서 상황을 정리했다. 마을 이장에게 귀띔한 것이다. 얼굴에 기름기 번들거린 이장 일어서더니 한마디 한다.

'아짐씨들, 놀래지 마씨요. 사람 안 죽었어라.'

그러나 아낙들 믿기지 않은 표정 짓자 피 흘리며 쓰러졌던 사내 벌떡 일어섰다. 가슴에 단도 덜렁덜렁 달고서….

'오매 오매, 이것이 뭔 일이랑가. 죽은 사람이 일어나 부렀네!'
'그라께 염병할 놈이 우덜 놀릴라 그랬다 안 하요!'
'장난도 유분수제. 그라면 쓰것능가. 지금도 심장 벌렁거려 죽겠당께.
참말로 나쁜 놈이로세….'

아이 식은땀 흘리자 엄니 날 업고 약방으로 갔다. 미열에 빈맥, 나는 사나흘 앓았다. 순회공연 온 사람들 어촌계에서 푸짐하게 대접했다. 전복, 해삼, 민어, 농어…. 뱃구레 쑥 나오도록 먹어치운 스텝들 정기여객선으로 떠났다. 여객선 지나간 자리에 남겨진 하얀 포말 스키 자국처럼 선명했다. 난 다이아표 깜장 고무신 신고 뒷산 올라 먼 수평선 바라보고 있었다. 파도 바위에 부딪히며 산산이 부서졌다. 파란 하늘 쪽빛 물결, 하얀 파도와 높게 나는 갈매기, 두 뺨 스치는 해풍 맞으며 그렇게 서 있었다. 오래도록…."

이번엔 조금 다른 이야기. 고향 생각나 그랬는지 수필 형식으로 포구 이야기 적어놓은 것인데 습작인 모양이다. 읽어보니 재밌다. 제목은 호떡!

『호떡』

"엄닌 허리춤에서 쇳대 꺼내 압다지(소형 장농)에 채워진 자물통 들쑤셔 열었다. 이리저리 뒤지더니 헌 버선 짝 끄집어낸다. 버선 속 뒤집자 돈다발 툭 떨어진다. 돈 움켜쥔 엄니 손등에 돋아난 가느다란 혈관 파르르 떨린다. 자친은 엄지손가락에 침 발라가며 지폐 한 장씩 넘겼다. 내가 속으로 서른, 이렇게 셌을 때 엄니가 계수(計數)를 마쳤다.

'여긋다. 잃어부르먼 큰일 낭께 단단히 들고 가그라이.'

엄니는 100원짜리 지폐 100장 묶여 있는 1만 원 다발 헐어 거기서 30장 덜어내 아들 손에 쥐여준 것이다. 3천 원, 지금으로 치면 30만 원 가까이 되려나. 나는 어머니의 피와 땀 얼룩진 납부금 들고 등굣길 올랐다. 키 껑충한 찬석이도 아버지께 월사금 받아 나서는 중이다. 그새 연복이 합류했다. 연복이 머리에 동그란 기계충(두부백선) 생기고 얼굴엔 마른버짐 피었다. 영양분 결핍 때문에 나타난 저개발국 아이들의 흔한 피부병이다. 학교 저만치 보이는 지점 이르렀을 때 찬석이 입을 뗐다.

'우리 한 장씩 들어내 호떡 묵으로 가자.'

연복이 두꺼비 같은 눈 끔벅이며 강한 동의 표한다. 그날 우린 월사금 안 내고 버티다 하교 시간 맞춰 영해동에 있는 제일은행으로 뛰었다. 일제강점기 르네상스식 석조건물로 멋드러지게 지어진 제일은행 옆에 호떡 굽는 포장마차 있었는데 100원 들이밀자 호떡 22개 건넨다. 원래 20갠데 단골이라 덤으로 2개 더 준 것이다. 걸신들린 녀석들 그 자리서 죽기 살기 물어뜯었다. 당시 우리 '굶주림 지수' 배고픈 사자에 견줘도 모자라지 않을 판이다. 군것질로 생기발랄해진 녀석들 요릿집에서 갈비라도 뜯은 양 포만한 뱃구레 앞세우고 거만하게 꺼억! 트림하며 부둣가 배회했다. 비릿한 생선 냄새와 고깃배 연기통 내뿜는 시커먼 불완전 연소, 화물선에서 물건 내려 말수레 싣는 하역노동자의 분주한 움직임으로 부두는 늘 매캐하고 시끌벅적하다. 해안 안쪽으로 살짝 들어간 옴팍한 장소에 자리 잡아 그곳 사람들이 '째보 선창'이라 부르는 곳에서 세발낙지 파는 아주머닌 구경하는 손님 붙들고 낙지 자랑 한창이고, 막걸리로 목 축인 중년 사내 뱃전 걸터앉아 걸걸한 소리로 외친다.

'조도가리! 조도가리!'

조도 갈 사람 오라는 뜻, 천천히 다시 들어보면 조-도-갈-이-다. 조도(鳥島)는 전남 진도군에 속한 도서인데 우리나라에서 면단위로 섬이 가장 많은 곳이다. 유·무인도 합쳐 140여 개, 푸른 바다에 얼마나 많은 섬 흩뿌려져 있으면 '새 떼 같은 섬'이라 했겠는가. 조도갈이! 외치는 이 정기여객선 놓친 사람 태워 갈 고깃배 선원인데 우리 배 타면 빼어난 절경 자랑하는 조도 섬에 데려다준다는 호객행위 하는 것이다. 선창 한 바퀴 돌고 집에 들어왔다. 며칠 후, 연복이 보자더니 빅뉴스라며 호들갑 떤다. 놀라운 소식 갖고 왔다고. 한국은행 옆에서 호떡 10원에 4개 파는 곳 있는데 천신만고 끝에 찾아냈다며 거품 문다. 우린 믿기지 않을 속도로 한국은행 향해 달렸다. 도착해 보니 과연 김연복 말 사실이었다. 솥뚜껑 엎어논 듯한 시커먼 불판에 지글지글 기름 튀고 새하얀 호떡 뭉게뭉게 피어났다. 꿀꺽~ 입안 가득 침 고인다. 눈앞에서 달달하게 익어가는 호떡 바라보니 머리 복잡해진다. 10원 2개짜리 제일은행과 4개짜리 한국은행의 실익 따져봐야 하기 때문이다. 관심 사항은 뭐니 뭐니 해도 크기, 아무래도 4개짜리는 씨알 잘았다. 세 녀석 제일은행으로 뛰어 눈대중으로 크기 재보는데 한국은행 제품이 조금 나아 보였다. 다시 한국은행! 왕복 2km 넘는 거리 뛰어다니며 견적 내느라 땀 범벅된 우리가 최종 낙찰한 것은 한국은행표 바다 호떡이었다. 이번에도 이리같이 달려들어 달콤한 꿀물 탐닉했다.

우린 어찌 보면 호떡에 꽂힌 세대, 호떡에 저당 잡힌 청춘이었

다. 우리가 사랑해 마지않은 밀가루는 아이들 배고픔 해결하고 정신의 허기 채워 줄 위로였으나 한편으로 밀 과잉생산 되어 대서양에 버리기까지 한 미국이 잉여농산물 아시아 빈국에 유·무상 원조하며 자국의 농업문제 해결하기 위해 채택한 PL480호의 정치·경제적 처분 물이다. 미국이 바다에 버리다시피 한 백색 가루 태평양 건너 가난한 코리아의 배고픈 아이들에게 죽어도 잊지 못할 호떡·빵·국수·수제비로 환생한 것이니 원조의 사회학적 순기능이라 해야 할까. 아무튼 제일·한국은행 돌아다니며 먹을 만큼 먹었으니 이제 좀 쉬자. 언덕배기 연복 자취방에 간다. 그런데 거기 가기 위해선 험준한 설악산 공룡능선 오르는 것만큼 어려운 '힙빠리(ひっぱり: 몸 파는 여자 일컫는 일본어)' 골목 통과해야 한다. 힙빠리 골목은 일제강점기 만들어진 집창촌인데 길고 구불구불한 골목에 다닥다닥 붙어 있는 유곽에서 하얀 허벅지 드러낸 여자들 입술 빨갛게 칠하고서 지나가는 사내 소매 잡아끌고 있다.

우릴 보더니 손짓한다.

'얘들아! 일루와. 누나가 잘해줄게.'

멀대같이 큰 찬석인 얼굴에 여드름 돋고 코밑 거뭇하다. 나와 연복이도 바지 밑단 뜯어내 땅 쓸고 다니며 삐딱선 탄 애들 흉내 내

보지만 어딘가 어색하다. 짐짓 의젓하게 걷는데 여자 서넛이 우릴 감쌌다. 처음 연복에게 수작 거는가 싶더니 갑자기 한 여자가 뒤에서 껴안았다. 물컹한 것 등짝 비비자 숨 막히고 정신 아득해진다. 여자 신체 밀착시켜 목덜미에 입술 붙인 채 뜨겁게 속삭인다.

'넌 내 꺼야. 괜찮니?'

여자 입에서 라벤더 향이 풍겼다. 우린 황급히 거길 빠져나왔다. 그날 밤, 청춘들 쉽게 잠들지 못했다. 살냄새, 여자 냄새. 가슴 왜 그리 두근대던지. 저고리 묻혀든 분가루 유령처럼 허공 맴돌며 밤새도록 우릴 괴롭혔다. 바다에 폭풍 일었다. 성난 파도 하얀 거품 물고서 검은 바위 안기며 산산이 부서졌다. 포구 정박한 고깃배 빨강·노랑 만선기 심하게 펄럭인다. 거센 물살 잔교(棧橋: 배 댈 수 있도록 물가에 다리처럼 만들어 놓은 구조물) 타고 넘으며 중선 배 흔들어 댄다. 2주 후, 우리 셋 교무실 복도 무릎 꿇려 있었다. 황망히 달려온 엄마가 잿빛 얼굴로 교장실에 들어갔다. 뒤따르던 찬석 아빠도 장남 노려보며 주먹 부르르 떤다. 공부 못하지만 촉 발달한 찬석이 무릎걸음으로 다가와 귀엣말한다.

'오늘 아부지한테 잽히먼 디진당께!'
하고서 교실 밖으로 튀었다. 무섬증 달려든 우리도 도망치기 시작했다. '인간 한부기 뛰자!' 우선 살아야 하지 않겠는가. 운동장 가로질러 전속력으로 달렸다. 하지만 얼마 못 가 억센 손아귀 붙잡히고 만다. 그날 저녁, 머리에 수건 동여맨 자친 몸져눕고 난 눈물로 대죄했다. 엄니의 긴 한숨 폐부 깊이 스며들어 여기저기 아프게 찔렀다. 부모님 은혜 하늘 같은데 불효막심, 신성한 납부금 헐어 하찮은 밀가루 반죽에 영혼 팔아넘긴 어리석음 뼈에 사무쳤다. 우리 집 압다지 보관된 돈은 그냥 돈이 아니었다. 나는 자친께서 어떤 노력과 수고 끝에 지전 몇 푼 쥐게 되는지 누구보다 잘 알고 있었다. 변명의 여지 없이 오늘은 어머니 앞에 죄인이다.

'떡아 떡아, 호떡아!
웬수 놈의 오랑캐 떡아!
젖과 꿀 흐르던 달콤함 어데 가고
사람 잡는 불덩이 되어
식도 바작바작 태우는가.'

동생 가엾게 여긴 둘째 누나 개입하여 가까스로 엄니 노여움 풀어드렸다. 1년 후, 은행잎 노랗게 물들 때 밤 기차 탔다. 먼 해안에서 온 인사를 싣고 나는 떠난다. 정들었던 별 다방과 예쁜 영란이 잘 있으라. 오빠 성공하여 돌아올 때까지 기다려다오. 어느 고운 봄날 섬섬옥수 가녀린 마디 꽃반지 끼워줄 테니. 개찰구 들어서자 이럽션(Eruption)의 〈원 웨이 티켓〉 울려 퍼진다. 편도승차권, 그렇다. 나는 어머니께서 마련해 주신 서울행 기차표 들고 포구 떠났다. 적수공권 빈 몸뚱이, 낡은 가방에 달랑 책 2권 들어 있다. 버트런드 러셀《철학이란 무엇인가》, 이청준《병신과 머저리》. 칙칙폭폭~ 칠흑 같은 어둠 속으로 철마 달리고 포구의 희미한 불빛 멀어질 때 난 차창에 기대 잠들었다. 깜빡 졸았나 보다. 길게 하품하고 씻었다. 창문 열자 가을 햇살 우르르 몰려든다. 습관적으로 전화기 집어 드는데 두서없는 상념의 조각 흩날린다. 잠깐 사이 열여덟 소년 다녀간 모양이다. 며칠 움직였으니 오늘은 쉰다. 아! 꿈이었다. 옛날이었다."

***

읽고 나니 눈가 촉촉해진다. 철부지 학창 시절, 아랫녘 포구에서 또래 동무들과 놀던 해맑은 이야기, 호떡 얼마나 먹고 싶었으면 10원에 2개짜리, 4개짜리 비교하느라 한국은행, 제일은행 그리 뛰었을까. 내가 옆에 있었으면 만 원어치 사 주고 말았을 텐데…. 옆에 CD 있어 살펴보니 무슨 날 나에게 선물한 것 같다. 한 장 꺼내 오디오 기기에 넣었다. 잠시 후 선율 흘러나온다. 평소 우리 함께 듣던 〈알비노니 아다지오 G단조〉, 도저히 감정 추스를 수 없고 슬픔 형용하기 어려운 음악 소리 울려 퍼진다. 장엄하고 적막하며 비장하고 아름다운 명곡, 심장 깊게 파고들어 하늘에서 비탄에 잠긴 그이 목소리 전해지는 듯하다. 책장에 새겨 놓은 복무쌍지 화불단행, 알비노니 아다지오…. 이미 자신의 운명 예감하고 이별 준비한 것 아닐까. 불도 켜지 않고 밥도 먹지 않고 연속 재생으로 몇 시간째 음악 듣다 쓰러져 잠들었다.

며칠 후, 아는 동생 부축받아 차 탔다. 서울 빠져나와 교외로 달린다. 도착한 곳 놀랍게도 아리 쉬고 있는 데 아닌가. 아! 딸한테 오고 싶었나 보다. 자신도 모르게 탄식이 나왔다. 그리고 눈물 강물처럼 흘러내렸다. 딸과 아버지는 10m 정도 떨어져 서로 바라보고 있다.

"아리야! 아빠 왔어. 반갑지 않니?"

아리에겐 안개꽃, 그이에겐 찔레꽃. 산에 가면 찔레 향기 그리 맡아댔지. 유행가 중에 찔레꽃 붉게 피는 남쪽 나라 내 고향~ 방송에서 노래 나올 때마다 찔레는 붉은색 없는데 작사자 엉터리라 놀려대던 사람. 좋아하던 하얀 찔레꽃 향 맡으며 아리와 이웃들께 인문학 강의 많이 하세요. 프란츠 카프카 어떻고, 발자크 어떻고, 박영한 어떻고…. 뭐든 자세히 알려주는 성격이니 황일천 병장과 빅뚜이 잊지 말아요.

재회

봄, 여름, 가을, 겨울, 그리고 봄. 덧없는 세월 무던히 흐른다. 은녀는 건강 많이 좋아져 요즘 하루하루가 즐겁다. 가끔 아리와 소장 만나러 가는 것 외 친구와 근교 여행 다니며 지내고 있다. 특별히 나쁠 것도, 그렇다고 어깨 들썩이며 신날 일도 없다. 지난주엔 도봉산 다녀왔다. 서울에서 북한산과 쌍벽 이루는데 높이와 면적은 작으나 산세 수려해 우열 가리기 힘들 정도다. 산에 무슨 우열 있고 등급 있을까만. 도봉산은 최고봉 자운봉(739.5m) 기점으로 만장봉, 선인봉, 신선대, 주봉과 서쪽으로 봉우리 5개 나란히 줄지어 있는 오봉 인상적이다. 절리와 풍화작용으로 벗겨진 봉우리 연이어 솟아 기암절벽 이루고 있는데 수도권 모든 산 그렇지만 여기도 가을 단풍철엔 인산인해 미어터진다.

우리나라에서 설악산, 월출산, 그리고 남도의 공룡능선이란 별칭 갖고 있는 해남 달마산 외 이토록 날카로운 산군으로 형성된 골산 드물 것이다. 서울 부근에선 북한산 우두머리 인수봉(811m) 빼곤 따라올 자 없고 자운봉, 신선대 암벽코스는 도봉산이 자랑하는 클라이밍 애호가 성지다. 특히 포대능선에서 신선대 사이 Y계곡은 도봉산에서 가장 험한 코스로 릿지[산의 능선 따라 하는 등반으로, 암벽등반과 워킹을 결합한 형. 주로 암릉(암벽과 바위 능선) 오르며, 추락 시 부상 위험 높아 철저한 준비와 기술 필요함]·암벽등반 버금가는 명소다. 과거 그이 살아 있을 때 뒷산 놀러 가듯 다녔는데 오랫동안 오지 못하다 이제 만났다. 화강암으로 이루어진 골산에 고저 차 심해 숨차고 힘든데 막상 오르고 나면 성취감 뭐라 표현할 수 없다. 옆구리 허전한 것 말고….

산 다니고 친구 만나고 음악 듣고 음식 하며 그런대로 문제없이 사는데 언제부턴지 명치끝 뻐근하게 아린다. 특별히 속 아픈 것 아닌데 묵직한 게 달라붙어 있는 느낌이다. 어느 날 친정 오빠 며느리 들인다고 밥 한번 먹자 하여 다녀와 거실 의자에 잠들었는데 무슨 악몽 꾸고 놀라 일어났다. 한참 동안 안정되지 않고 심장 벌렁댔다. 노곤한 기운 가시지 않아 다시 누웠는데 그새 꿈을 또 꾸고 말았다. 이번엔 꿈속 얼굴 선명하게 나타났다. 떠난 지 15년 넘은 두칠이, 우리 두칠이 엄마 찾고 있었다. 해변에서 엄마 품 꼭

안겨 있었는데 갑자기 아이 사라져 어디론가 헤매다 높은 모래언덕 꼭대기 앉아 있는 아이 발견한 엄마 힘껏 뛰어 달려갔지만 아이 감쪽같이 없어져 버렸다. 희미한 울음소리에 고개 돌리니 아이 저 아래 모래톱 좁은 골짜기 미끄러져 울고 있지 않은가. 천신만고 끝에 푹푹 빠진 해안사구 미친 듯 헤집고 내려와 둘러보니 아까 그 장소에 아이 없다. 발 동동 구르며 여기저기 둘러보는데 백사장 한가운데서 커다란 상어가 아일 물고 있다. 또다시 그쪽 향해 뛰었다. 그런데 날카로운 이빨로 아이 물고 있던 상어 지느러미 꿈틀대며 바다로 가는 거 아닌가. 안 돼!, 이건 절대 안 돼!, 가까스로 도착한 엄마가 있는 힘 다해 상어 꼬리 붙잡아 당겨보지만 꿈쩍 않고 기어가더니 첨벙! 물속에 잠기고 말았다. 백상아리 이빨 물린 채 발버둥 치던 아이 물속으로 사라져 버린 것이다. 아가! 아가! 두칠아! 가지 마, 절대 가면 안 돼! 은녀 비명 지르며 깼는데 온통 땀범벅이다. 냉장고 열어 시원한 물 한 잔 마신 뒤 수건으로 이마에 흐른 땀 닦았다. 계속 우둔 거리며 가슴 진정되지 않아 저녁 거른 채 자리에 누운 은녀는 아까 본 아들 곰곰이 떠올렸다. 틀림없이 엄마가 아이 백일 무렵 사 준 바지와 갓난아기 때 입힌 배냇저고리 차림이다. 그날 밤 내내 잠자리 뒤숭숭하고 악몽 시달려 몇 번 깼다. 나중엔 아예 불 켜고 잤다.

아침 일찍 집 나선 은녀 고속버스터미널로 향한다. 직접 운전하고 가면 좋을 텐데 미시령 사고 이후 다리 후들거려 운전댈 놔 버렸다. 아는 동생과 가까이 사는 여고 동창이 태워준다는 걸 매번 미안하기도 하지만 이번 일은 은녀가 직접 처리하는 게 나을 성싶어 혼자 가기로 했다. 두어 시간 지나 갑산에 도착했다. 택시 잡아타고 대풍리로 향하는데 어촌 사람들 어구 손질하느라 바쁘다. 먼저 대풍리 이장을 찾았다. 선박 용선 알아보기 위해서다. 대롱개섬 가는 방법은 간단했다. 섬에 입도하는 건 섬 전체가 천연기념물로 지정된 자연보호구역이라 행정절차 복잡하고 공공기관 행사 및 학술연구목적 등 엄격히 제한하고 있는데 입도하지 않고 낚시나 주변 해역 살펴보는 건 특별히 제한하지 않는다고 한다. 우선 낚싯배 타고 가는 것이 쉬워 보이는데 얘기 들으니 그쪽도 녹록지 않다. 낚싯배는 예약 꽉 차 있는 데다 배 한 척에 3명, 5명, 10명. 이렇게 단체로 사전 예약되어 독선 빌리기 쉽지 않고 뱃삯도 상당하단다. 그래도 서울에서 속 끓이다 현장 찾아와 설명 들으니 한결 낫다. 오길 잘했단 생각 든다. 무슨 일이든 책상머리에서 펜대 굴리며 하는 것보다 직접 발로 뛰며 답 찾으면 방법 아주 없는 것 아니다. 은녀는 이번 일 누구와 상의하고 말고 할 필요 없다. 남편이 사는 데 불편 없을 정도로 재산 남겼고 특별히 아내 몫 신경 써 흥청망청 낭비하지 않으면 생계문제로 곤란 겪을 일 없다. 어차피 대롱개섬 가는 배편은 정해져 있었다. 어선과 낚싯배, 딱 두 가지다. 갑산군청 행정선과 기타 공무로 방문하는 것 빼곤 선택의 여지 없다. 은녀는 낚싯배를 하루 독선으로 계약했다. 선주는 낚시일정 조절하는 방법으로 배편 만들었는데 낚시꾼 태우고 종일 작업하는 것보다 어쩌면 이게 나을지 모른다. 다만 뱃사람들 바다와 관련된 일 예민해 돈 많이 준다 해도 거절하는 사람 있는데 이분은 은녀 사정 듣더니 과거 자기 할아버지도 풍랑 만나 바다에서 돌아가셨는데 끝내 시신 찾지 못해 혼령만 건져 선산에 가묘로 모셨다며 선뜻 응해주셨다.

이제 배편 해결됐고 용한 당골네 찾으면 된다. 서울에서 모셔갈까 했지만 아무래도 해난사고 겪어본 바닷가 분들이 나을 듯하여 선주께 물었더니 이 지방에서 소문난 무당 소개해 주겠단다. 이리 고마울 수가, 나중에 서울 오시면 정중히 모실 생각이다. 당골네는 나이 지긋한 여자분인데 커다란 눈과 오뚝 솟은 코, 삼단 머리 곱게 땋고 눈처럼 하얀 치마, 저고리 차림으로 조용히 앉아 있었다. 첫인상 예사롭지 않은데 강렬한 눈빛에서 뿜어져 나온 카리스마와 어딘지 모르게 아우라 느껴지는 그런 분이다. 은녀는 서울에서 내려올 때 사연 장황하게 말하기 싫어 사건 전말 요약하여 프린트로 출력해 갔다. 누가 봐도 쉽게 이해할 수 있도록 가지런히 정리했는데 아들의 부끄러운 과거마저 솔직히 적었다. 두칠이가 형사재판 받으며 제기된 세세한 개별 범죄행위는 법률적인 판단이라 굳이 알릴 필요 없어 생략하고…. 종이 찬찬히 들여다보던 여인 손님 한참 바라보더니 은녀에게 다가와 두 손 꼭 쥔다. 여인 손에서 따뜻한 체온 전해지고 은녀는 울음을 터뜨렸다. 어깨 들썩이며 흐느끼는 여자를 여인이 꼬옥 안아주었다. 인물 좋은 하성 선미 무녀는 30년 이상 넋 건지기 굿과 해원굿 전문으로 하는 당골네였다. 서울 촌놈 은녀에겐 낯설지만 이 사람들 굿 전문이라 금액 타결되자 일사천리 척척 알아서 진행했다. 뱃값과 무녀 수수료 결코 낮은 금액 아닌데 그래도 감당할 수 있는 액수고 애초 그것 감안하고 내려오지 않았던가. 무녀는 자기들 일정표 따라 의례 때 선박에서 덩실덩실 북치고 노래하며 제례 너무 엄숙하지 않게 분위기 띄우는 장구재비와 조무 소집, 징 치는 사람, 음식, 제단에 쓸 용기 등 완벽하게 꾸린 다음 사고해역 출동할 만반의 준비 마쳤다. 이제 변수는 날씨다. 날씨만 도와준다면 행사 차질 없이 치르게 된다. 낚싯배 선장에게 물어보니 출항해역 원거리라 날씨와 함께 물 때 살펴야 한단다. 어선과 바닷가 사람들에게 필수인 물때는 한 물에서 두 물, 세 물, 이렇게 가다 여섯 물(사리)에서 일곱~열두물까지 물살 무난히 흐르는데 그 후 차츰 강해져 열세, 열네 물(조금)과 마지막 주기인 열다섯 물(무시, 도는 무수)에 절정 이르는데, 달의 힘에 의하여 이런 현상 음력으로 한 달에 두 번 반복한다. 보통 여섯 물(사리)은 음력 열닷새(보름)와 삼십 일(그믐)이고 조수간만의 차 최대인 데 반해, 조금(열네 물)은 음력 팔 일, 스무사흘(반달)로 조수간만의 차 최소다. 밀물과 썰물은 여섯 시간 간격으로 하루 2차례 반복되며 물때와 조류에 영향 끼치는 것이다. 가까운 앞바다와 근해라도 조수간만 차 받는 편인데 요샌 그물코 작은 불법어업으로 싹쓸이하는 중국어선 분탕질로 어족자원 갈수록 고갈되고 있다며 한숨 크게 내쉬었다. 조수간만 차 때문에 물살 거세져 조업할 수 없는 물고기 조황은 조금(음력 팔 일, 스무사흘 전후)에 항구로 배 들어온다. 잡은 물고기 하역해야 하니까. 그래서 경험 많은 주부들 조금 때 기다렸다 어시장 나간다. 아무래도 신선하고 값싸게 물고기 살 수 있어서다. 이젠 어업 방식도 많이 바뀌어 고깃배 출항할 때 얼음 가득 채우고 나가 물고기 잡자마자 얼음 세례 퍼부어 선도에 별문제 없고 참치 잡으러 원양 나가는 대형선박은 자체 제빙기 갖고 있어 물고기 얼마든지 신선하게 보관한 상태에서 귀항하여 생선 내린다. 당골네는 물살 거세지 않은 음력 초사흘, 세 물에 바다 나가기로 결정했다. 선박, 당골, 장구재비, 조무 포함하여 제례 도와줄 인원과 음식, 제례 용품, 물때까지 완벽하게 준비됐다. 다른 건 다 무녀가 알아서 하고 은녀는 국화 열 송이 준비했다. 드디어 음력 초삼일, 엄마, 아빠 마음 싣고 육지에서 65km 떨어진 절해고도 외로운 섬에 아들 만나러 간다.

***

    바다가 삶의 터전인 어촌에서 해난사고는 숙명이다. 섬사람들 피하고 싶다 하여 피할 수 없는 삶과 죽음의 경계선에서 1년 열두 달 흉참한 일 일어나지 말고 그저 곱게 지나가라 비는 것이다. 섣달 그믐날 저녁 당 숲에 들어가 목욕재계하고 정월 초하룻날 아침 떡과 술, 고기 용왕님께 바치며 치성드리는 것도 태풍 멀리 가고 고깃배 만선하라는 어촌 사람들의 간절한 여망 아니겠는가. 그러나 뜻하지 않게 사고 발생해 비탄에 가슴 멍들어도 내일이면 다시 바다로 나가야 하는 운명 타고난 것이다. 이런 까닭에 수망(水亡)굿은 주로 갯밭 일구며 사는 어촌에서 행해지고 있다. 혼건지기, 넋건지기굿은 '넋' 건진다라 표현하지만 사실상 해원(解冤: 가슴속에 맺혔던 원통함을 풂) 뜻 포함하고 있다. 수망, 해원, 혼건지기라는 명칭에서 알 수 있듯 물에 빠져 죽은 사람의 넋 건져내 의례 행하는 굿으로, 익사자 시신 찾지 못했을 때 행해진다. 이유는 망자 혼이라도 건져 구천(九天) 떠돌지 않도록 일정한 의례 거쳐 무사히 저승으로 보내기 위함이다. 그런 점에서 이 굿은 망자를 저승으로 천도해 주는 사령제의 하나로 볼 수 있다. 넋건지기

    ……….
* 참고문헌: 넋건지기굿 무구의 의례적 기능과 상징(최진아, 도서문화45, 목포대학교 도서문화연구소, 2015), 민속을 통해 본 어촌 주민들의 죽음에 관한 인식(서종원, 한국전통문화연구17, 한국전통문화대학교 한국전통문화연구소, 2016), 수영포 수망굿과 무속에서의 죽음의 교육적 의미(김인회, 교육논총2, 건국대학교 교육대학원, 1983), 디지털군산문화대전(gunsan.grandculture.net), 한국민족문화대백과사전(encykorea.aks.ac.kr).

굿에서만 볼 수 있는 것은 아니지만 넋을 건져 천도의례 행하는 기저에는 이승과 저승의 관념 깔려 있다. 더불어 온전한 죽음의식 치르지 못한 망자의 영혼은 저승에 갈 수 없다는 유교적 관념 또한 무시할 수 없었을 것이다. 아침 일찍 항구 출발한 배 호수처럼 잔잔한 바다 미끄러지듯 달려 2시간 만에 목적지 닿았다. 선장은 배가 물살에 떠밀리지 않도록 정박 장소에 닻을 놓고 조타실 들어가 조용히 기다린다. 오늘 수망굿 주제할 사람 무당이라 자리 내준 것이다. 맨 먼저 은녀가 바다에 국화꽃을 띄었다. 쪽빛 바다에 하얀 국화 송이 잔물결 타고 일렁인다. 그다음 무가 울려 퍼진다. 징, 아쟁, 장구, 단소 장중하게 연주되며 초혼 시작되자 당골네 구성진 목소리로 영가 부른다. 구천 떠도는 망자 이름 부르며 수중에 잠들어 있는 혼 깨우는 것이다. 엄마가 집 나간 아이 부르는 것처럼. 징 소리와 여인 울부짖는 곡소리 드넓은 바다 가득했다. 당골 애끓는 외침과 깊고 묵직한 징 소리 멀리멀리 퍼져 나간다. 은녀는 두칠이 생전에 쓰던 손수건 몸에 지니고 소매 속에 아들 사진 넣은 후 소복 차림으로 혼대와 연결된 끈 붙잡고 있다. 당골은 수중고혼 되어 홀로 외로웠을 두칠이 목 놓아 부른 뒤 하얀 천으로 밥그릇 감싼 긴 장대 바다에 드리워 혼 건지기 시작한다. 밥그릇 안엔 흰쌀과 두칠 생전에 사용하던 손목시계와 머리빗, 오래된 아날로그 휴대전화기 들어 있다. 마치 낚시하듯 혼대 붙잡고 흔들어 대며 주문 외우던 당골네가 곱게 단장한 수탉 바다에 던진다. 수탉은 망자의 혼 건져내는 매개자. 이윽고 혼대 끌어 올렸다. 그걸 여기서 풀면 안 되고 망자 혼령 안치장소에 가져간다. 당골네, 은녀, 바라지, 조무, 장구재비, 음악연주자 모두 소복 차림이라 바다에 목련꽃 너울대며 춤추는 것 같다. 혼 불러낸 무녀는 바다에 소금 한 바가지 뿌린 후 갑판 마련된 제단 앞에서 주문 외우고 춤추며 연신 두칠이 극락왕생 서원한다. 용왕님께 올리는 비손(서원)은 시나위 가락에서 파생된 판소리 운율로 진양조부터 느리게 시작하여 중모리, 중중모리, 엇모리, 자진모리, 휘모리, 단모리장단으로 이어지는데 거기 아쟁과 단소, 징 가담하여 정겹고 처량한 분위기 한껏 고조시키나 뜬금없이 장구재비의 '얼쑤, 좋다!' 하는 추임새도 들을 수 있다. 무당 운율이 가야금 산조 등 국악 기반하기 때문인데 얼쑤, 좋다는 추임새 여기서 기분 좋단 뜻 아니라 수중고혼 초대하고 만나 해원한 다음 춤추며 뭍으로 모셔 갈 혼령과 함께 즐겁게 노래한다는 뜻이라 봐야 한다.

징은 귓등 스쳐 지나가며 바로 들어오지 않고 지이이잉, 징이이잉~ 멀리 퍼지는 소리인 반면, 단소는 순간적으로 귓구멍 후벼파 가슴 도려내는 감정 음악이다. 장구와 아쟁, 단소와 징 어우러져 혼령 위로하며 걸진 굿판 벌이는데 바닷속 깊은 데 가라앉아 오래 잠들었던 혼령인들 현신하지 않곤 못 배길 구슬프고 신명난 의식이다. 이어 무녀가 천도(遷度: 죽은 사람 넋이 극락으로 가도록 기원함)를 진행했다. 그렇게 두어 시간 넋건지기굿 마치고 마지막으로 용왕님께 인사드린 후 혼령 위로하는 노래 불렀다.

"넋이로세 넋이로세. 넋인 줄을 몰랐더니
오늘 보니 넋이로세. 신이로세 신이로세.
신일 줄을 몰랐더니 오늘 보니 신이로세.
넋일랑은 오시거든 넋당삭에 모셔 오고,
신일랑은 오시거든 신상에 담아 오고,
신넋이 오시거든 화기사단에 모십시다."

"넋이로세 넋이로세. 넋인 줄을 몰랐더니
오늘 보니 두칠이네. 신이로세 신이로세.
신일 줄을 몰랐더니 오늘 보니 아들이네.
넋일랑은 오시거든 넋당삭에 모셔 오고,
두칠 혼령 오시거든 꽃바구니 담아 오고,
수중 넋이 오시거든 엄마 품에 모십시다."

당골네 굿 장단 옛날 아랫녘 어촌마을 꽃상여 나갈 때 부르는 상엿소리와 비슷하다. 장사 날 상여 나갈 때 상두꾼들 무명으로 발감개하고 어깨에 상여 들어 올려 멘 다음 학교운동장에서 노제 지내는데 요령잡이 선창하면 상두꾼 메김소리와 뒷소리로 따라

하는 가락이다.

요령잡이 상여 앞에서 둥둥 북 치며 선창한다.

"워어널 워어널, 얼가지 넘자 워아널!
노세 노세 놀다나 가세 이제 가면 못 오나니.
북망산이 머다더니 문전산(門前山)이 북망이네.
황천수(黃天水)가 머다더니 한 번 가면 못 오는고
일가친척 많건마는 어느 일가가 대신 갈꼬.
명사십리 해당화야 꽃이 진다고 서러 마라.
내년 춘삼월 돌아오면 너는 다시 피련마는
우리 인생 한 번 가면 다시 오지는 못하리라.
명정공포(銘旌功布)가 앞을 서니 황천길이 분명코나
앞동산에 두견새야 너도 나를 기다리냐.
뒷동산에 접동새야 너도 나를 기다리냐.
두견 접동아 우지 마라 나도 너를 찾아간다."

상두꾼 메김소리 한다.

"워어널 워어널, 얼가지넘자 워아널."

요령잡이 구성지게 소리한다.

"인제 가면 언제 오나 돌아올 날이나 일러보자.
동방화개(東方花開) 춘풍시(春風時)에 꽃이 피거든 내가 오지.
말 머리에 뿔이 나면 이 세상에 다시 올까.
까마구 머리 희어지면 이 세상에 다시 올까.
쪼그마한 조약돌이 널다란 광석(廣石) 되야
정이 맞거든 다시 올까 언제 다시 돌아올꼬.
석상(石上)에다 진주(眞珠) 심어 싹이 나거든 다시 올까.
병풍 안에 그린 수탉 두 나래 치며 울거든 다시 올까."

상두꾼 후렴구 부른다.

"워어널 워어널, 얼가지넘자 워아널."

요령잡이 목메어 눈물 글썽인다.

"북망산천 찾아가서 사토(沙土)로 집을 짓고
송죽(松竹)으로 울을 삼고 두견 접동새 벗이 되야
산첩첩이 처량한 것이 혼백이라.
자손들이 늘어서서 평토제사(平土祭祀) 지낼 적에

어동육서(魚東肉西) 좌포우혜(左脯右醯) 삼색 과실을 채려 놓고
방성통곡(放聲痛哭) 슬피 운들 먹는 줄을 뉘가 알며
꾸는 줄을 뉘가 알꼬, 아이고 아이고 내 신세야."*

흐드러지게, 처량하게 메김소리 이어진다.

"워어널 워어널, 얼가지넘자 워아널."

상여 노제 마치고 산으로 떠나며 동네 사람들과 하직 인사한다.

"어허 우리 벗님네들!
안바다 서바다 너른여 나가 주낫질로 고기 잡아
부시리, 전대미, 두태비 잡고 술도가~ 모여앉아
탁배기 나누던 동무들아, 나는 가네~ 떠나가네.
마치 영감, 마치 아재, 쑥떡 어멈 홀로 두고
어데 간다 서두르요. 나는 가네~ 나는 가네~
늙은 할망 두고 가네. 이제 가면 못 오나니
서런 작별을 고한다네. 국구섬아! 방원여야! 윗섬 샛게도
그립구나.

....
* 나민생, 박진수 외 남도 상엿소리 구송(口誦)

산마루~ 큰재 고개 소풍가던 정겨운 곳,
뒷마에 뒤영 싣고, 헝어리 싣고, 갈밋여로, 슬픈여로
파도 속에 노를 저어 전복 잡고, 꾸죽 잡고,
해삼 건져 뱃전이 남실남실 가득가득 실어오세.
어허! 어허야! 벗님네들, 부디부디 잘 있으소."

상두꾼 처연한 얼굴로 뒷소리한다.

"어기야 뒤야, 어기야 뒤야 어기요차 워어널,
어기요차 어기요차 어기야 뒤야 워어널,
워어널~ 워어널~ 얼가지넘자 워아널~"

삶과 죽음, 이승과 저승 연결하는 상엿소리는 서창(序唱)소리, 행상(行喪)소리, 자진상엿소리, 달구소리로 하고 요령 대신 북 치며 망자의 저승길 서원(誓願)했다. 오늘 넋건지기굿 보니 과거 상엿소리와 비슷하고 가락도 거의 일치한다. 애달픈 단소 소리와 묵중한 징 소리, 장구재비의 흐드러진 가락 바다 향해 길게 뻗어 나갈 때 은녀는 아들을 불렀다.

"두칠아!
내 아들 두칠아!

엄마한테 와라. 15년 동안 거기 있었으니 이제 엄마와 같이 가자. 가서 아빠 만나고 아리에게 사죄하여 함께 살자꾸나.
두칠아! 그만 떠돌고 엄마한테 와라. 우리 아들 두칠아!"

애달픈 엄마 마음 바다 닿고 하늘 닿아 아들에 닿아 어미 품 안기게 되길 빌고 또 빌었다. 이제 마칠 시간이다. 선장이 시동 걸더니 대롱개섬 크게 한 바퀴 돈다. 예정에 없던 항해다. 선장은 아들과 엄마의 해후를 이렇게 마감했다. 그리고 하얀 포말 일으키며 항구로 달렸다.

서울로 돌아오는 은녀 품에 하얀 천으로 감싼 혼 그릇 들려 있다. 엄마는 그것 꼬옥 안은 채 조용히 눈물 흘린다. 차창에 도시의 지친 불빛 흘러내린다. 오늘 운전하느라 고생한 동생이 음악 들려준다. 첫 곡 헨델의 〈사라방드〉, 두 번째 오펜바흐 〈자클린의 눈물〉, 그다음 가브리엘 포레 〈파반느〉, 에드바르트 그리그 〈오제의 죽음〉, 프랭크 시내트라 〈마이웨이〉, 박인희 〈끝이 없는 길〉, 송창식 〈꽃, 새, 눈물〉…. 내 취향 아는지 아주 푹 가라앉는 명곡으로 엄선(?)했나 보다. 아닌 게 아니라 슬픔에 슬픔 더해져 깊은 바닷속 침전하더니 이제 바닥 닿았는지 오히려 마음 차분해진다. 이대로 가다간 언니 가라앉게 생겼다 생각했는지 이번엔 경쾌한 곡 선물한다. 이병헌·이은주 주연 영화 〈번지점프를 하다〉

에서 인우(이병헌)와 태희(이은주)가 노을 물든 해변 솔밭에서 춤출 때 흘러나온 배경음악, 드미트리 쇼스타코비치 〈왈츠 재즈 2번〉, 가라앉은 마음 조금 끌어올린 느낌이다.

외롭고 힘들 때 곁 지키는 사람이 친구다. "친구란 미주대륙 원주민 말로 '내 슬픔을 자기 등에 지고 가는 자'라는 뜻 가지고 있다 한다. 그 숨은 의미를 알게 된 뒤 나는 친구에 대하여 다시 생각해 보게 되었다. 이를테면 누군가를 사귈 때 그가 정말로 내 슬픔을 자기 등에 옮겨질 수 있을 것인가 헤아려 보게 된 것이다. 내가 누군가의 친구가 될 때도 마찬가지였다. 내가 그의 슬픔을 진정한 나의 슬픔으로 받아들일 수 있을 것인가 한 번쯤 깊이 사고하게 되었다." 김지수 《들꽃 이야기》에 나오는 말이다. 친구는 산처럼 굳건하고 솔처럼 푸르면 된다. 시련에 빠졌을 때 함께 울어줄 사람, 외로워 눈물 흘릴 때 눈물 닦아줄 사람. 나도 그도 친구는 이러해야 한다고 믿는다. 미주대륙 원주민처럼 상대 슬픔 등에 지고 가긴 어려워도 슬픔에 슬픔 더 무겁게 하면 안 되는 속 깊은 사람이 친구 아닐까. 코펜하겐의 우울한 철학자 키르케고르는 '죽음에 이르는 병'을 절망이라 했다. 암이나, 고혈압, 당뇨병처럼 우리 목숨 위협하는 여러 질환 있지만 진정 절망이 사람을 깊은 나락에 떨어뜨려 끝내 죽음으로 인도한다는 것이다. 복지천국이라는 북유럽의 스웨덴, 노르웨이, 덴마크 자살률 높은 까닭도 그 사회 밑바탕 깔린 풍부한 물질이 해결하지 못한 인간의 근원적 고독과 외로움 아니겠는가. 결혼보다 동거가 훨씬 많은 유럽 사람들의 가정과 가족, 행복의 결말은 어떤 것일까. 물질적 풍요보다 더 절실한 게 사람, 사랑 아닐까. 스산한 바람 나부끼는 황량한 폐사지에 덩그렇게 서 있는 당간지주 같은 모습으로 고독에 떨고 있을 때 손 내밀어 주는 사람, 그리하여 따뜻한 온기 전해 주는 사람, 그것이 진정한 친구 아닐까.

***

은녀는 아들 혼 그릇 화장장 거친 유골 아닌 가묘라 항아리에 아이 사진과 손수건, 양말, 손목시계, 오래된 휴대전화, 그리고 저승길 노잣돈 하라고 5만 원짜리 지폐 몇 장 넣어 꼭꼭 싸맨 뒤 비단 보자기 정성스레 감싸 승화원으로 갔다. 미리 얘기해 둔 터라 두칠 안치할 자리 마련돼 있다. 요샌 승화원도 포화상태라서 여기저기 미로 많고 2층까지 있어 까딱하면 길 잃기 쉬운데 다행히 같은 층 같은 칸으로 배정받았다. 직원분도 이런 경우 드물다 한다. 맨 오른쪽에 아리, 가운데 소장, 두칠인 왼쪽 하단부다. 가정마다 사연 없는 집 있을까만 이 집도 애잔한 가족사 갖고 있다. 소장과 두칠이는 부자간에 평생 단 한 번도 만난 적 없다. 이유 불문하고 아버지와 아들이 같은 하늘 아래 살며 만나지 못한 건 가슴 아픈 일이다. 아버지는 아들을 자신의 피로 인정하기 망설였고 아들은 대위를 철석같이 아비로 알고 있었다. 아리 또한 아버지 과거 모른 까닭에 은녀와 배다른 오빠 두칠이 자신과 혈연으로 얽혀 있다는 것 꿈에도 생각하지 않고 살다 숨졌으니 두칠과 아리 두 남매는 이 엄청난 사실 영원히 모른 채 떠나고 말았다. 돌이켜 보면 실타래처럼 얽힌 원인의 정점은 소장이다. 소장 때문에 일어나선 안 될 비극 발생하고 살아야 할 생때같은 청춘 목숨 버리게 된 거 아닌가. 그런데 소장마저 떠나 누구에게 이 원통한 사연 털어놓는단 말인가. 죽은 자는 말이 없다. 지금 책임소재 따진다 한들 무슨 소용인가. 이미 이 세상 사람 아닌 것을. 은녀는 두칠이 사후 15년 만에 만나 이렇게 가족 품 안겼으니 그나마 다행이라 여기면서도 지나간 세월에 대한 회한과 헝클어진 과거 한없이 원망스러울 뿐이다. 사고무친, 험한 세상 홀로 남게 된 여인 다시 흐느낀다. 울고 또 울어 눈물 두 뺨 타고 흘러내리는데 멈추지 않는다. 가혹한 시련, 감당하기 어려운 아픔 온몸으로 견뎌야 하는 은녀 어깨 계속 들썩인다. 이제 놓아주자. 사랑과 미움, 원망과 아쉬움 모두 바람에 날리고, 바다에 띄워 머언 피안의 세계로 떠나보내자. 언제까지 붙들고 있을 것인가. 그들 자유롭게 하여 창공, 대양, 훨훨 날아 춤추게 하자. 은녀는 마음 다잡았다. 긍정적으로 생각하여 이렇게 옹기종기 모여 있는 거 좋은 일이고 어찌 됐건 가족 한곳에 있어 생일이나 명절 때 복잡한 데 찾아다니지 않으니 얼마나 편안한 일인가. 사실 여기 자리 없을까 봐 노심초사했다. 같은 서울이라 해도 몇 곳 흩어져 있으면 서로 외롭고 보러오는 사람 역시 번거롭겠지. 두칠이 스무 살 무렵부터 수사기관 들락거리다 징역살이 10년, 물에 빠져 15년, 엄마는 두칠이 크는 모습 가까이서 본 기억 가물가물하다. 교도소 면회장에서 본 게 전부일 정도니 모자간 얼마나 사무친 인연인가. 살아 있으면 45살 중년, 나이로 치면 가정 꾸리고 알콩달콩 살 텐데. 엄만 손자 보느라 정신없을 테고…. 이제 아빠 곁에서 죄 많은 오빠로 동생께 속죄하며 영생하길 빌고 빌었다. 바다에서 아이 만날 줄 꿈에도 몰랐는데 이렇게 해후하게 됐다. 비록 혼령이지만 다시 만나 엄만 참 행복하구나. 너 대신하여 아빠가 엄마 지극정성 보살폈으니 거기선 네가 그동안 못다 한 효도하면서 아빠 돌보고 천추의 한 맺힌 동생 아리에게도 용서받길 기도한다. 엄마가 너와 아빠, 아리 보러 자주 올 거야. 죽기 전까지는. 그러니까 너도 그만 외로워하고 엄마, 아빠 자주 만나며 행복하면 좋겠어. 사랑하는 내 아들 두칠아!

사랑

어제 승화원에서 연락이 왔다. 자리 배치 문제로 상의할 게 있는데 내일 오전 10시까지 방문할 수 있냐고. 무슨 일일까 싶어 서둘러 도착하니 벌써 사람들 꽤 모여 있다. 마이크 잡은 회사 대표 설명을 한다. 이번 회사에서 승화원 증축공사 하는데 건물 북쪽, 그러니까 지금보다 더 안쪽에 3천위 모실 수 있는 봉안당 조성한다고. 혹여 그쪽으로 가기 원하는 회원 있으면 100명 선착순 받아 옮겨드린다고. 회의실 벽면에 띄워놓은 파워포인트 보니 숲 안으로 더 들어가 아늑해 보인다. 지금 있는 데는 다 좋은데 바람이 좀 들이치는 곳이라 신축 봉안당으로 가는 것도 괜찮겠단 생각 든다. 옆자리 중년여성에게 어떤가 물으니 자기도 거기 좋을 듯하여 남편 그쪽으로 옮길까 생각 중이란다. 옮기기로 했다.

무엇보다 은녀 마음 움직인 건 가족 한자리에 모일 수 있다는 것. 지금도 한 공간이지만 그래도 세 사람 여기저기 떨어져 있어 옹기종기 모여 있는 게 나을 성싶다. 그리고 나중에 은녀 자신 들어갈 자리도 신규 분양받을 수 있단다. 그럼 한곳에 우리 가족 다 모이게 된다. 살아서나 죽어서나 가족은 같이 있는 게 좋다. 이런저런 사정 때문에 흩어져 그러지 각자 마음속엔 늘 함께 있길 원할 것이다. 은녀 친정 부모님도 엄마가 오빠 직장 때문에 부산으로 가서 살다 운명해 부산 계시고 아버지는 종가 선산에 모시느라 파주에 계신다. 승화원 증축 자리 숲 가까운데 우리 가족 한자리 모여 있으면 이보다 더 좋을 순 없어 보인다. 은녀는 기꺼이 분양 대금 치른 후 사무실 들어가 조감도 다시 확인하고 집으로 돌아왔다. 기존 안치된 장소에서 증축 장소로 옮기게 되는 가족 세 사람은 소정의 수수료만 내라 하여 그렇게 하고 마무리 지었다. 증축공사는 예상외로 빨리 진행됐다. 시작한 지 1년 조금 안 됐는데 거의 완공이란다. 요새 건축기술 발전하여 공사 빠르게 하고 주거용 아니다 보니 건축허가에서 준공검사까지 까다로운 절차 별로 없는 모양이다. 드디어 소식이 왔다. 준공허가 떨어져 입주해도 된다고. 은녀는 떨 듯이 기쁜 마음으로 승화원 향해 달렸다. 직원 안내받아 들어가 보니 훌륭한 건물로 곱게 단장해 놨다. 돌아가신 분 모셔놓은 납골당 왠지 으스스하고 황량한 느낌 들었는데 여긴 확 다른 분위기다. 돌아가신 분 모시는 공간은 틀림없는데 남은 사람도 배려하여 가족 친화적 건물로 지었다 한다. 은녀넨 3개 층 가운데 2층, 높지도 낮지도 않은 최적지다. 일정 알려주면 회사에서 유해 옮기는 의례 도와준단다. 가장 빠른 날짜 3주 후, 그날 새집에 모시기로 했다. 약속된 날 승화원 도착하니 인파 바글바글하다. 은녀처럼 기존 자리에서 움직이는 분과 새로 분양받아 들어오는 분으로 정신이 없다. 바쁘게 움직이는 직원들 한 치 오차 없이 일 처리했다. 접때 안경점에서 느낀 거지만 여러 분야 전문가 많아 자기 영역에서 실력 발휘하고 있는데 이들이 진정한 고수 아니겠는가. 세 사람 자리 성인 보통 키 높이에 일렬로 배정받았는데 이 정도면 프리미엄급이다. 마무리는 사진과 예쁜 꽃으로 장식하니 참 좋아 보인다. 사무실 들어가 수고한 직원께 고맙단 인사드리고 마련해 간 술, 과일, 떡, 북어포로 간단하게 제례 올렸다. 이제 그이와 아리, 두칠이 여기서 영원한 안식 얻으면 된다. 가벼운 발걸음으로 집에 돌아온 은녀 서재에서 시집 꺼내 뒤적이며 뭘 찾고 있다. 거리 제법 있고 직접 운전 못 하니 자주 가긴 어려워도 틈나는 대로 찾을 예정인데 갈 때 애들과 그이에게 마음 담아 시 한 수 낭송하고 싶어서다. 시집 몇 권 꺼낸 뒤 맘에 드는 것 골랐다. 애들 아빠 살아 있을 때 하도 권해서 인문학 강좌 듣고 나중엔 역사탐방 모임 들어가 관련 책도 읽고 해당 지역 답사하며 견문 넓히는 중이다. 5일 후 갈 예정이니까 지금 하나 고르자. 첫 편 눈에 들어온다. 내가 당신께 하고 싶었던 얘길 시인이 대신 해주네. 어쩜 내 마음 이렇게도 절절하게 표현할 수 있을까. 보태지도 빼지도 않고 딱 이것이니 받아주세요. 여보, 제가 당신한테 인문학 관련하여 많이 배워 제법 유식해졌나 봐요. 어디서 수다 떨지 않은 성격인데 며칠 전 만난 친구가 똑똑해졌다며 놀림 반, 칭찬 반 그랬어요. 이것도 당신이 알려준 건데 향원익청(香遠益淸)이라고 향기는 멀어질수록 맑아진다 했잖아요. 지금 그 말씀 뼈저리게 느끼고 있어요. 당신 내 곁에 계실 때도 알고 있었지만 떠나고 없는 지금 절절하게 마음에 닿아요. 파블로 네루다 말했대요. "시란 설명할 수 없고 가슴으로 느껴야 한다." 제가 당신께 전하는 시 가슴으로 느끼길 빌게요. 거듭 말하는데 우리에게 이별 같은 건 없어요. 오직 사랑뿐, 그리운 당신! 정희성 시인의 〈한 그리움이 다른 그리움에게〉 드립니다.

    어느 날 당신과 내가
    날과 씨로 만나서
    하나의 꿈을 엮을 수만 있다면
    우리들의 꿈이 만나
    한 폭의 비단이 된다면
    나는 기다리리, 추운 길목에서
    오랜 침묵과 외로움 끝에

한 슬픔이 다른 슬픔에게 손을 주고

한 그리움이 다른 그리움의

그윽한 눈을 들여다볼 때

어느 겨울인들

우리들의 사랑을 춥게 하리

외롭고 긴 기다림 끝에

어느 날 당신과 내가 만나

하나의 꿈을 엮을 수만 있다면

두 번째는 아리 몫이다. 아리 생각하자 단박에 떠오른 문구. 이거 맘에 딱 든다. 아리야! 우리로 치면 정지용 시인에 해당하는 아일랜드 서정시인 예이츠 〈수양버들공원에 내려가〉 준비했어. 멀리 대서양 너머 있는 시인이 우리 아리에 대해 이토록 진솔하게 표현할 수 있을까. 아리야! 언제까지나 널 잊지 않을게.

***

수양버들공원에 내려가 내 사랑과 나는 만났습니다

그녀는 눈처럼 흰 귀여운 발로 버들 공원을 지나갔습니다

나뭇잎 자라듯 쉽게 사랑하라고 그녀는 내게 말했지만

나는 젊고 어리석어 곧이듣지 않았습니다

들녘 강가에 내 사랑과 나는 서 있었고
내 기운 어깨 위에 그녀는 눈처럼 흰 손을 얹었습니다
둑 위에 풀 자라듯 쉽게 살라고 그녀는 내게 말했지만
나는 젊고 어리석었던 탓 지금은 눈물이 넘칩니다

***

아들 두칠아!

엄마가 너에게 적합한 시 고르느라 여기저기 헤매다 이걸 찾았지 뭐니. 거기에선 엄마 걱정 말고 편하게 지내. 엄마 만날 때까지 건강하고. 세르게이 예세닌 〈어머니께 드리는 편지〉 잘 읽고 너도 엄마 생각 많이 하는 착한 아들이면 좋겠다. 넌 내 가슴에 영원히 반짝이는 별이야.

늙으신 어머님, 아직 살아 계십니까?
저도 살아 있습니다. 문안드립니다. 인사를!
당신의 오두막집 위로 그 기막힌 저녁 빛이 흐르기를 빕니다

당신은 불안을 숨긴 채
내 걱정을 많이 하시고
그 옛날 헌 코트를 입고

자주 한길로 나오신다구요

그리고 저녁의 푸른 어둠 속에서
늘 같은 생각이겠지요
술집 싸움에서 누군가
핀란드 칼을 내 가슴에 꽂는 것 같다고

괜찮아요, 어머니! 안심하세요
그것은 괴로운 환상일 뿐입니다
당신을 뵙지 않고 죽어버릴
술고래는 아닙니다

예전처럼 정답게
꿈꾸는 건
불안한 고뇌에서 하루빨리 벗어나
나지막한 우리 집으로 돌아가는 것 뿐입니다

저는 돌아가겠습니다, 우리의 하얀 뜰이
봄처럼 가지를 활짝 펼칠 때,
다만 8년 전처럼
새벽에 절 깨우지만 마세요

사라진 몽상을 깨우지 마세요
이루지 못한 것을 자극하지 마세요
저는 인생에서 피로와 상실을
너무 많이 겪어야 했어요

그리고 저에게 기도를 가르치지 마세요
필요 없어요!
다시는 옛날로 돌아갈 수 없으니,
당신만이 내 구원이요 위안입니다
당신만이 내 말 못 할 빛입니다

그러니 불안일랑 잊으시고
내 걱정 너무 마세요
유행 지난 코트를 입고
너무 자주 한길로 나오지 마세요

***

오늘은 여기까지 하고 쉰다. 오후 시내 나갈 일도 있고 인문학, 역사강좌 들어야 하니 거기도 들러야 한다. 이번 주 모임에서 주최하는 남도 답사 여행 있어 그것 준비하느라 바쁜데 다른데 잠간 정신 팔려 있다 일정표 보니 모레다. 날짜 지나가는 것 깜박 잊고 있었나 보다. 천주교 박해와 정약용 주제로 현장 답사하는데 여정 꽤 길다. 첫날 새벽같이 서울 출발하여 강진 간 다음 거기서 다산초당과 대역죄인으로 한양에서 쫓겨나 천 리 길 유배당한 초라한 선비 따뜻하게 맞아 4년간 머물게 한 할머니의 시골 주막 사의제, 다산기념관 보고 울창한 동백나무 숲길 따라 백련사 도착하여 사찰 둘러본 후 넓게 펼쳐진 강진만 내려다보니 가슴 탁 트이는 듯하다. 배롱나무숲도 보이는데 여기 오려면 봄엔 동백꽃, 여름엔 배롱나무꽃 감안하여 여행 계획 짜면 좋을 듯하다. 이제 목포로 출발한다. 목포에서 쾌속정 타고 2시간 만에 흑산도 도착하는데 배 어찌나 빠른지 바다 위로 날아다니는 것 같다. 예리항에서 흑산도 일주도로 이용하여 사리(沙里)로 들어간다. 일주도로 예산문제 때문에 지체되어 30년 넘게 걸려 완공했다는데 꼬불꼬불한 도로 기막히게 닦아놨다. 이용하는 사람은 편하게 됐지만 경사 심한 이곳 도로 만든 건설노동자들 고생 많이 했겠다. 길 보니까 경치보다 그분들 생각 먼저 난다. 물론 풍경도 명불허전, 그야말로 짱!이고. 사리는 정약용 둘째 형 정약전 유배된 곳인데 여기서 후학양성하고 틈틈이 물고기 연구하여 《자산어보》라는 독보적인 서적 펴냈다. 선생 기거한 복성재(사촌서당) 잘 보존해 놨다. 실록에 제주목과 추자도, 흑산도. 이렇게 '극악한' 세 군데는 왕의 교지(敎旨) 없인 유배 보내지 못했다 한다. 교지는 왕이 직접 내린 문서 일컫는 말이다. 얼마나 혹독한 환경이었으면 왕의 재가 받아야 되는 대역죄인 외엔 보내지 말라 했겠는가. 흑산도는 정약전 자취 새기며 공부하는 것도 좋지만 풍경 수려하여 여행지로서 최고의 조건 갖추고 있는 천혜의 섬이다. 육지와 멀리 떨어진 까닭에 오염되지 않아 청정해역 그대로 유지하고 있다. 큰 섬에서 가까운 대둔도에 정약전 조수였던 장덕순 묘소도 둘러봤다. 책에서 창대로 불린 장덕순은 영리한 어촌마을 청년으로 정약전에게 어류 정보 제공하며 엉겁결에 유학자 제자 된 사람인데 정약전은 '자산어보' 서문에 창대의 공헌 언급한다. 그러니까 어보 제1저자 정약전, 제2저자 장덕순인 것이다. 강진의 정약용 제자는 총명하고 뛰어난 능력 가진 이청, 흑산도 정약전 제자는 창대 장덕순이라 보면 된다. 일행들이 예까지 왔으니 홍도 구경 하고 가잔다. 홍도는 바다에 떠 있는 보석이었다. 과거 외국 대사 한국 떠나며 후임에게 홍도 꼭 보고 가라는 메모 남겼다던데 왜 그랬는지 알 것 같다. 자주는 못 와도 일생에 한 번쯤 와볼 만한 섬이다. 목포 나와 이번엔 배론성지 찾아 제천으로 간다. 그 유명한 황사영 백서사건 일어난 곳이다. 황사영은 배론[舟論] 토굴에 숨어 탄압받는 조선 천주교도 구해달라는 서찰 쓰는데 흰색 비단(명주천)에 썼기 때문에 '백서'라 한다. 크기는 가로 62cm, 세로 40cm이며, 아주 가는 붓으로 쓴 깨알 같은 글자 수가 한 줄에 110자씩 122행에 걸쳐 13,311자로 방대한 내용 기록하였다. 검은 먹이 아닌 백반으로 썼기 때문에 물 묻혀야 글자 읽을 수 있다. 내용의 핵심은 탄압받고 있는 조선 천주교 상황과 군대 동원한 무력침공을 통해서라도 신앙의 자유 찾아달라는 것이었다. 북경으로 보내기 전 발각된 백서 어마어마한 파장 몰고 와 이제 막 들어온 서학(천주교)에 궤멸적인 타격을 주고 말았다. 경상도 장기(포항)로 유배 간 정약전과 완도 신지도 추방된 정약용도 죽음 직전 가까스로 살아남아, 형은 흑산도, 아우는 강진으로 가게 된 것이다. 제천 떠난 버스 두물머리로 향한다. 경기도 팔당에 있는 양수리다. 거기에 정약용 생가터 있고 기념관 세워놨는데 여기가 한국 천주교 발상지이기 때문이다. 구경 마치고 천진암에 가니 순교한 다섯 분 거기 잠들어 있다. 이벽, 이승훈, 정약종, 권일신·철신 형제. 2박 3일 잘 다녀왔다. 집에 오니 좀 피곤했으나 역사 강사 해설 들으며 어디서 이처럼 뜻깊은 여행 하겠는가. 내일은 그이와 아이들 찾아 남도 여행 얘기와 시 낭송할 예정이다.

그이 살아 있을 때부터 나간 인문학 강좌와 역사탐방 이제 4년차다. 함께 다녔으면 좋았을 텐데 늘 아쉬운 마음이다. 그동안 제주도, 추자도, 울릉도, 독도, 공주 우금치, 정읍 고부마을 전봉준 장군 생가터, 부산, 광주, 군산, 목포 등지 다니며 일제강점기 우리 민족이 겪은 수탈과 항쟁 배우고 가슴 깊이 느낀 뜻깊은 과정이었다. 만약 이런 기회 잡지 않았다면 평생 모르고 지났을 역사

깨달으며 공부의 중요성 새삼 새기게 됐다. 모임 인원 30명가량 되는데 학교 교사 출신도 있고 군 장교, 공무원, 주부, 지방에서 사업하는 분도 계신다. 각자 다른 환경에서 자신 일에 열심히 종사하다 이제 인문학 공부와 역사탐방 통해 새로운 시각 갖게 된 것이다.

***

플라톤이 말했다.

"아무리 지식 익혀도 전지전능해질 수 없다. 다만, 공부하지 않은 사람과는 하늘과 땅만큼의 격차 생긴다."

모임에서 1년에 네 번 계간으로 얇은 타블로이드판 팸플릿 발간하는데 답사 후 기행문 형식 글 제출해야 한다. 석 달에 한 번이라 내도 되는데 다들 자기 분야에서 한가락 하는 분들이라 부담스럽다. 핑계 대고 몇 번 안 냈더니 회장님이 다른 사람 다 냈다며 은근히 압력 가한다. 끝까지 안 내고 버틴들 어떻게 하랴만 단체생활이라는 게 내 고집만 피울 수 없는 일 아닌가. 할 수 없이 엊그제 남도 지방 여행 포함하여 정약용·약전과 천주교 답사한 내용 기억 더듬고 참고자료 찾아가며 얼기설기 꿰맞춰 내기로 했는데 막상 쓰려니 답답해진다. 거듭 깨닫게 되는 게 초등학교 때부터 지금까지 숙제는 머리 무거운 일인가 보다.

***

『북한강에서』

북한강이다. 언제나 그렇듯 유장한 강 말없이 흐르고 이제 막 피기 시작한 억새 하늘거린다. 30년 전에도 지금도 강가 버드나무 푸르기만 하고 흐르고 흘러 기어이 바다로 가야 하는 강물의 여정 멀기만 하다. 금강산에서 발원한 북한강과 강원도 태백에서 흘러 흘러 충주·여주 적시며 달려온 남한강과 합쳐지는 지점 양수리, 흔히 두물머리라 부르는데 마현(馬峴)이라는 이름으로 역사에 새겨져 있다. 프랑스 혁명 일어나기 5년 전인 1784년 4월 어느 날, 여기 마재 포구에서 몇몇 선비 배에 올라 송파로 향하고 있었다. 도성 들어가기 위해 반드시 거쳐야 하는 송파나루 뱃길이었다. 얼마나 지났을까. 배가 물살 사나운 두미협(斗尾峽: 지금의 팔당댐 근처) 다다랐을 때 나이 지긋한 이벽(조선에 천주교를 알린 최초의 인물. 다산 큰형 정약현 처남)이 도포 자락 펼쳐 사공 시야 가린 뒤 성경과 십자가·묵주 보여주며 서학 교리에 대하여 얘기하기 시작했다. 낡은 목선에는 정약용과 정약전·정약종 삼 형제 타고 있었다. 그들은 한양 도착 후 수표교(水標橋)˙에 살던 이벽의 집으로 따라가,《천주실의(天主實義)》와《칠극(七克)》등 여러 권의 서학 교리서 읽으며 천주교 신앙에 깊이 쏠리게 되었다. 훗날 정약용은 갓 스물세 살 된 자신이 사돈 이벽과 만난 역사적 상봉을 벅찬 마음으로 기록했다."황홀함과 경이로움은 마치 깜깜한 밤하늘에서 끝없는 은하수를 보는 것 같았다(怳恍驚疑 若河漢之無極)." 큰형수 제사 모시고 한양 가는 뱃전에서 역시 여동생 기일 참석한 오빠 이벽과 명문가 자제들이며 당대의 지식인 그룹이던 정약용 형제들 운명 결정짓는 선상회동(船上會同), 이렇게 이루어졌다. 나는 30년 전이나 지금이나 같은 마음 같은 눈동자로 강물 바라보고 있다. 234년 전 늘어진 수양버들 이파리 움틀 때 돛배 타고 떠난 정약용은 어떤 심정이었을까. 그러나 이들의 만남은 혹독한 대가 치르고 말았다. 천주교에 귀의하여 끝까지 신념 버리지 않은 셋째 형 정약종과 형수, 조카 모두 목숨을 잃었다. 배교한 둘째 형 약전은 경상도 장기로, 형과 함께 배교라는 아픈 결정 내린 약용 자신도 신지도(완도) 유배길 올라야 했다. 하지만 죽음의 먹구름 다산 형제들을 놓아주지 않았다. 조카사위 황사영이 충청도 배론 토굴에서 붙잡히고 프랑스 주교에게 보내려던 백서 발견되자 형제는 배소에서 다시 압송되어 생사여탈 모진 신문(迅問) 받았다.

....

* 수위 측정하기 위해 만든 표식. 청계천에 수표가 처음 세워진 것은 1441년(세종 23)인데, 이때는 나무로 된 것이었으며 현존하는 것은 후대에 보수한 것이다.

서학 접한 동기가 '학문적 호기심'이라는 점과 황사영 백서 작성에 직접 개입한 흔적 나오지 않은 것도 참작됐으나 극형 면한 핵심 사유는 순교한 셋째 형 정약종 글이었는데 거기엔 이렇게 적혀 있었다. "仲季之恨不同學" 뜻 풀어보면 '仲(약전)과 季(약용), 함께 천주교 믿지 않음이 한스럽다.' 한자 仲은 둘째 형, 季는 막냇동생 일컫는 말로 정약종이 지인에게 쓴 편지에 나온 글귀인데 신유박해 당시 약전·약용을 죽음에서 구한 결정적 증거로 사용됐다. 딱 일곱 자. 시로 말하면 칠언절구, '중계지한부동학' 이 일곱 마디가 형과 아우 사지(死地)에서 건져낸 것이다.

저승 문턱에서 극적으로 빠져나와 유형 처해진 약전·약용 형제는 오라 묶인 채 1801년 11월 5일(음력) 한양에서 각기 다른 길로 이동하여 보름만인 11월 21일 전라도 나주에 도착했다. 이들에게 주어진 시간은 딱 하루, 두 사내는 서로를 끌어안았다. 성긴 머리카락과 깊게 팬 주름, 시큼한 땀내 진동했지만 둘은 서로를 보듬고 놓아주지 않았다. 율정점(栗亭店: 밤나무정, 나주시 대호동 984-3번지. 동신대 정문 오른쪽 도로 100여m 지점) 주막에서 애끓은 밤을 보낸 형제는 다음 날 기약 없는 이별을 했다. 아우 약용은 영암 거쳐 강진 사의재로, 형 약전은 나주 다경포(多慶浦: 전라남도 무안군 운남면 성내리. 지금은 논밭으로 변해 있음/이순신 장군《난중일기》에 짧게 언급된

곳)로 이동하여 흑산행˚ 돛배 몸을 실었다. 1801년 11월 22일, 눈발 날리는 동짓달 아침 그들은 그렇게 헤어졌고 그것이 이승에서 형제의 마지막 만남이었다.

　9대에 걸쳐 문과급제한 가문의 촉망받은 젊은이, 정조가 곁에 두고 아끼던 동량, 고산 윤선도 증손자 윤두서 손녀인 어머니, 당대 최고 엘리트에 속하던 다산 가문은 이렇게 무너지고 말았다. 그러나 외형상 그리 보였을 뿐 고난은 영광의 월계관 씌우는 도구에 불과했다. 한편 선산 지키는 굽은 소나무 자임한 정약현은 출사는 물론 현실정치 관여하지 않고 오직 제사와 가문 유지하는 역할로 자신의 책임을 한정했다. 그러나 피비린내 나는 칼바람 약현마저 삼키려 들었다. 처남 이벽과 최초의 영세자 이승훈 매제로 둔 데다 일찍이 정조로부터 천재성 인정받고 발군의 실력으로 소년등과한 사위 황사영 대역죄인 되었으니 그도 무사할 수 없었다. 다행인 건 정치와 담쌓고 바깥출입 삼가한 덕에 금부도사 눈에 불 켜고 뒤져도 나올 것 없었다. 이성 잃고 날뛰는 정순왕후와 일신의 영달 꾀하는 사악한 무리들 시퍼렇게 날 선 장검(長劍) 뽑아 들고 달려들었으나 맏이는 온전히 살아남았다.

....
* 정확한 것은 우이도(당시 우이도를 소흑산도라 불렀음). 정약전은 우이도에 머무는 동안 홍어 장수 문순득 표류기《표해시말》과 국가의 소나무 정책에 대하여 자신의 뜻 밝힌《송정사의》를 집필했음. 그는 첫 유배지 우이도에서 4년 보낸 후 1805년 여름 흑산도에 들어갔음.

공포와 혼돈의 시기 정약현은 절체절명 위기에서 멸문지화 막아낸 뿌리 깊은 노송이었다. 조용히 여유당 안에 들어섰다. 다산은 음모와 협잡 판치는 붕당정치의 폐해 절감한 뒤 벼슬 뿌리치고 고향에 돌아온 후 글 쓰며 사색하는 장소로 삼은 집 이름을 여유당(與猶堂)이라 지었다. 그 뜻을 다산 음성으로 들어본다.

"노자에 '머뭇머뭇하노라, 겨울 시내 건너듯 조심조심하노라, 사방을 두려워하듯'이라는 말이 있다…. (중략)"《노자》본문에 머뭇머뭇하노라는 여(與), 조심조심하노라는 유(猶)로 표기되어 있다. 중국 고사에 與는 머뭇거림 많은 동물 이름이고, 猶는 두려움 많은 동물 이름이라 한다. 다산은 형제들과 함께 서학 접한 죄로 모진 수난 겪은 뒤 처신에 더욱 신중 하고자 집 이름을 '머뭇거리고 조심한다.'는 뜻의 여유당이라 지은 것이다.

234년 전, 죽음을 넘어 시대의 어둠을 넘어 폭풍 속 내던져진 정약용, 성리학을 기반으로 했으나 학문의 깊이 가늠할 수 없을 정도로 높아 조선 최고 지식인 반열에 오른 정약전, 천주께 자신의 삶 전부를 바쳐버린 순교자 정약종 떠난 나루 흔적 없이 사라지고 무성한 잡풀 파란만장한 역사의 옛이야기 들려주는 듯하다. 유일한 교통수단이었던 뱃길을 쭉 뻗은 다리가 대신하고 있으니 세월 얼마나 흐른 것일까. 물안개 피어오르는 북한강에서 아침의 고요 맞는다. 정갈하고 상쾌하다. 여기서 가까운 곳에 운길산 있고 멋들어진 수종사 자리한다. 수종사에서 생선 비늘처럼 반짝이는 북한강 잔물결 바라보면 세상 고통 어느 정도 잊을 수 있다. 두물머리에서 듣는 정태춘 목소리 서늘하다. 시간의 흐름 속에서 나도 늙고 그도 늙었다. 우리 모두도….

경기도 남양주시 조안면 능내리 정약용 생가 떠나기 앞서 잠시 상념 젖는다. 그때도 땡볕 내리쬐는 여름철이면 여기 어디 물가에서 멱감고 놀지 않았을까. 섬마을 아이들, 강나루 아이들에게 바다와 강은 놀이터 다름없으니 자맥질하고 다슬기 잡으며 재밌게 물놀이했을 것 같다. 해맑은 얼굴로 조잘대며 강물에 더위 식혔을 정씨 문중 자제들 약현·약전·약종·약용 네 꼬마 모습 정겹게 그려진다. 다산 정약용은 수많은 저서와 대표적인 '일표이서 (一表二書: 경세유표, 목민심서, 흠흠신서)'로 조선 후기 인문학 발전에 크게 기여했으며 실사구시와 이용후생이라는 실학적 가치관에 입각한 애민정신 역사의 물줄기 타고 면면히 이어지고 있다. 유배지에서 네 살짜리 막내아들 죽음 지켜봐야 했던 참척의 단장지애 겪었으나 끝까지 포기하지 않고 일심 정진하여 세상에 꼭 필요한 사랑과 지혜의 보검 만들어 낸 대학자. 다산은 당시엔 드물게 백성을 통치의 대상에서 같이 살아갈 이웃, 생사고락 함께 나눌 동족으로 여긴 사람이다. 이렇듯 선인들 피와 땀으로 일궈놓은 길 후인들 편하게 이용하고 있으니 우물 판 사람에게 고마워해야 하지 않을까. "역사란 과거와 현재의 끊임없는 대화"라는 E.H.카 말 그대로.

외로웠으나 불행하지 않았을 거인의 숨결 느끼며 자리에서 천천히 일어났다. 가톨릭에서 성지로 받드는 천진암에 가 순교자 정약종과 그의 동지들 만나보자. 달군 쇠집게 앞에서도 의연했던 신념과 만나는 일은 절망의 늪 빠져 힘들어하는 날 일으켜 세우는 행위라 믿기 때문이다.

***

이렇게 제출했는데 망신당하지 않을까 걱정이다. 제발 빵점만 면하면 좋겠는데…. 원래 월출산과 남도 답사 2주 후 갈 예정이었으나 갑자기 일정변경으로 당겨지며 엊그제 다녀왔다. 용산역에서 KTX 타고 2시간 반 만에 나주역 도착했는데 여기서부터 차 여러 번 갈아타야 한다. 먼저 하차한 지점에서 영산고등학교 이동해 거기서 영암 버스터미널 가는 버스 탄 다음 터미널 도착하면 월출산국립공원 가는 군내버스 또 갈아타야 하는 5시간 30분짜리 장거리였다. 정작 서울에서 나주까지는 2시간 30분 소요되는데 나주에서 얼마 떨어지지 않은 월출산까지 2시간 정도 걸렸으니 자기 승용차나 버스 대절 하지 않고 대중교통 이용하려면 참고할 일이다. 회원 가운데 어느 분이 괜찮다 하여 이렇게 왔는데 시간 많이 걸려 다음엔 추천하고 싶지 않은 노선이다. 천황탐방센터 도착하니 웅장한 바위 손님 맞는데 두둥실 보름달 뜨면 달빛 저 바위에 맨 먼저 내려앉을 듯 위풍당당한 기세다. 하춘화 〈영암 아리랑〉 노래비와 고산 윤선도 〈어부사시사〉 시비(詩碑)도 눈에 띈다. 천황사 초입으로 들어가 암벽등반 해야만 갈 수 있는 사자봉 바라보며 바람골 타고 오른 후 통천문 지나 천황봉 도착했다. 809m로 그리 높은 편 아닌데 평지에 우뚝 솟아 산세 웅장하고 사방 온통 기암괴석이라 호남 대표하는 명산임에 틀림없다. 정상에서 잠시 휴식한 뒤 구정봉 경유하여 억새군락지, 도갑사, 왕인박사 유적지 쪽으로 내려오는 서너 시간짜리 산행이다. 월출산은 큰 산 아닌데 그렇다고 오밀조밀 작은 산도 아니다. 우선 풍경이 압도적이다. 여러 산 다녀봤으나 남한에서 설악산 빼고 이 정도 경치 접하는 거 흔치 않으리라 본다. 하산하여 삼국시대부터 존재했다는 아주 오래된 동네, 신라의 도자기 가마터 발견된 구림(鳩林)에서 식사하고 바로 옆에 있는 상대포(上臺浦) 둘러보는데 이곳은 백제~조선시대까지 중국과 일본 드나들던 국제무역항이었다 한다. 일본에 문물 전파한 백제 사람 왕인 박사 일본으로 떠난 곳도 여기고, 최치원이 당나라 유학 가기 위해 배 탄 곳도 이곳이라 한다. 최치원은 이곳 영산강 상류인 영암 구림 상대포에서 출발하여 신안 다도해 섬 빠져나온 후 흑산, 홍도, 가거도 거쳐 중국 저장성 영파(寧波)까지 빠르면 오륙일, 돛에 바람 실을 수 없을 정도로 바다 잔잔하거나, 파도 험해 정상적인 항해 어려울 만큼 기상 안 좋을 땐 열흘 남짓 항해하여 목적지 도착했다고 한다. 그렇게 번성하던 포구가 일제강점기 서호강 간척사업과 1970~1980년대 영산강 하구둑 공사로 인해 포구 사라지고 작은 호수로 변했단다. 상대포 구경 마치고 영산강 하구둑 거쳐 목포 다다라 유달산 올라 점점이 떠 있는 다도해와 목포 시가지 내려다봤다. 삼학도와 목포항 한눈에 들어온다. 삼학도는 옛날 옛적 육지와 이어져 '삼학도'라는 지명만 유지하고 있는데 거기에 〈목포의 눈물〉로 수많은 사람 심금 울린 가수 이난영, 수목장 아래 잠들어 있다. 예쁜 배롱나무꽃 만발한 곳에 편안히 쉬고 계신다. 그분은 죽어서도 행복해 보였다. 일렁이는 바다에서 멀지 않은 삼학도 야트막한 언덕배기 앉아 고향 유달산과 목포항 푸른 물결 바라보고 있으니 뭐가 더 필요하겠는가. 옛 일본영사관 터인 근대역사1관 둘러봤다. 깔끔하게 단장된 건물로 보존상태 매우 양호하다. 이어 근대역사2관으로 갔는데 1920년 건립했다는 조선착취기관인 옛 동양척식주식회사 목포지점 자리다. 지나가는 길에 안내하시는 분이 여기가 그 유명한 힙빠리 골목 있던 장소란다. 난 그이 따라 몇 번 와봤지만 거의 따라만 다녔다. 그 사람이 자세하고 재밌게 설명해 주기 때문인데 가이드로 치면 1급 자격증 소지자와 같을 정도다. 그이 글에서 말에서 힙빠리 골목 얘기 많이 들어 여기 온 김에 한번 가고 싶었다. 물론 지금은 없어졌지만.

> 나이가 마흔이 넘응게 이런 징헌 디도 정이 들어라우
> 열여덟 살짜리 처녀가 남자가 뭔지도 모르고 들어와
> 오매, 이십 년이 넘었구만이라우
> 꼭 돈 땜시 그란 달 것도 없이
> 손님들이 모다 남 같지 않어서 안죽까장
> 여그를 못 떠나라우 썩은 몸뚱어리도 좋다고
> 탐허는 손님들이 인자는 참말로 살붙이 같어라우

1998년 《창작과 비평》에 실린 송기원의 〈살붙이〉라는 시다. 몸 파는 일은 인류 기원과 함께 나타나 역사가 가장 긴 직업으로 알려져 있다. 불법이지만 미국·일본·유럽 등 많은 나라에서 묵인하고 있으며 일부 국가는 합법화되어 세금 내고 정부 보호받는 곳도 있다 한다. 홍등가에 죽치고 앉아 하릴없이 손님 기다리는 여인들, 결코 좋은 일이라 할 수 없지만 오죽하면 그토록 험하고 징한 나날 보내고 있을까. 원래 사랑은 사고파는 물건이 아니다. 마음이 마음으로 옮겨가는 것이 사랑인데 돈으로 거래하는 나쁜 습관 생기고 말았다. 가련한 여인들이 낯선 남자에게 내밀한 속살 보이며 살아가는 몹쓸 상황 어떻게 타개해야 할까. 발랄하고 예쁜

스무 살 아가씨가 자기 아버지보다 나이 많은 유부남 재력가 만나 첩살림 차린 것과 밤거리에서 행인 소매 잡아끄는 여인은 어떻게 다른 걸까. 자본과 권력이 야합하여 힘없는 여성 억압하고 지배했을까. 해방의 기치 높이든 페미니즘 정점으로 치닫는 오늘날, 여성은 사회·경제적으로 안정된 대우 받고 있을까. 예나 제나 수요 없으면 공급 또한 사그라드는 법. 파는 사람보다 사는 사람이 더 나쁜 것일까. 해묵은 얘기지만 밤낮 가리지 않고 사창가 들락거린 젊은 날의 톨스토이는 나쁜 문학가일까. 유려한 문체와 구성에 홀딱 반해버린 나폴레옹과 마르크스가 극찬한 대문호 발자크는 자식 아홉에 자기 어머니보다 나이 많은 여자와 사랑에 빠져 정념 불태우다 곧장 다른 여자 품에 안기는 천하의 난봉꾼이었다. 평생 바람둥이로 살다 암에 걸린 애인 가차 없이 내던지고 새 연인과 살림 차린 피카소 뒤통수 대고 암으로 죽어가는 여인, 저주 퍼부었다네. "당신이 사람이야?" 피도 눈물도 없는 피카소 상종 못 할 화가 선생이고. 프라하 뒷골목 으슥한 윤락가 숨어들어 나이 든 여자 찾아 욕망 불태운 뒤 후회와 죄책감에 시달린 프란츠 카프카, 예민하고 신경질적인 천재작가도 성만큼은 극복하기 어려웠는지, 마음속 불안의 도피처였는지 모른다. 르누아르는 프랑스 대표적인 인상주의 화가로 여성 육체 묘사하는 데 특수한 표현 사용했으며 풍경화에도 뛰어나 인상파 중에서 가장 아름답고 화려한 멋 보인다는 평을 받는 예술가다. 그는 여성의 몸 표현하는 데 뛰어난 재능 가진 사람이지만 가난한 세탁부 사생아 출신의 어린 누드 모델 완전히 갖고 놀다 딸뻘밖에 안 되는 수잔 발라동에게 결국 사생아 낳게 만든 몹쓸 남자였다. 사생아 출신이 사생아를 낳은 가난하고 못 배운 소녀의 비극이었다. 엄청난 노력 끝에 발라동 자신도 훗날 화가가 되긴 했지만. 그러고도 시치미 뚝 떼고 프랑스 미술계와 상류층에서 만인의 찬사와 선망받으며 한자리 차지한 채 거들먹거리며 살았다. 물론 그림 자체만 놓고 본다면 모네와 더불어 틀림없는 거장이다. 이렇듯 톨스토이, 카프카, 발자크, 피카소, 로댕, 루소, 르누아르…. 윤리적으로 타락한 예술가라 문학·미술의 별에서 끌어내야 하는 걸까.

 채털리 부인이 하체 마비된 남편 외면하고 울퉁불퉁 근육 꿈틀대는 산지기와 나눈 격렬한 밤은 억눌린 성에 대하여 여성이 요구할 정당한 권리일까. 뜨거운 정념 아낌없이 불태운 나날, 부인은 행복했을까. 헛된 욕망 뒤에 찾아든 깊은 허무 감당할 수 있었을까. 술자리에서 후배 여성 상대로 이런저런 추태 부렸다는 늙은 시인 책 내던졌는데 톨스토이 책도 치워야 하는지…. 시집 없앴다는 사람 역시 늘 현명하고 매 순간 완벽한지. 누구랄 것 없이 위선의 가면 내던지면 똑같은 벌거숭이 아닐까.

 시인에게 굴곡진 인생사 털어놓은 포구 뒷골목 나이 든 술집 여인 험한 세상 어찌 헤쳐갈지 아득하네. 나라님도 구제 못 하는 것이 가난 말고 또 있으며 세상살이 녹록지 않다는 사실 새삼 깨닫게 된다. 이리 같은 사내들에 부대낄 뿐, 곱게 접어 가슴속 간직한 순정 결코 내어주지 않았을 그미 응원하며 사랑하는 이웃이 희망의 끈 놓지 말고 다시 일어서길 기원한다. 셰익스피어 4대 비극 가운데 하나인 《리어왕》에 이런 대목 나온다.

"리어: 저자는 살려준다. 죄목이 뭐랬지?
간통이라고? 널 죽이지 않겠다. 간통 때문에 죽어!
아냐, 굴뚝새가 그 짓하고 작은 쇠파리도 내 눈앞에서 간음한다."

송기원 시 읽고 과거 일이라지만 늙은 술집 여인의 안타까운 처지 충격받아 언젠가 목포 오면 그 장소 찾아 그이와 나눴던 대화 회상하고 싶었다. 그이에게 송기원 시인의 시집 선물 받은 빚도 있고. 오늘 흔치 않은 기회 이용하여 살과 살이 맞부딪히며 한바탕 전쟁 치렀을 일제강점기와 격동의 한국 근현대사가 남긴 아픈 유산 현장에서 목도 하고 여기 오면 보려고 몇 자 적어놓은 메모 참조하여 짧은 소회 남긴다. 목포가 아담한 도시기도 하지만 구시가지는 역사유적 가까운 거리에 있어 택시 타면 거의 5~10분 거리다. 역사박물관에서 멀지 않은 거리에 있는 목포북교초등학교˚와 산정초등학교(시인 김지하와 문학평론가이며 불문학자인 황현산, 영화 〈서편제〉에서 열연한 배우 오정해 출신 학교), 애틋한 사랑 이야기 간직한 갓바위, 그리고 1897년 개항 이후 목포 원조 토박이들 포구 앞바다에서 주낙질 하며 생계 이어온 온금동 다순구미 마을 거쳐 부둣가 자리 잡은 민어 마을로 갔다.

거기서 이른바 민어 '풀코스' 맛보는데 입에서 살살 녹는 회도 좋고 구이와 탕까지 모든 요리 최고다. 특히 민어 부레(공기주머니)와 껍질 벗겨 만든 껍질말이가 일품이다. 부레는 주로 삶아 먹는데 쫄깃쫄깃한 식감 기막히고 껍질은 뜨거운 물에 살짝 데쳐 가늘고 길게 썰면 또르르 말려 올라간다. 이것을 새콤달콤 초장에 찍어 잡수면 입안 가득 느껴지는 부드럽고 달콤한 풍미 너무 맛있고 행복한 나머지 혀 말아 삼킨 것도 모른 채 그냥 남도 지방 눌러앉고 싶어진다. 과거부터 어교(魚膠)는 고급요리에도 사용되었는데 이들 음식은 민어 부레에 함유돼 있는 단백질 성분으로 인해 영양 풍부하다는 것이 특징이다. 조선 후기 조리서《시의전서》에 부레 이용하여 어교순대 만드는 법 소개하고 있다. 이처럼 옛날에도 민어 부레 귀하게 쓰였으나 부레가 진짜 값어치 인정받은 곳 따로 있었다. 지금처럼 화학 접착제 나오기 전이라 궁궐과

....
* 〈사의 찬미〉 부른 조선 최초 피아니스트 윤심덕과 함께 대한해협에서 실종된 문학가, 근대 예술의 선구자 김우진, 〈목포의 눈물〉 가수 이난영, 김대중 대통령, 극작가 차범석, 권노갑, 가수 남진, 전남지사 지낸 박준영, 문학평론가 김현 등 수많은 인재 배출한 개교 130여 년 된 유서 깊은 학교

사찰 지을 때 꼭 필요한 게 부레인데 민어·대구·조기·철갑상어가 어교로 많이 사용되었으나, 민어 부레로 만든 민어풀이 가장 우수하여 어교 품질의 보증수표로 널리 명성 날렸다 한다. 생선 부레에는 끈끈한 단백질 성분 많이 함유되어 있는데, 이를 잘 말려서 물과 함께 넣고 끓여 응고시키면 어교가 된다. 어교는 동물의 뼈나 가죽 고아 만든 아교(阿膠)와 섞어 사용하곤 했지만, 대체로 아교보다는 어교가 더 고급스러운 재료였고 목재 붙이는데 접착력과 보존성 이만한 거 없었기 때문이다. 그러니까 어교·아교, 이렇게 정리하면 된다. 본드 같은 화학 접착제 나오기 전, 우리 조상들이 제품 만들며 천연 접착제로 쓰던 재료 가운데 생선 부레로 만든 건 어교, 동물 뼈나 가죽 고아 만든 것은 아교다. 그래서 금강송과 안면송, 말린 부레는 대목장 비장의 무기인 동시 필수 재료였다. 목재 최고로 치는 울진 금강송, 바닷바람 맞아 하늘 높이 죽죽 뻗은 양질의 안면도 적송과 부레 넉넉히 확보하지 못하면 경복궁, 창경궁 같은 대역사 치를 수 없었다. 그럴 땐 지방 수령과 관헌들 발바닥 땀나게 뛰어 백성 닦달해 민어 부레 받아낸 뒤 한양에 올려야 자리 유지할 수 있었다. 왕궁이나 사찰 못잖게 지방 토호들과 명문가 저택 지을 때도 금강송·안면송은 물론 부레 있어야 해 민어 부레 재고 여부에 따라 건축공사 수주 결정될 만큼 중요한 물건이었다. 소나무는 국가 허락 없이 일반인이 벨 수 없었고 오래 자라 궁궐 목재로서 가치 인정받은 소나무 자생지에는 아예 출입금지 하는 조치 이루어졌다. 조선시대 산림시책에 대한 문헌인 '송금사목' 제정하여 국가 중요자원인 소나무 보존하는 데 노력했으나 정약전 저서 《송정사의》는 소나무 정책에 대한 개인 의견이라는 제목으로 집필했으나 조정의 소나무 정책 실패를 통렬하게 비판한 글인데 책에 나타나듯 소나무에 대한 관심 많아 어떡하든 금강송과 안면송 등 소나무 육성하고자 애쓴 정책은 가상하나 효과 없었다는 것이다. 다만 죽으나 사나 소나무 어떻게 키워보려던 임금과 조정 관리들 마음은 인정해야 하지 않을까 싶다. 말린 부레 확보하려는 민어 정책도 소나무처럼 치열하지 않았을까 생각한다. 그래서 민어잡이 어부들 물고기 잡으면 부레 함부로 처리하지 못한 채 관아 바치고 관아에서는 정확하게 기록했다. 만약 부레 빼돌리다 적발되는 날엔 파직에 쪽박신세라 바싹 신경 써야 할 일 아니겠는가. 부레가 요즘으로 치면 희토류 정도 대접받았나 보다. 또한 어교는 접착력 매우 뛰어나 목조 건축 외 곤룡포·흉배·혼례복에 금박 붙이거나 나전칠기·합죽선 같은 고급 공예품 만드는 데에 사용됐으며 활과 화살 같은 무기 제작할 때에도 꼭 필요한 재료였다. 서유구 《임원경제지 섬용지》에 부레풀 사용법 실려 있다 하니 우리 조상들 옛날부터 민어와 부레 지혜롭게 이용한 모양이다. 목포 명소 구경 잘하고 민어 부레 역사 공부하고 맛있는 음식 실컷 먹어 몸보신, 머리 보신 채운 다음 포구에서 1박 후 기차 타고 서울 올라왔다. 목포는 전에 그이와 몇 번 다녀왔다. 물론 '목포 3종 세트'라는 민어 골목 들러 풀코스 친견하고, 얼큰하게 삭아 군내 나는 홍어 삼합에 낙지 탕탕이까지, 맛깔스러운 남도 음식과 정 많은 그곳 사람들 따듯한 인심에 매료된 여행이었다. 특히 월출산과 영산강 쪽은 처음이라 낯설었는데 잊지 못할 월출산 풍경과 왕인박사, 최치원에 이르기까지 두루두루 배우게 된 유익한 시간이었다. 월출산, 유달산, 목포…. 남도 풍경 대단했고 눈에 담뿍 담아왔으니 두고두고 꺼내 추억하면 좋으리.

***

오늘은 방 정리하는 날이다. 2층 단독이라서 방 네 칸인데 그중 한 칸을 기억의 공간으로 보존할 생각이다. 그이 서재는 티끌 하나 손대지 않은 채 그대로 유지하고 있다. 장서와 기념품, 각종 서류. 주인 없는 물건이지만 나에게 간직 의무 있어 특별한 사정 없는 한 원형 그대로 갖고 있다. 훗날 늙어 요양원 들어가거나 세상 등질 때 공공도서관이나 쓸모 있는 곳에 기증하면 될 일이니. 1층에 마련할 기억의 방에는 그이와 아리, 두칠이 가장 잘 나온 사진과 생전 아끼던 물건, 또는 상징성 있는 물품 전시해 생각날 때 바라보고 만져보고 그럴 생각이다. 다만 방 구상하며 끝까지 고민한 게 두칠이 문제였는데 아리와 두칠 같은 공간 두는 게 옳은 일인지, 하늘나라에서 내려다보는 아리 마음 어떨지 오래 고민했지만 명쾌한 답 나오지 않았다. 몇 날 며칠 혼자 끙끙 앓다가 할 수 없이 속마음 터놓고 지내는 사회 동생에게 물었다. 어찌하면 좋겠냐고. 그 역시 한참 생각하더니 자기도 어려운 문제라 한다. 결국 역사탐방 지도하는 선생님과 의논해 두칠이도 함께 남기로 했다. 여태 승화원에 같이 있었는데 여기서 탈락시키거나 분리하는 게 오히려 부자연스럽다는 말씀이다. 듣고 보니 선생 말 일리 있어 아리가 너그럽게 이해할 것으로 믿고 그렇게 하기로 했다. 기억의 방에 세 식구 들어오니 우리 가족 모두 4명이다. 최대한 의미 있고 예쁘게 꾸몄다. 이제 특별한 날 아니면 승화원 가지 않아도 모두 여기 모여 언제든 만날 수 있으니 너무 좋다. 가족은 기쁠 때나 슬플 때나 늘 함께 있어야 행복하지 않을까. 한강으로 연결된 천변(川邊)에 나왔다. 오늘도 강물 변함없이 흐른다. 강 건너 들꽃 향기 은은하게 퍼져 나가고 찬 서리 맞은 기러기 떼 강물 위 훨훨 날아간다. 강은 새를 추억하고 새는 강을 기억하며 북쪽 하늘 멀리 사라진다. 내년 봄 아랫녘 너른 들에 기러기 다시 나타날 즈음 강은 그를 기꺼이 맞을 것이다. 낮의 천변에는 흰뺨검둥오리, 원앙, 넓적부리, 흰죽지, 백로, 왜가리, 민물가마우지, 청둥오리, 물총새 깃들고, 밤의 강에는 붕어, 피라미, 치리, 송사리, 잉어, 누치, 참갈겨니, 버들치, 동사리, 모래무지 헤엄치며 논다. 논병아리 한 마리가 자그마치 새끼 열 마리를 꽁무니 쪼르르 매달고 강물 거슬러 오른다. 요 꼬맹이 녀석들 꼭 살아남아 성체 된 뒤 엄마처럼 새끼 줄줄이 달고 한강 헤엄치며 물길 거슬러 오르길 기원한다. 반드시 초록물고기 아니라도 거슬러 오른다는 것은 아름답고 위대한 도전이다. 연어가 수천 킬로미터 헤엄쳐 기어이 오르고 마는, 사나운 물살과 싸워 끝내 모천 도착한 다음 경이로운 생명 탄생시키고 기나긴 여정 마무리하지 않던가. 한낱 미물 이럴진대 사람은 어떠해야 하는가. '백석정한'이라는 말 있다. 백석 시에 나오는 구절 "그 드물다는 굳고 정한 갈매나무라는 나무를 생각하는 것이었다."에서 유래한 표현으로 현실에 타협하지 않고 예술가로서 자존심 지키며 고고하게 살아가는 백석의 고독한 정신 상징하며, 특히 해방 직후 절망적인 현실 극복하려는 의지 담고 있는데 은녀는 거세게 몰아치는 북풍한설 백석정한 각오로 어려운 시련 극복하고 여기까지 온 굳센 사람이다. 감내하기 어려운 간난신고 겪으면서 끝내 희망 버리지 않았기에 가능한 일이었다. 앞으로도 비바람, 눈보라 앞에 꼿꼿한 갈매나무처럼, 세한(歲寒) 모질게 이겨내는 소나무, 측백나무처럼 단단하게 살아가길 다짐해 본다.

누대부터 지금까지 끊임없이 흐른 것이 강이다. 그리하여 흐르는 것은 저러하다 하지 않았던가. 고요하여 표나지 않게 뒷물이 앞 물 밀어내며 헤적일 적에 우리네 인생도 따라 흐른다. 이처럼 의식의 변화 속에서 나 또한 떠밀려 표류하지 않았을까. 사랑을 잃은 사람이 다시 사랑 찾아 떠나는 건 지난 한 과정이었다. 그렇지만 포기하지 않고 앞만 바라보며 묵묵히 걸었다. 이제 목표했던 지점 도달한 것인가. 아니면 계속 전진해야 하는 걸까. 팍팍한 그 길 항상 힘들었으나 고독하지 않을 까닭이 가슴속에 사랑한 가닥 품고 있기 때문이다. 톨스토이는 이렇게 말했다. 사람은 무엇으로 사는가? '사랑'이라고. 돈, 명예, 권세, 학력, 외모…. 사람은 사랑으로 산다. 자신에 대한 사랑, 타인과 사회에 대한 사랑, 자유와 정의에 대한 사랑, 살아있는 모든 것들에 대한 사랑, 그리하여 끝내 신의 말씀에 귀 기울이고 거기 도달하게 되는 진정하고 완결된 사랑. 가을 햇살 내려앉아 일렁이는 물결 위 윤슬 반짝이는 한강에서 모처럼 제비를 봤다. 기후 온난화 때문일까. 급격한 생태환경 변화로 철새가 텃새로 남기도 한다지만 요새 도시에서 잘 보이지 않은데 말이다. 옛날엔 제비가 박씨 물고 와 커다란 박 넝쿨째 열리고 거기서 금은보화 쏟아지지 않았던가. 각박한 요즘 세상에 제빈들 옛 제비 아니겠으니 너나없이 적의와 경쟁 가득한 세파 내몰려 영혼 빼앗긴 채 살아가고 있는 현실에서 제비가 어떤 선물 물고 올지 알 길 없다. 나라 곳곳 다툼 그치지 않아 어느 하루 조용할 때 없고 이런저런 사정 때문에 살림살이 어렵다 해도 손잡고 함께 가는 세상, 힘겨루기에서 밀려나 절망에 빠진 낙오자 외면하지 않고 보듬어 주는 따뜻한 사회 당겨지길

고대한다. 그녀는 노을 아름다운 강가 오래도록 머물다 자리에서 일어나 산들바람 맞으며 갈대밭 옆으로 난 작은 산길 걸어 어디론가 조용히 사라졌다.

> 燕燕于飛 제비가 제비가 날으려
> 差池其羽 깃을 가즉 세우네
> 之子于歸 그 사람 그 사람 간다기
> 遠送于野 들까지 나와 보내네
> 瞻望弗及 이윽고 뒷모습 안 보여
> 泣涕如雨 눈물은 비같이 흐르네
> — 詩經

시간의 기억

초판 1쇄 발행 2025. 12. 5.

지은이 황용희
펴낸이 김병호
펴낸곳 주식회사 바른북스

편집진행 김재영
디자인 김효나
마케팅 송송이 박수진 박하연

등록 2019년 4월 3일 제2019-000040호
주소 서울시 성동구 연무장5길 9-16, 606호 (성수동2가, 블루스톤타워)
대표전화 070-7857-9719 | **경영지원** 02-3409-9719 | **팩스** 070-7610-9820

•바른북스는 여러분의 다양한 아이디어와 원고 투고를 설레는 마음으로 기다리고 있습니다.
이메일 barunbooks21@naver.com | **원고투고** barunbooks21@naver.com
홈페이지 www.barunbooks.com | **공식 블로그** blog.naver.com/barunbooks7
공식 포스트 post.naver.com/barunbooks7 | **페이스북** facebook.com/barunbooks7

ⓒ 황용희, 2025
ISBN 979-11-7263-696-8 03810

•파본이나 잘못된 책은 구입하신 곳에서 교환해드립니다.
•이 책은 저작권법에 따라 보호를 받는 저작물이므로 무단전재 및 복제를 금지하며,
  이 책 내용의 전부 및 일부를 이용하려면 반드시 저작권자와 도서출판 바른북스의 서면동의를 받아야 합니다.